Prix du Meilleur Polar des lecteurs de POINTS

Les éditions POINTS organisent chaque année le Prix du Meilleur Polar des lecteurs de Points.

Pour connaître les lauréats passés et les candidats à venir, rendez-vous sur

www.meilleurpolar.com

Håkan Nesser, né en 1950 en Suède, est l'un des écrivains de romans policiers les plus appréciés dans les pays nordiques. Il est le père du commissaire Van Veeteren, héros de ses romans. Ses ouvrages ont été traduits en plus de douze langues, couronnés par plusieurs prix et adaptés à la télévision suédoise.

DU MÊME AUTEUR

Retour à la Grande Ombre
Seuil, 2005
et « Points Policier », n° P1637

Le Mur du silence
Seuil, 2007
et « Points Policier », n° P1990

Funestes Carambolages
Seuil, 2008
et « Points Policier », n° P2532

Eva Moreno
Seuil, 2011
et « Points Policier », n° P2747

Håkan Nesser

LE VINGT ET UNIÈME CAS

ROMAN

Traduit du suédois par Åsa Roussel

Points

Une première édition de cet ouvrage est parue en 1997,
aux Presses universitaires de Caen.

TEXTE INTÉGRAL

TITRE ORIGINAL
Det grovmaskiga nätet

ÉDITEUR ORIGINAL
Albert Bonniers Förlag, 1993

ISBN 978-2-7578-2839-7

AVANT-PROPOS

C'est en 1993 que paraît en Suède *Det grovmaskiga nätet* (*Le vingt et unième cas*).

L'auteur, Håkan Nesser, est un débutant, mais son talent est d'emblée reconnu par l'Académie du Roman policier suédois qui, la même année, lui décerne le prix du premier livre. Élus « meilleur roman policier de l'année », *Le Point de Borkmann* (1994) et *La Femme à la tache de vin* (1996), qui encadrent *Le Retour* (1995), confirment amplement ce premier succès. Le cinquième roman de Håkan Nesser, *Le Commissaire et le Silence*, sera publié à l'automne 1997. Håkan Nesser est également l'auteur de plusieurs romans traditionnels dont *Le Chorégraphe* (1988) et *Le Triangle de Barine* (1996).

Né en 1950, à Kumla dans la province de Närke, en Suède centrale, Håkan Nesser est professeur de suédois et d'anglais dans un lycée d'Uppsala où il réside. Ses livres ont été traduits en danois, norvégien, estonien et allemand. *Le vingt et unième cas* est le premier de ses romans à paraître en français. La télévision suédoise a acquis les droits des cinq romans policiers de Håkan Nesser et doit prochainement commencer le tournage d'une série de films.

Contrairement à ses confrères suédois, Håkan Nesser ne situe pas l'action de ses romans policiers en Suède mais dans un pays européen imaginaire qui ressemble fort aux Pays-Bas. C'est là que, dans la ville de Maardam – inutile de la chercher sur une carte, car elle n'existe que dans l'imagination de l'auteur – le commissaire Van Veeteren et ses adjoints exercent leur rude métier de policier. Le commissaire Van Veeteren n'a rien d'un superman, il correspond plutôt à l'image de l'antihéros. Âgé d'une bonne cinquantaine d'années, il a un physique plutôt ingrat et sa vie privée n'a rien de particulièrement exaltant. Il vit seul, séparé de sa femme et ses deux enfants, une fille et un garçon, ne lui apportent guère de satisfactions, la première parce qu'elle habite loin de chez lui, le deuxième parce qu'il n'a pas toujours été très respectueux de la loi, ce qui pour un père policier est assez fâcheux. Van Veeteren a un péché mignon, le badminton, et une manie, sucer et mâchouiller des cure-dents. Son franc-parler n'exclut nullement le sens de l'humour mais, avant tout, il est ce qu'il est convenu d'appeler *un fin limier*. On peut même aller jusqu'à dire qu'il a une sorte de sixième sens.

Les paysages évoqués par Håkan Nesser dans ses livres ont une odeur marine et le vent du large souffle souvent sur les gens et les localités. La brume et la pluie sont aussi les caractéristiques de ce plat pays.

Les intrigues sont des plus classiques – il s'agit d'emblée de découvrir qui est le coupable – et modernes dans la mesure où elles baignent dans un climat « noir ». Savamment dosé, le suspense tient le lecteur en haleine jusqu'à la dernière page et la fin réserve souvent une surprise de taille. À juste titre, Håkan Nesser a été salué par une critique unanime comme un des maîtres du roman policier.

Åsa Roussel

Quand nous découvrons enfin ce que nous cherchions dans l'obscurité, nous constatons presque toujours que c'était exactement ça : l'obscurité.

C. G. REINHART, inspecteur de police.

I

Samedi 5 octobre – vendredi 22 novembre

1

En se réveillant, il ne se souvenait pas de son nom.

Les douleurs étaient multiples. Des gerbes de feu tourbillonnaient dans sa tête, sa gorge, son estomac et sa poitrine. Il essaya d'avaler sa salive sans y parvenir. La langue restait contre le palais, brûlante, douloureuse.

Ses yeux semblaient sur le point de sortir de leurs orbites.

« C'est comme si j'étais en train de naître, se dit-il. Je ne suis rien. Seulement une grande souffrance. »

La pièce était plongée dans l'obscurité. À l'aveuglette, il avança son bras libre, celui qui n'était pas engourdi.

Oui, il y avait là une table de chevet. Un téléphone et un verre. Un journal. Un réveille-matin…

Il le souleva mais il lui glissa entre les doigts et atterrit sur le plancher. Après quelques efforts, il parvint à remettre la main dessus et l'approcha de son visage.

Il reconnut le cadran qui était faiblement fluorescent.

Il était huit heures vingt. Du matin probablement.

Il ne savait toujours pas qui il était.

Cela ne s'était probablement jamais produit. Sans doute lui était-il déjà arrivé de se réveiller et de ne pas savoir où il se trouvait. Ou quel jour on était. Mais son nom… est-ce qu'il lui était déjà arrivé d'oublier son nom ?

John ? Janos ? Non, mais quelque chose d'approchant.

Cela se cachait quelque part par là, derrière, pas seulement le nom mais tout le reste… la vie, les jours et les circonstances atténuantes. Tout était là, en attente. Derrière une mince paroi qu'il faudrait percer pour réveiller ce qui était encore en sommeil. Cela ne l'inquiétait pas vraiment. Bientôt il saurait.

Peut-être ne fallait-il pas trop se réjouir à cette idée.

Tout à coup, la douleur dans les orbites s'accentua. Peut-être était-ce parce qu'il avait fait l'effort de penser. Quoi qu'il en soit, soudain, elle était là, insoutenable, comme chauffée à blanc. Un cri de chair.

Rien n'avait d'importance.

La cuisine se trouvait à gauche et semblait familière. Il réussit sans difficultés à trouver le tube ; la certitude d'être chez lui grandissait rapidement. D'une seconde à l'autre, tout deviendrait parfaitement clair.

Il retourna dans l'entrée, donna un coup de pied dans une bouteille qui se trouvait dans la pénombre devant l'étagère. La bouteille roula sur le parquet et s'arrêta sous le radiateur. Il parvint à atteindre la salle de bains et appuya sur la poignée de la porte.

Elle était fermée.

Il se pencha lourdement en avant, posa ses mains sur ses genoux et regarda le disque.

Le rouge était mis. C'était donc ça. Occupé.

Il eut soudain affreusement mal au cœur.

– Ouvre..., essaya-t-il de dire, mais il ne parvint à produire qu'un sifflement. Il appuya la tête contre le bois frais de la porte.

– Ouvre la porte ! Cette fois, sa voix lui obéit presque normalement. Afin de montrer le sérieux de la situation, il frappa à grands coups de poing sur le panneau.

Pas de réponse. Pas de bruit. Il était évident que la personne qui se trouvait à l'intérieur n'avait aucune intention de le laisser entrer.

Sans prévenir, son estomac se retourna. Ou était-ce une autre partie de lui-même qui se révoltait... Il comprit en tout cas qu'à présent, c'était une question de secondes. En trébuchant, il revint dans l'entrée. Et gagna la cuisine.

Cette fois, elle lui parut tout à fait familière.

« Je suis certainement chez moi », pensa-t-il pendant qu'il vomissait dans l'évier.

Avec un tournevis, il fit tourner la clef de la porte de la salle de bains. En faisant ce geste, il eut l'impression que ce n'était pas la première fois.

– Pardon, dit-il, mais j'étais obligé de...

Il franchit le seuil et, au moment même où il alluma la lumière, il sut parfaitement qui il était.

Il n'eut aucun mal à identifier la femme qui se trouvait dans la baignoire.

Elle s'appelait Eva Ringmar et, depuis trois mois, elle était sa femme.

Le corps était contorsionné. Le bras droit pendait par-dessus le bord de la baignoire, dans une position anormale. Les ongles très soignés touchaient à peine le sol carrelé. Les cheveux bruns flottaient à la surface de l'eau. La tête était penchée en avant et, comme la baignoire était remplie à ras bord, la femme ne pouvait être que morte.

Lui, il s'appelait Mitter. Janek Mattias Mitter, professeur d'histoire et de philosophie au lycée Bunge à Maardam et communément appelé JM.

Après avoir fait ces constatations, il vomit à nouveau, cette fois dans les WC. Ensuite, il avala encore deux comprimés puis appela la police.

2

La cellule avait la forme d'un L et était peinte en vert. Les murs, le plafond et le sol étaient uniformément verts. Tout en haut du mur, un jour parcimonieux filtrait par la lucarne. La nuit, il pouvait apercevoir une étoile.

Il y avait un coin sanitaire avec un lavabo et des WC. Un lit fixé au mur. Une table branlante et deux chaises. Un plafonnier. Une lampe de chevet.

Le reste n'était que bruits et que silences. La seule odeur existante était celle de son propre corps.

L'avocat s'appelait Rüger. Il était grand et boitait légèrement de la jambe gauche. D'après Mitter, il pouvait avoir la cinquantaine, autrement dit quelques années de plus que lui-même. Peut-être avait-il eu son fils comme élève… un garçon pâle au teint brouillé qui avait des notes médiocres, si son souvenir était exact. C'était probablement il y a huit ou dix ans.

Rüger lui serra la main longuement et avec force, tout en le regardant d'un air à la fois grave et bienveillant. Mitter se dit qu'il avait dû suivre des cours de relations humaines.

– Janek Mitter ?

Mitter opina.

– Une pénible affaire.

Il enleva son pardessus, le secoua et l'accrocha près de la porte. Le gardien ferma la porte à double tour et s'éloigna le long du corridor.

– Il pleut dehors. On est bien mieux ici, en fait.

– Auriez-vous une cigarette ?

Rüger sortit un paquet de sa poche.

– Servez-vous bien. Je ne comprends pas pourquoi ils ne vous autorisent même pas à fumer.

Il s'installa à la table et posa devant lui sa serviette en cuir. Mitter alluma une cigarette mais resta debout.

– Vous ne voulez pas vous asseoir ?

– Non, merci.

– Comme vous voulez.

Il ouvrit une chemise de couleur marron et en sortit quelques feuilles de papier dactylographiées ainsi qu'un bloc-notes. Il appuya plusieurs fois sur son stylo bille, les coudes posés sur la table.

– Une bien pénible affaire, comme je disais. Je tiens à ce que vous le sachiez dès à présent.

Mitter restait dans l'expectative.

– Il y a beaucoup de choses contre vous. Aussi est-il très important que vous soyez avec moi d'une franchise absolue. Si nous ne nous faisons pas mutuellement confiance, je ne pourrai pas vous défendre aussi bien que nécessaire… Vous comprenez ?

– Oui.

– D'autre part, j'espère que vous n'hésiterez pas à me faire connaître vos points de vue…

– Mes points de vue ?

– Oui, sur la meilleure façon d'agir. Ce sera évidemment à moi d'établir un plan stratégique, mais c'est de vous qu'il s'agit, après tout.

– Je comprends.

– Bien. Voulez-vous me faire le récit des événements ou préférez-vous que je vous pose des questions ?

Mitter éteignit sa cigarette dans le lavabo et vint s'asseoir à la table. La nicotine lui avait donné un peu le vertige et, à présent, il ne ressentait plus qu'une très grande lassitude.

Il était las de la vie, de cet avocat boiteux et de la cellule hideuse, du goût désagréable qu'il avait dans la bouche et de toutes ces questions auxquelles il lui faudrait répondre. Une affreuse lassitude.

– J'ai déjà tout expliqué aux policiers. Pendant quarante-huit heures, je n'ai rien fait d'autre.

– Je sais, mais je suis obligé de vous demander de recommencer. Cela fait partie des règles du jeu, vous le comprenez certainement.

Mitter haussa les épaules et sortit une autre cigarette du paquet.

– Je crois qu'il est préférable que vous me posiez des questions.

L'avocat se pencha en arrière, se balança sur la chaise et posa le bloc-notes sur ses genoux.

– La plupart de mes confrères utilisent un magnétophone mais, personnellement, je préfère prendre des notes. Je crois que cette méthode est moins éprouvante pour le client.

Mitter opina.

– D'ailleurs, je peux toujours consulter les enregistrements de la police, au besoin. Toutefois, avant d'aborder les circonstances, il faut que je vous pose la question traditionnelle. Vous serez très vraisemblablement accusé de meurtre, éventuellement d'homicide par imprudence, sur la personne de votre épouse, Eva

Maria Ringmar. Que comptez-vous plaider ? Coupable ou non coupable ?

– Non coupable.

– Bien. Il ne faut pas qu'il y ait de doute sur ce point. Ni de votre part, ni de la mienne.

Il fit une brève pause au cours de laquelle il fit rouler le stylo entre ses doigts.

– Aucune hésitation ?

Mitter soupira.

– Il faut que je vous demande de répondre à ma question. Vous êtes absolument certain de ne pas avoir tué votre femme ?

Il attendit quelques secondes avant de répondre et essaya de capter le regard de l'avocat pour essayer de savoir ce qu'il pensait vraiment, mais sans succès. Le visage de Rüger était aussi inexpressif qu'une pomme de terre.

– Non, je ne suis pas absolument certain. Vous le savez très bien.

L'avocat prit quelques notes.

– Monsieur Mitter, je me vois obligé de vous demander d'oublier que j'ai déjà pris connaissance des procès-verbaux d'interrogatoires. Il faut que vous fassiez semblant de raconter toute l'histoire pour la première fois… Essayez de vous mettre dans cette situation !

– Je ne me souviens de rien.

– Oui, je comprends très bien que vous soyez incapable de vous rappeler ce qui s'est passé. C'est d'ailleurs pourquoi il nous faut tout reprendre depuis le début. La mémoire ne vous reviendra pas si vous ne faites pas l'effort de repenser à cette nuit-là… sans réticences. Vous n'êtes pas de mon avis ?

– Comment croyez-vous que je passe mon temps ? À quoi croyez-vous que j'ai l'esprit occupé.

Il sentait sa colère monter. L'avocat évita de croiser son regard et griffonna quelque chose sur son bloc-notes.

– Qu'est-ce que vous avez écrit ?

– Malheureusement…

Il secoua la tête en signe de refus puis sortit un mouchoir de sa poche et se moucha bruyamment.

– Quel sale temps ! dit-il.

Mitter opina.

– Il faut que vous compreniez, poursuivit l'avocat, que vous vous trouvez dans une situation extrêmement précaire. Vous vous prétendez innocent, mais vous ne vous souvenez de rien… C'est une base bien peu solide pour construire une défense, vous vous en rendez certainement compte.

– C'est à l'accusation de démontrer que je suis coupable et non pas à moi de démontrer le contraire, n'est-ce pas ?

– Bien entendu. C'est la loi, mais…

– Mais ?

– Si vous ne vous souvenez de rien, vous ne vous souvenez de rien. Il est souvent difficile de convaincre un jury, vous savez… En tout cas, promettez-moi de me faire savoir si quelque chose vous revient en mémoire.

– Naturellement.

– Et quel que soit ce souvenir ?

– Cela va de soi.

– Continuons ! Depuis combien de temps connaissiez-vous Eva Ringmar ?

– Deux ans… à peine deux ans… depuis qu'elle travaillait dans notre lycée.

– Vous enseignez quoi ?

– L’histoire et la philosophie. L’histoire principalement. La plupart des élèves choisissent d’autres matières que la philosophie.

– Depuis combien de temps enseignez-vous dans ce lycée ?

– Vingt ans… ou plus exactement dix-neuf.

– Et votre femme ?

– Elle enseignait les langues modernes. Depuis deux ans, comme je viens de le dire.

– Votre liaison a commencé quand, à quel moment ?

– Il y a six mois. Nous nous sommes mariés l’été dernier, au début du mois de juillet…

– Elle était enceinte ?

– Non. Pourquoi… ?

– Avez-vous des enfants, monsieur Mitter ?

– Oui, un garçon et une fille.

– De quel âge ?

– Vingt ans et seize ans. Ils vivent à Chadów avec leur mère.

– En quelle année avez-vous divorcé de votre première femme ?

– En 1980. Jürg est resté avec moi jusqu’à son entrée à l’université. Je ne comprends pas quelle importance…

– J’ai besoin d’un arrière-plan. Même un avocat doit savoir construire un puzzle, vous êtes certainement de cet avis, je pense. Quelles sont vos relations avec votre première femme ?

– Inexistantes.

Il y eut une pause. L’avocat se moucha de nouveau. Manifestement, il y avait quelque chose qui le contrariait, mais Mitter n’avait aucune envie de venir à son secours… Irène n’avait rien à voir avec cette histoire, pas plus que Jürg ou Inga et il leur était reconnaissant de ne pas s'en être mêlés. Ils s'étaient manifestés, bien sûr, mais seulement le premier jour et, depuis, le silence était retombé. Une lettre d'Inga venait pourtant d'arriver, mais elle ne contenait que quelques lignes. C'était une déclaration de solidarité.

« Nous sommes avec toi. Inga et Jürg. »

Il se demandait si c'était aussi le cas d'Irène. Était-elle avec lui, elle aussi ? Mais peut-être cette question était-elle sans importance.

– Quelle était la nature de vos relations ?

– Pardon ?

– Votre mariage avec Eva Ringmar. C'était quel genre ?

– Comme la plupart des mariages.

– Ce qui signifie ?

– …

– Vous vous entendiez bien ou vous vous disputiez ?

– …

– Vous n'étiez mariés seulement que depuis trois mois, après tout.

– C'est exact.

– Et, un beau jour, on retrouve votre femme morte dans la baignoire. Vous devez bien comprendre qu'il nous faut trouver une explication, non ?

– Oui, bien sûr.

– Vous comprenez également qu'il vous est impossible de garder le silence sur ce point précis ? Votre silence serait interprété comme la preuve que vous cachez quelque chose et se retournerait contre vous.

– Je suppose que oui, en effet.

– Aimiez-vous votre femme ?

– Oui…

– Est-ce que vous vous disputiez ?

– Parfois…

Rüger prit des notes.

– Le procureur partira du principe que votre femme a été tuée en se basant sur les rapports des médecins et des techniciens… Nous ne sommes pas en mesure de prouver qu'il s'agit d'une mort naturelle. La question est de savoir si elle aurait pu se suicider.

– Oui, j'imagine…

– Qu'est-ce que vous imaginez ?

– Que toute la question est là… de savoir si elle a pu se tuer.

– Oui, peut-être. Ce soir-là… aviez-vous beaucoup bu ?

– Pas mal.

– Ce qui signifie ?

– Je ne sais pas exactement…

– D'habitude, il vous faut quelle quantité d'alcool pour perdre la mémoire, monsieur Mitter ?

Maintenant, il était manifestement très irrité. Mitter recula sa chaise, se leva et alla se poster près de la porte. Les mains dans les poches, il fixa le dos voûté de l'avocat. Rien ne se passa. L'avocat resta immobile.

– Je n'en sais rien, finit par répondre Mitter. J'ai essayé de compter… le nombre de bouteilles vides… six ou sept probablement.

– De vin rouge.

– En effet… rien d'autre.

– Donc six ou sept bouteilles pour deux personnes ? Vous êtes restés seuls toute la soirée ?

– Oui, pour autant que je m'en souvienne.

– Est-ce que vous êtes alcoolique, monsieur Mitter ?

– Non.

– Seriez-vous étonné si quelqu'un était d'un autre avis ?

– Oui…

– Et votre femme ?

– Que voulez-vous dire ?

– Est-ce exact qu'elle a suivi une cure – il se pencha sur ses documents, tourna les pages – de désintoxication… à Rejmershus ? J'ai les renseignements ici.

– Alors, pourquoi me posez-vous la question ? Cela s'est passé il y a six ans. Elle venait de perdre un enfant, et son mariage…

– Je sais, je sais. Pardonnez-moi, monsieur Mitter, mais je suis obligé de poser ces questions, aussi désagréables qu'elles puissent paraître. Au cours du procès, ce sera bien pire, je peux vous l'assurer. Alors, autant vous habituer dès maintenant.

– Merci, j'y suis déjà habitué.

– Nous pouvons continuer ?

– Bien entendu.

– Quel est votre dernier souvenir précis de cette soirée ? Le dernier dont vous soyez absolument sûr ?

– Il s'agit d'un pot-au-feu… Nous avons mangé un pot-au-feu à la mexicaine. Je l'ai déjà raconté à la police.

– Racontez-le encore une fois !

– Nous avons donc mangé un pot-au-feu à la mexicaine. Dans la cuisine.

– Et ensuite ?

– Nous avons commencé à faire l'amour…

– Est-ce que vous avez raconté cela à la police ?

– Oui.

– Continuez !

– Qu'est-ce que vous voulez savoir ? Des détails ?

– Tout ce dont vous vous souvenez.

Mitter retourna à la table, alluma une cigarette et se rapprocha de l'avocat. Autant donner à ce plumitif voûté tous les détails qu'il pourrait aborder.

– Eva portait un kimono… sans rien dessous. Pendant que nous mangions, j'ai commencé à la caresser… et nous buvions aussi, naturellement, puis elle m'a déshabillé… du moins partiellement. J'ai fini par la hisser sur la table…

Il fit une petite pause. L'avocat avait cessé de prendre des notes.

– … je l'ai hissée sur la table, je lui ai arraché le kimono puis je l'ai pénétrée. Je crois qu'elle a crié… non pas parce qu'elle avait mal mais par plaisir, évidemment, elle le faisait toujours… Nous avons alors continué à faire l'amour et à boire et à manger pendant assez longtemps… Je me souviens d'avoir versé du vin sur son sexe et de l'avoir léché jusqu'à la dernière goutte…

– Du vin sur son sexe ?

La voix de l'avocat était devenue fluette tout d'un coup.

– C'est ça. Que voulez-vous savoir d'autre ?

– Est-ce là votre dernier souvenir ?

– Je crois que oui.

L'avocat se racla la gorge, sortit à nouveau son mouchoir et se moucha.

– Avez-vous une idée de l'heure qu'il était à ce moment-là ?

– Non, aucune.

– Même pas approximativement ?

– Non. Il pouvait être n'importe quelle heure entre neuf heures du soir et deux heures du matin… Je n'ai pas regardé ma montre une seule fois.

– Je comprends. Je ne vois pas pourquoi vous l'auriez fait.

L'avocat commença à rassembler ses documents.

– Est-ce que je peux vous demander de ne pas donner trop de détails… concernant votre coït, si jamais cette question était évoquée au cours du procès ? Cela pourrait donner lieu à des malentendus.

– Sûrement.

– D'ailleurs, on n'a trouvé nulle trace de sperme… Vous savez sans aucun doute que des examens très minutieux sont effectués…

– Oui, le commissaire de police me l'a expliqué… Je suppose que je n'ai pas éjaculé. C'est la faute du vin, sans doute… ou je devrais peut-être dire : grâce au vin. Tout dépend à quel point de vue on se place, n'est-ce pas, maître ?

– Vraiment ? Vous savez que l'heure exacte est connue ?

– L'heure exacte de quoi ?

– De la mort. Exacte n'est d'ailleurs pas le mot qui convient en la circonstance… mais disons entre quatre heures et cinq heures et demie…

– Je me suis levé à huit heures vingt.

– Nous le savons.

Il se leva, arrangea sa cravate et boutonna sa veste.

– Cela suffira pour aujourd'hui. Je vous remercie d'avoir répondu à mes questions, mais je vous en poserai d'autres demain. J'espère que vous vous montrerez coopératif.

– Est-ce que je n'ai pas été coopératif aujourd'hui ?

– Si, très.

– Je peux garder les cigarettes ?

– Je vous en prie. Puis-je vous poser une dernière question qui sera un peu… dérangeante ?

– Allez-y.

– Je crois qu'elle est importante. Il faudra bien réfléchir avant de répondre.

– Oui…

– Si vous ne voulez rien me dire, je le comprendrai fort bien, mais je crois qu'il est important que vous soyez honnête avec vous-même. Voici ma question : pensez-vous que vous avez véritablement envie de vous rappeler ce qui s'est passé… ou que vous préférez tirer un trait sur tout ?

Mitter ne répondit pas. L'avocat évita de le regarder.

– Je suis de votre côté. J'espère que vous le comprenez.

Mitter opina. L'avocat appuya sur la sonnette ; quelques secondes plus tard, le gardien arriva pour le faire sortir. Rüger s'arrêta dans l'encadrement de la porte, l'air hésitant.

– Mon fils m'a chargé de vous saluer de sa part. Edwin… Edwin Rüger. Il y a dix ans, vous étiez son professeur d'histoire. Je ne sais pas si vous vous souvenez de lui… Il vous aimait bien, en tout cas. Il vous trouvait intéressant.

– Intéressant ?

– Oui, c'est le mot qu'il a employé.

Mitter opina à nouveau.

– Je me souviens de lui. Remerciez-le de ma part.

Ils se serrèrent la main. Mitter était à nouveau seul.

3

Un insecte rampait sur son bras droit nu. Une bestiole obstinée, de quelques millimètres ; il la regarda en se demandant quelle était sa destination.

Peut-être cherchait-elle à atteindre la lumière. Il avait laissé sa lampe de chevet allumée toute la nuit. Pour une raison ou pour une autre, il lui était difficile de supporter l'obscurité. Cela ne lui ressemblait pas ; l'obscurité n'avait jamais représenté un danger, même quand il était enfant… Il se souvenait de plusieurs occasions où on l'avait félicité sans qu'il l'eût vraiment mérité, parce qu'il n'avait pas peur de l'obscurité. Surtout Mankel et Li.

À présent, Mankel était mort. Mais il ignorait ce que Li était devenue… Soudain, ils avaient surgi de sa mémoire, alors qu'il n'avait certainement pas pensé à eux depuis des années. D'autres souvenirs devraient surgir… Mais qui peut maîtriser les mécanismes de la mémoire ?

Il jeta un coup d'œil à sa montre. Trois heures et demie. L'heure du loup. Est-ce qu'il avait rêvé ?

En tout cas, il avait mal dormi. Il s'était peut-être passé quelque chose pendant son sommeil ? Depuis quelques jours sa conviction grandissait : tout lui serait révélé au cours d'un rêve. Quand il était réveillé, il ne se passait jamais rien ; au bout d'une semaine, les souvenirs de cette nuit-là étaient aussi inexistants que le premier matin… un bain de fixage raté où rien, même pas le moindre contour, ne se décidait à apparaître sur le papier… C'est comme s'il n'avait pas été présent, comme si rien ne s'était passé après l'amour. Les dernières images étaient cepandant très nettes… les fesses d'Eva qui s'ouvraient et se refermaient, son dos arqué au moment de l'extase, ses seins qui se balançaient et ses ongles qui lui rentraient dans la peau… Il n'avait pas tout dit à Rüger, mais c'était sans grande importance… Après ce qui s'était passé dans la cuisine, tout était lisse comme un miroir.

Comme de la glace sur des eaux profondes.

S'était-il tout simplement endormi ? Ou avait-il perdu connaissance ? Après tout, il s'était réveillé dans son lit et déshabillé.

Que s'est-il passé, bon Dieu ?

Eva ? Dans ses rêves, il avait plusieurs fois entendu sa voix mais jamais les paroles, il en était sûr. Jamais le message, seulement la voix… grave, moqueuse, séduisante… Il avait toujours aimé sa voix.

L'appartement avait semblé relativement en ordre. Mis à part les restes dans la cuisine et les vêtements sur le sol, rien n'indiquait qu'il aurait pu se dérouler quelque chose d'anormal. Quelques cendriers bien remplis, des verres à moitié vides, la bouteille dans l'entrée. Il avait tout enlevé avant l'arrivée de la police.

Les mêmes questions, inlassablement répétées, qui se reflétaient dans le miroir et bondissaient comme des cailloux sur la surface de la glace. Et rien ne parvenait jusqu'à lui. Rien.

Si jamais il apprenait la vérité au cours d'un rêve,

comment ferait-il pour en garder le souvenir ? Pour ne pas tout oublier, comme il faisait d'habitude ?

Ses périodes de sommeil devenaient de plus en plus irrégulières. Il ne dormait jamais plus d'une heure à la fois, plutôt quinze ou vingt minutes. Vers deux heures du matin, il avait fumé la dernière cigarette offerte par Rüger… Maintenant, il aurait donné cher pour pouvoir tirer une bouffée ; il avait des fourmis partout, c'était comme une démangeaison au plus profond de son corps, hors d'atteinte…

Et une lassitude.

Une lassitude intermittente qui était peut-être une bénédiction puisqu'elle tenait le pire à distance.

Qu'est-ce que Rüger avait laissé entendre ?

Avait-il réellement envie de savoir ? Le voulait-il ?

Il ressentit alors comme une légère piqûre dans l'épaule. L'insecte venait de le piquer. Il hésita un moment avant de le coincer entre le pouce puis l'index et de l'écraser.

Lorsqu'il l'avala, il eut l'impression d'avoir tout au plus ingurgité une miette de pain.

Il se tourna contre le mur et resta là, le visage appuyé contre le béton, attentif au moindre bruit. Tout ce qu'il entendait, c'était le sifflement du système de ventilation.

« Ca va craquer, se dit-il. Ce n'est qu'une question de temps. »

Lorsque le chariot du petit déjeuner arriva un peu après sept heures du matin, il était toujours couché dans la même position. Il ne s'était pourtant jamais rendormi.

4

Le rhume de Rüger n'allait pas mieux.

– Je devrais avaler un cognac et aller me coucher, mais il faut que je bavarde d'abord un peu avec vous. Avez-vous bien dormi ?

Mitter fit non de la tête.

– Mais avez-vous dormi ?

– Pas beaucoup.

– Oui, ça se voit. Est-ce qu'on vous a donné des médicaments ? Des calmants, par exemple ?

– Non.

– Je m'en occuperai. Il faut les empêcher de vous démolir. Sans doute avez-vous compris que cette longue attente avant le procès n'est pas due au hasard ?

Il fit une pause pour se moucher.

– Oui, bien sûr, les cigarettes…

Il lança un paquet tout neuf sur la table. Mitter déchira le papier cellophane qui entourait le paquet et constata qu'il n'arrivait pas à contrôler ses mains. Il eut un étourdissement en tirant les premières bouffées sur sa cigarette.

– Van Veeteren va vous interroger à nouveau cet après-midi. J'aurais voulu être présent, mais ce n'est pas possible. Je vous conseille d'en dire le moins possible… vous savez, n'est-ce pas, que vous avez le droit de vous taire complètement ?

– J'avais cru comprendre que vous m'aviez déconseillé d'adopter cette attitude ?

– Devant la cour, oui, mais pas devant la police. Gardez donc le silence et laissez-les poser les questions. Ou dites au moins que vous ne vous souvenez de rien. D'accord ?

Mitter fit oui de la tête. Il commençait à avoir confiance en Rüger, bon gré, mal gré. Il se demanda si c'était dû à son insomnie ou bien au rhume de l'avocat.

– Le pire que vous puissiez faire serait de supposer, d'essayer de deviner ou de spéculer pour ensuite être obligé de vous rétracter. Chaque mot que vous prononcerez au cours des interrogatoires pourra être utilisé contre vous pendant le procès. Si, par exemple, vous dites au commissaire d'aller se faire foutre, vous pouvez être certain qu'il le répétera au jury… pour démontrer le genre de caractère que vous avez. Vous voulez une tasse de café ?

Mitter fit non de la tête.

– Bon. Parlons un peu de ce matin-là.

– De quel matin ?

– Eh bien, quand vous l'avez découverte… Il y a encore des points obscurs…

– Lesquels ?

– Votre comportement après avoir appelé la police.

– Ah, oui ?

– Vous avez fait le ménage dans l'appartement alors que votre femme se trouvait dans la baignoire, morte ?

– Je n'ai fait que ranger un peu.

– Vous ne trouvez pas ça étrange ?

– Non.

– Qu'avez-vous fait exactement ?

– J'ai enlevé quelques verres, j'ai vidé un cendrier et j'ai ramassé nos vêtements…

– Pourquoi ?

– Je… je ne sais pas… je suppose que j'avais reçu un choc. Je me souviens que je ne voulais pas retourner dans la salle de bains.

– La police est arrivée au bout de combien de temps ?

– Un quart d'heure… peut-être vingt minutes…

– Oui, c'est à peu près exact. Votre appel a été enregistré à 8 h 27 et, selon les rapports, ils sont arrivés sur les lieux à 8 h 46. Dix-neuf minutes… Qu'avez-vous fait des vêtements ?

– Je les ai mis dans la machine à laver.

– Tous ?

– Oui. Il n'y en avait pas tellement.

– Où se trouve la machine à laver ?

– Dans la cuisine.

– Et vous avez tout mis là-dedans ?

– Oui.

– Avez-vous l'habitude de vous occuper vous-même de la lessive ?

– J'ai vécu seul pendant dix ans.

– D'accord, mais les différentes sortes de linge ? Est-ce que tout était de la même nature ? Je veux dire : il devait y avoir des couleurs et des tissus différents, non ?

– Non, il s'agissait uniquement de couleurs sombres.

– Donc d'une lessive de couleurs ?

– C'est ça.

– À quelle température ?

– 40°. Quelques-uns de ces vêtements auraient pu supporter 60°, mais ce n'est pas très important…

Il y eut une pause et Rüger se moucha. Mitter alluma une nouvelle cigarette, la troisième de la journée. L'avocat se renversa en arrière et regarda le plafond.

– Vous n'avez donc pas compris à quel point tout ceci est étrange ?

– Quoi donc ?

– Le fait que vous ayez branché la machine à laver juste après avoir trouvé votre femme morte dans la salle de bains.

– Je ne sais pas… peut-être…

– À moins que vous n'ayez commencé cette lessive avant d'appeler la police ?

– Non, j'ai appelé immédiatement.

– Immédiatement ?

– Oui… j'ai avalé quelques médicaments tout d'abord. J'avais un affreux mal de tête.

– Et en attendant l'arrivée de la police… vous avez vidé les cendriers, rincé les verres, fait tourner la lessive…

– J'ai également jeté des restes de nourriture à la poubelle. Puis j'ai fait un peu le ménage dans la cuisine…

– Vous n'avez pas arrosé les plantes vertes ?

– Non.

– Ou fait les carreaux ?

Mitter ferma les yeux. La confiance était sur le point de disparaître, cela devenait évident. Et peut-être n'avait-elle existé que grâce aux cigarettes. Celle qu'il était en train de fumer n'avait pas bon goût. Il l'éteignit d'un geste irrité.

– Vous est-il déjà arrivé de trouver votre femme

morte dans la baignoire, monsieur Rüger ? Sinon, vous pourriez peut-être être assez aimable pour m'expliquer comment on doit se comporter en attendant l'arrivée de la police. Cela m'intéresserait de le savoir…

Rüger venait de sortir son mouchoir à nouveau mais se ravisa.

– Mais vous n'avez donc rien compris ?

– Quoi donc ?

– Que votre comportement est des plus suspects. Vous devriez bien comprendre comment on va l'interpréter… Rincer des verres, laver des vêtements, ça s'appelle effacer des traces !

– Vous partez du principe que c'est moi qui l'ai tuée.

Rüger se moucha.

– Non, pas du tout. Grâce au ciel, votre comportement est tellement stupide qu'il finira par vous servir plutôt que vous desservir.

– Qu'entendez-vous par là ?

– Vous noyez votre femme dans la baignoire. Vous verrouillez la porte de l'extérieur, vous vous déshabillez puis vous vous couchez en oubliant tout. Le lendemain matin, vous vous réveillez, vous entrez par effraction dans la salle de bains et vous découvrez votre femme… Vous avalez quelques comprimés, vous appelez la police puis vous commencez à faire une lessive…

Mitter se leva et fit quelques pas vers le lit. Soudain, il se sentit très fatigué, souhaitant ardemment que l'avocat s'en aille pour le laisser en paix.

– Je ne l'ai pas tuée.

Il s'étendit sur le lit.

– C'est en tout cas ce que vous croyez. Vous savez, à mon avis, il n'est pas impossible que l'on décide de vous faire subir un examen psychiatrique. Dans ce cas, quelle serait votre réaction ?

– Vous voulez dire que je ne suis pas tenu d'accepter ?

– C'est ça. Il faut en tout cas qu'il y ait des raisons suffisantes…

– Et c'est le cas ?

L'avocat, qui venait de se lever, était en train d'enfiler son pardessus.

– Difficile à dire… difficile à dire. Qu'en pensez-vous ?

– Aucune idée.

Il ferma les yeux et se tourna vers le mur. À distance, il entendit l'avocat prononcer encore quelques phrases, mais la fatigue était maintenant devenue un précipice sans fond où il se laissa sombrer sans résistance.

5

Le commissaire Van Veeteren n'était pas enrhumé, lui.

Mais il avait tendance à se sentir déprimé par mauvais temps et, comme depuis dix jours il pleuvait sans discontinuer, sa mélancolie avait eu le temps de prendre racine.

Il claqua la portière, appuya sur le starter et introduisit une cassette dans le magnétophone.

Le concerto pour mandolines de Vivaldi. Mais, comme d'habitude, l'un des haut-parleurs était défectueux et le son laissait à désirer.

Il n'y avait pas que la pluie. Il y avait bien d'autres problèmes.

Sa femme, par exemple. Pour la quatrième ou la cinquième fois – il ne savait plus exactement – elle paraissait sur le point de lui revenir. Huit mois auparavant, ils s'étaient séparés pour la dernière fois et, maintenant, elle recommençait à l'appeler au téléphone.

Elle n'avait encore rien dit de précis, mais il avait très bien compris où elle voulait en venir. Tout semblait indiquer qu'ils seraient à nouveau sous le même toit et dans le même lit, disons à temps pour Noël.

Une fois de plus.

Le seul obstacle à une telle évolution serait un refus

de sa part à lui, mais rien ne semblait présager une pareille solution.

Il tourna dans Kloisterlaan puis sortit un cure-dents de sa poche. La pluie continuait à tomber tristement et le pare-brise était couvert de buée. Comme d'habitude. Il l'essuya avec la manche de sa veste et, durant un court instant, la visibilité devint quasiment nulle.

« Je vais mourir », se dit-il tout d'un coup, mais il ne se passa rien. Machinalement, il tira sur une manette qui réglait la ventilation et sentit de l'air chaud sur ses pieds.

« Je devrais m'offrir une meilleure voiture », se dit-il. Ce n'était pas une idée nouvelle.

Par-dessus le marché, Bismark était malade.

Depuis que sa fille Jess avait fêté ses douze ans, il supportait cette chienne terre-neuve à l'esprit obtus ; toutefois, maintenant, elle restait couchée toute la journée devant le réfrigérateur et vomissait des trucs verdâtres et malodorants qu'il était obligé d'essuyer plusieurs fois par jour.

La chienne, bien sûr. Pas la fille.

Jess, elle, se portait sûrement comme un charme. À présent, elle avait vingt-quatre ans, ou peut-être vingt-trois, et habitait très loin, à Borges, entourée par d'autres chiens, un mari dentiste et des jumeaux qui commençaient tout juste à marcher et à apprendre à dire des gros mots. Il leur avait rendu visite au début des vacances et ne comptait pas leur imposer sa présence à nouveau avant le jour de l'an.

Il avait aussi un fils. Erich.

Celui-là n'était pas très loin. Il se trouvait à la prison de Linden, pour être exact, où il purgeait une peine de deux ans pour trafic de drogue. Il était sous bonne garde, autrement dit. Si Van Veeteren en avait envie, il pouvait lui rendre visite tous les jours ; il lui suffisait de prendre la voiture, de parcourir vingt kilomètres le long des canaux, de montrer sa carte d'identité au gardien en arrivant puis d'entrer. Erich était là, il n'avait aucun moyen de lui échapper et, s'il lui apportait des cigarettes et des journaux, il était plutôt bien accueilli.

Mais il ne voyait pas très bien quel était l'intérêt de rester là à contempler son délinquant de fils aux cheveux longs.

Il baissa la vitre pour avoir un peu d'air et une nuée de gouttes de pluie lui tombèrent sur la cuisse.

Encore autre chose ? Oui, le pied droit, évidemment. Il s'était foulé le pied, la veille en jouant au badminton avec Münster. Le score était de 6-15, 3-15 et de 0-6 au troisième set, au moment où il avait été obligé de s'arrêter. C'étaient des chiffres qui en disaient long… Ce matin, il avait eu du mal à enfiler sa chaussure et chaque pas le faisait souffrir. La vie était belle, il n'y avait pas à dire.

Prudemment, il essaya de remuer les doigts de pied en se demandant s'il n'aurait pas mieux fait d'aller se faire faire une radio, mais il chassa vite cette pensée. Il lui suffisait de se rappeler son père, cet homme stoïque qui, souffrant d'une pneumonie double, avait refusé de se faire hospitaliser sous prétexte qu'il ne fallait pas se conduire en femmelette.

Il était mort dans son lit, deux jours plus tard, très fier de pouvoir se dire qu'il n'avait jamais coûté un sou au service médical et qu'il n'avait jamais avalé le moindre médicament.

Il avait juste 52 ans et son fils pas tout à fait 18.

Et, maintenant, il y avait l'affaire de ce professeur de lycée. Bien à regret, il se mit à penser au boulot. En tant que telle, l'affaire n'était pas inintéressante, au contraire. S'il n'y avait pas eu tout le reste, y compris cette satanée pluie, il aurait été le premier à reconnaître que cette histoire n'était pas dénuée de suspense.

Car il n'avait pas de certitude.

Or, certain, il l'était neuf fois sur dix et même plus souvent, pour être tout à fait honnête. Dix-neuf fois sur vingt, Van Veeteren était parfaitement capable de dire s'il avait devant lui le coupable ou non.

Ce n'était pas la peine d'y aller par quatre chemins. Il existait toujours une multitude de petits signes qui allaient dans un sens ou dans l'autre… et, au fil des ans, il avait appris à interpréter ces signes. Non pas qu'il les analysât un par un et peu importait, d'ailleurs. L'essentiel était qu'il distinguait le dessin, qu'il devinait l'image.

Ce n'était pas très difficile et il n'avait pas besoin de se forcer.

Autre chose était de trouver des preuves et de construire une accusation susceptibles de convaincre une cour. Mais la certitude, la connaissance lui arrivaient toujours sans qu'il fît d'efforts.

Et souvent malgré lui. Il interprétait les signaux que le suspect émettait, parfois aussi facilement que s'il les avait lus dans un livre, comme un musicien qui parvient à entendre une mélodie à travers une multitude de notes ou un professeur de mathématiques qui vérifie des calculs laissant à désirer. Il ne s'agissait pas de quelque chose d'extraordinaire, mais tout de même d'un don. Ce n'était pas une chose que l'on pouvait apprendre ou enseigner à autrui. Il avait acquis cette faculté après de longues années passées dans la police.

C'était un don qu'il possédait et n'avait nullement mérité. Il n'était même pas du tout reconnaissant d'avoir cette chance.

Bien sûr, il savait qu'il était le meilleur quand il s'agissait de conduire un interrogatoire, le meilleur de tout le district, peut-être même du pays. Pourtant, il aurait volontiers troqué cette réputation contre une victoire sur Münster au badminton. Le battre à plate couture, au moins une fois.

C'était grâce à ce don qu'il avait été promu commissaire au moment du départ à la retraite du vieux Morth. Pourtant, certains de ses collègues avaient été beaucoup plus tentés par ce poste que lui.

Et c'était encore et toujours à cause de ce don que le chef de la police déchirait immanquablement ses lettres de démission avant de les jeter dans la corbeille à papier.

Van Veeteren devait rester à son poste.

Il avait d'ailleurs fini par se réconcilier avec son sort et c'était sans doute mieux ainsi. Au fur et à mesure que les années passaient, il avait de plus en plus de mal à imaginer qu'il pourrait exercer un autre métier que le sien.

« Pourquoi rêver d'être un jardinier ou un chauffeur de bus déprimé quand on peut être un commissaire de police déprimé », comme l'avait dit Reinhart dans l'un de ses moments inspirés.

Quelle conclusion tirer de tout ceci ?

Dans dix-neuf cas sur vingt, il était sûr de lui.

Dans le vingtième, il avait un doute.

Dans le vingt et unième… ?

Tout d'un coup, il se souvint du début d'une vieille tirade :

« Dix-neuf jeunes filles… »

Il tapota le volant en essayant de faire remonter la suite des profondeurs de l'oubli

« … mirent le lieutenant à leurs pieds. »

C'était vraiment très bête, mais, soit ! Et ensuite ?

« Dix-neuf jeunes filles mirent le lieutenant à leurs pieds, la vingtième refusa de… »

« De quoi ? se demanda Van Veeteren ? De l'épouser ? »

« La vingtième refusa de l'épouser, la vingt et unième le tua ! »

Quelles sottises ! Il recracha le cure-dents et tourna pour aller se garer devant l'hôtel de police. Comme toujours, il dut se faire violence avant de sortir de la voiture ; le bâtiment qui abritait l'hôtel de police était sans nul doute l'un des trois plus laids de toute la ville.

Les deux autres étaient le lycée Bunge où il avait passé son bachot dans le temps et où enseignait ce Mitter… ainsi que l'immeuble situé Klagenburg 4, où Van Veeteren habitait depuis six ans.

Il ouvrit la portière et chercha son parapluie sur le siège arrière, puis il se souvint qu'il l'avait mis à sécher dans la cage d'escalier, chez lui.

6

– Bonjour !

La porte se referma derrière le commissaire. Mitter détourna le regard. Après son beau-père et Jean-Christophe Colmar, son collègue qui enseignait la chimie et la physique, Van Veeteren était certainement l'homme le plus antipathique qu'il eût jamais rencontré.

Maintenant qu'il était installé à la table en train de mâchouiller son éternel cure-dents, Mitter eut grande envie de tout avouer. Simplement afin de se débarrasser du commissaire. Afin d'avoir la paix.

Mais les choses n'étaient probablement pas aussi simples. Van Veeteren ne se laisserait pas duper. Penché lourdement sur le magnétophone, menaçant et malintentionné. Son visage était marqué par une multitude de veinules bleuâtres et il était tout aussi expressif que celui d'un bouledogue pétrifié. La seule chose qui bougeait dans ce visage était le cure-dents qui se déplaçait d'un coin à l'autre de la bouche. Il ressemblait davantage à une momie qu'à un être en chair et en os.

Et il était certainement très efficace en tant que policier.

Il n'était pas exclu que le commissaire fût fixé sur

la culpabilité ou l'innocence de Mitter, bien avant que celui-ci ne le découvrît lui-même.

Van Veeteren avait une voix de basse plutôt monocorde qui pouvait varier d'un quart de ton, plus aiguë pour poser une question, exprimer le doute ou la dérision, plus grave pour faire une simple constatation.

– Vous n'avez donc rien découvert de nouveau, constata-t-il. Et soyez assez aimable d'éteindre cette cigarette ! Je ne suis pas venu ici pour être empoisonné.

Il brancha le magnétophone. Mitter alla éteindre sa cigarette dans le lavabo puis retourna s'étendre sur le lit.

– Mon avocat m'a déconseillé de répondre à vos questions.

– Vraiment ? Vous ferez comme vous voudrez, je finirai quand même par vous démasquer, que ce soit au bout de six heure ou de vingt minutes. Ça m'est égal… J'ai tout mon temps.

Il se tut. Mitter écoutait le sifflement du système de ventilation. Le commissaire restait immobile.

– Est-ce que votre femme vous manque ? demanda-t-il au bout de quelques minutes.

– Naturellement.

– Je ne vous crois pas.

– Cela m'est tout à fait égal.

– Vous mentez à nouveau. Si ce que je pense vous indiffère, pourquoi inventer des mensonges aussi stupides ? Essayez de faire preuve d'un peu d'intelligence, bon sang !

Mitter ne répondit pas. La voix du commissaire redevenait grave.

– Vous savez que j'ai raison. Vous voulez me faire croire que votre femme vous manque, mais c'est faux.

Et vous savez que je le sais. Si vous me dites la vérité, cela vous évitera d'avoir honte de vous-même.

Ce n'était pas une critique mais une simple constatation. Mitter ne dit rien. Il regarda le plafond puis ferma les yeux. Peut-être valait-il mieux suivre à la lettre le conseil de l'avocat. S'il gardait le silence en évitant tout contact avec le regard de l'autre, ce serait bien le diable si…

Derrière ses paupières fermées des choses se montraient. D'autres détails le mettaient au pied du mur. Toujours.

Est-ce que Van Veeteren n'avait pas raison, après tout ?

La question était incontournable.

« Elle ne vous manque pas, n'est-ce pas ? »

Il ne le savait pas lui-même. Elle était entrée dans sa vie comme un tourbillon et, telle une princesse envoûtante, avait pris possession de lui. Entièrement.

Elle l'avait conquis, elle l'avait gardé… et elle avait disparu.

Est-ce que les choses s'étaient passées ainsi ?

Oui, sans doute. Et puisqu'il avait commencé à utiliser des mots pour décrire ce qu'il avait vécu, autant continuer… Dans le chapitre quatorze de sa vie, Eva Ringmar était apparue. Entre les pages 275 et 300 à peu près, elle avait joué le rôle principal, celui de la prêtresse de l'amour… une passion dévorante… puis elle avait disparu ; sans doute continuerait-elle à exister entre les lignes encore quelque temps avant d'être oubliée. La passion avait été si forte qu'elle était condamnée à s'éteindre. Était-ce seulement un épisode de sa vie ? Un sonnet ? Un feu follet ?

Une affaire classée. Morte mais non regrettée.

Fermons la parenthèse !

Le commissaire fit bouger sa chaise et Mitter sursauta. C'était évidemment le choc paralysant qui avait aiguillé ses pensées dans cette direction. Et qui détruisait tout, l'empêchant de réaliser ce qui s'était réellement passé. Ce qui lui était arrivé… ?

– N'est-ce pas que j'ai raison ?

Le commissaire recracha le cure-dents et en sortit aussitôt un autre de sa poche.

– Tout à fait ! Comme j'en avais assez, je l'ai noyée dans la baignoire. Pourquoi est-ce qu'elle me manquerait ?

– Parfait ! C'est exactement ce que je pensais. Mais parlons d'autre chose ! Elle avait un beau corps, n'est-ce pas ?

– Pourquoi cette question ?

– J'ai le droit de poser toutes les questions que je veux. Est-ce qu'elle était forte ?

– Forte ?

– Oui, est-ce qu'elle était forte ? Ça vous facilite les choses si je répète chaque question plusieurs fois ?

– Pourquoi voulez-vous savoir si elle était forte ?

– Afin de pouvoir être sûr qu'elle n'a pas pu être noyée par un enfant ou un handicapé.

– Elle n'était pas particulièrement forte.

– Comment le savez-vous ? Est-ce que vous vous battiez parfois ?

– Seulement quand on s'ennuyait.

– Est-ce que vous êtes un homme violent, monsieur Mitter ?

– Non, soyez sans inquiétude !

– Est-ce que vous pouvez me donner six noms ?

– Comment ?

– Oui, les noms de six personnes qui auraient pu la tuer, si toutefois ce n'est pas vous qui l'avait fait.

– J'ai déjà cité plusieurs personnes…

– J'essaie de savoir si vous vous souvenez des noms que vous m'avez donnés.

– Je ne comprend pas pourquoi.

– C'est sans importance. Je ne suis pas très impressionné par votre intelligence.

– Merci.

– Je vous en prie. Je vais essayer d'expliquer… Vous m'interrompez si vous n'arrivez pas à suivre. Dans sept cas sur dix, c'est le mari qui tue sa femme. Dans deux cas sur dix, c'est quelqu'un de l'entourage…

– Et dans le dixième cas ?

– Il s'agit d'un étranger… d'un fou ou d'un assassin, obsédé sexuel.

– D'après vous, les assassins obsédés sexuels ne font pas partie de la catégorie des fous ?

– Pas nécessairement. Alors ?

– Donc, nos ennemis communs ?

– Ou les siens à elle.

– Nous n'avions pas beaucoup de relations… mais je vous ai déjà raconté tout ça…

– Je sais. Vous avez cessé de voir la plupart de vos soi-disant amis dès le début de votre liaison avec Eva Ringmar. Alors ? Si vous me donnez six noms, vous aurez droit à une cigarette. C'est comme ça qu'on fait à l'école, n'est-ce pas ?

– Marcus Greijer.

– Votre ex-beau-frère ?

– Oui.

– Que vous détestez. Continuez !

– Joanna Kemp et Gert Weiss.

– Des collègues. Langues modernes et… sociologie ?

– Klaus Bendiksen.

– Qui est quoi ?

– Un ami. Andreas Berger.

– Qui est-ce ?

– Son premier mari. Encore un ?

Le commissaire fit oui de la tête.

– Uwe Borgmann.

– Votre voisin ?

– Oui.

– Greijer, Kemp, Weiss… Bendiksen et Borgmann. Cinq hommes et une femme. Pourquoi ceux-là ?

– Je ne sais pas.

– Avant-hier, vous m'avez donné une liste de… Il sortit une feuille de papier de sa poche et se mit à compter… de vingt-huit noms. Andreas Berger ne se trouve pas parmi eux, mais tous les autres y sont. Pourquoi donc avoir choisi ces six-là ?

– Parce que vous me l'avez demandé.

Mitter alluma une cigarette. Le commissaire n'avait plus tout à fait le dessus maintenant, cela devenait évident… mais peut-être avait-il seulement lâché du lest pour l'amener à se trahir.

Trahir quoi ?

Van Veeteren jeta un coup d'œil noir sur la cigarette et débrancha le magnétophone.

– Je vais vous dire une chose. Aujourd'hui, j'ai reçu le rapport final du médecin légiste d'où il ressort qu'il est tout à fait exclu qu'elle ait pu se suicider. Reste trois possibilités. Un : c'est vous qui l'avez tuée. Deux : c'est l'une des personnes qui se trouvent sur votre liste, soit l'une des six, soit l'une des autres. Trois : elle a été victime d'un assassin inconnu.

Il fit une pause pendant laquelle il examina longuement le cure-dents qu'il venait de recracher. De toute évidence, il le jugea encore utilisable car il le remit finalement entre ses dents de devant.

– Personnellement, je pense que c'est vous qui l'avez tuée, mais je reconnais que je n'en suis pas absolument certain…

– Je vous remercie beaucoup.

– En revanche, je suis pratiquement certain que vous serez condamné. Je veux que vous le sachiez : lorsqu'il s'agit d'un verdict, je ne me trompe pratiquement jamais.

Il se leva, rangea le magnétophone dans sa serviette et sonna le gardien.

– Si votre avocat essaie de vous faire croire le contraire, c'est uniquement parce que c'est son métier… Ne vous faites surtout pas d'illusions ! Je ne vous dérangerai plus. On se reverra au moment du procès.

Pendant l'espace d'une seconde, Mitter crut qu'il allait lui serrer la main, ce qui était naturellement une idée absurde. Le commissaire lui tourna le dos et, pendant les deux minutes qui s'écoulèrent avant l'arrivée du gardien, il resta immobile, le regard fixé sur la porte.

C'était comme s'il s'était trouvé dans un ascenseur. Ou comme si Mitter avait cessé d'exister dès l'instant qu'il avait mis fin à leur entretien.

7

Elmer Suurna essuya avec la manche de sa veste une tache imaginaire qu'il voyait sur son bureau, puis jeta un coup d'œil par la fenêtre et se mit à rêver de vacances d'été. Ou, à défaut, de vacances de Noël.

Mais on était en octobre. Il soupira. Depuis sa nomination au poste de proviseur du lycée Bunge, quinze ans auparavant, il n'avait qu'une seule ambition : garder impeccable et brillante la surface de son beau bureau en chêne rouge.

Quand il était jeune professeur stagiaire, il avait d'autres aspirations et sa devise était : *quoi qu'ils fassent, ils ne réussiront pas à troubler ma tranquillité d'esprit* ! Et c'est après avoir été obligé de constater que ce credo était constamment bafoué qu'Elmer Suurna avait décidé de s'orienter vers une autre carrière et de devenir proviseur.

Cela lui avait coûté quelques amis, quelques dîners et quelques années mais, au moment où il allait fêter ses quarante ans, il avait atteint son but. Il ne lui restait qu'à s'installer à son bureau et se réjouir à l'idée d'avoir devant lui un quart de siècle de tranquillité d'esprit. Et si, par hasard, il y avait des problèmes à régler, des manifestations d'élèves à affronter, des déficits budgétaires à combler ou des programmes à modifier, on pouvait toujours charger le censeur de s'en occuper. Le proviseur, lui, soignait le meuble en chêne rouge.

Et voilà qu'au bout de quinze ans de soins attentifs, cette satanée histoire avait surgi.

Après des journées et des soirées interminables, voire des nuits, il n'en voyait toujours pas la fin. Pour l'heure, il avait devant lui, affalé dans le fauteuil réservé aux visiteurs, un avocat qui avait la goutte au nez et qui lui rappelait un vautour affamé qu'il avait vu une fois au cours d'un safari dans la réserve de Serengeti.

« À part celle de ma belle-mère, pensa Suurna, je ne lui confierais la défense de personne. »

– Il faut me comprendre, monsieur Rütter…

– Rüger.

– Pardonnez-moi, monsieur Rüger, mais vous savez que nous venons tous de traverser une épreuve difficile. L'un de nos professeurs est mort, un autre a été arrêté. Nous avons tous les jours la visite de la police. Vous comprenez certainement qu'il nous faut maintenant préserver la tranquillité de notre établissement.

– Cela va de soi. Soyez sans inquiétude…

– Je ne crois pas avoir besoin de souligner que les élèves ont réagi d'une façon négative. Ils sont jeunes et ils sont, par conséquent, vite déstabilisés. Vous savez, à présent, Maître, il s'agit pour nous de nous ressaisir pour pouvoir avancer. Pour moi, qui porte la responsabilité pédagogique à l'échelon le plus élevé, il est indispensable de…

La porte s'ouvrit doucement, laissant apparaître dans l'entrebâillement une femme qui avait des cheveux mauves et des lunettes mauves.

– Dois-je apporter le café maintenant, monsieur le proviseur ?

Elle avait une voix douce et articulait avec soin.

« On dirait que ses mots sont en porcelaine », pensa Rüger. Il comprit qu'il devait s'agir d'une ancienne institutrice.

– Oui, volontiers. Entrez donc, mademoiselle Bellevue.

Rüger se décida à profiter de l'occasion.

– Je comprends très bien votre point de vue. Mon propre fils était élève de ce lycée il y a dix ans.

– Vraiment ? Je me disais aussi…

– Il s'appelait Rüger. Edwin Rüger. Je comprends fort bien que vous veniez de traverser une période difficile. Cela dit, il faut quand même laisser la justice suivre son cours, n'est-ce pas, monsieur le proviseur ?

– Naturellement, monsieur Rüger. J'espère que vous n'avez pas pensé un seul instant que j'avais l'intention de m'y opposer.

Il jeta un coup d'œil en direction de mademoiselle Bellevue qui était en train de refermer la porte derrière elle, et Rüger se demanda s'il n'y avait pas là comme l'ombre d'une inquiétude. Mais peut-être qu'il se trompait.

– Bien sûr que non… Vous souhaitez seulement que l'on fasse preuve d'un peu plus de discrétion. N'est-ce pas ?

– Exactement. Pardonnez-moi de le dire, mais jusqu'à présent, notre police ne s'est pas vraiment distinguée dans ce domaine. J'espère que nos policiers ont d'autres qualités.

Il cligna des yeux par-dessus ses lunettes et esquissa un vague sourire de connivence. Rüger se moucha.

– Si j'ai bien compris, vous êtes donc le défenseur

de… ? commença le proviseur en laissant tomber trois morceaux de sucre dans son gobelet en plastique.

– Oui, je suis l'avocat de Mitter. Et votre établissement a tout intérêt à ce qu'il soit innocenté, vous ne croyez pas ?

Suurna sursauta.

– Oui, bien sûr… sans aucun doute, mais…

– Oui ?

– Ne vous méprenez pas sur mes propos ! Mais qu'en pensez-vous vous même ?

– J'allais justement vous poser la question, à vous.

Le proviseur tourna la cuillère dans son café, arrangea sa cravate, jeta un coup d'œil par la fenêtre puis changea les crayons de place dans le plumier.

– Mitter a toujours été un collaborateur loyal et un professeur très apprécié. Il travaille ici depuis presque aussi longtemps que moi… il est très compétent… et très indépendant. J'ai beaucoup de mal à imaginer que…

– Et Eva Ringmar ?

Petit à petit, les crayons reprenaient leurs places initiales.

– Je n'ai malheureusement pas d'opinion bien définie à son sujet… Elle n'est restée que peu de temps ici, deux ans environ, mais elle était une bonne pédagogue, très capable. Est-ce que je peux vous poser une question ?… Quelle est l'attitude de Mitter lui-même ?

– Qu'entendez-vous par là ?

Le proviseur se tortilla sur sa chaise.

– Quelle est sa position ?

– Il se déclare non coupable.

– Oui… je comprends… il ne s'agit pas d'un meurtre sans préméditation ?

– Non, pas du tout.

Le proviseur opina.

– Et vous êtes venu me voir pour… ?

– Essayer de trouver deux ou trois témoins.

– Des témoins ? Mais, comment serait-ce possible ?

– Des témoins de moralité, monsieur Suurna, des gens qui accepteront de venir au procès pour témoigner en faveur de Mitter… des gens qui le connaissaient très bien en tant qu'homme et que collègue, qui pourront brosser un portrait flatteur mais véridique de lui.

– Je comprends. De l'homme derrière le nom ?

– À peu près, oui… Peut-être pourrait-on demander à l'un de ses élèves… et à vous même, monsieur Suurna.

– Non, je ne pense pas…

– Vous avez sûrement des suggestions à faire… Donnez-moi quatre ou cinq noms pour que je puisse faire un choix.

– Est-ce qu'il ne vaudrait pas mieux lui demander qui il souhaiterait avoir comme témoins ?

– Tout le problème est là… L'avocat avala prudemment une gorgée de café qui était léger et avait un goût de désinfectant. Il remercia le ciel d'être enrhumé… Mitter a pour principe, comment dirais-je, d'éviter de plaider sa propre cause. Il n'aime pas l'idée de… faire du prosélytisme et j'avoue que je le comprends. Sigurdsen et Weiss semblent avoir été ses amis les plus proches, mais je ne sais pas si…

– Weiss et Sigurdsen ? Oui, je crois que c'est exact… Vous avez mon accord en ce qui les concerne.

– Il serait pourtant utile de faire appel à quelqu'un qui n'était pas un ami intime… Les meilleurs amis n'ont jamais que des choses positives à dire, cela va de soi, et tout le monde s'y attend.

– Oui, je comprends.

Rüger ferma les yeux et avala d'une traite le reste du café.

– Pour être plus précis : j'aimerais avoir les noms… de l'un de ses collègues, de l'un de ses élèves et disons… d'un représentant de la direction du lycée… vous, par exemple, ou quelqu'un choisi par vous.

– J'en parlerai à Eger… C'est notre censeur. Il acceptera certainement de témoigner. En ce qui concerne les élèves, je ne sais pas trop quoi vous dire. Je vous demanderai de faire preuve de la plus grande discrétion. Peut-être Sigurdsen et Weiss pourront-ils vous aider.

– Je vous suis très reconnaissant.

– Il faut que vous sachiez que je suis… que nous sommes tous… bouleversés par ce qui vient de se passer. Certains ont été plus frappés que d'autres, mais il est évident que les nerfs de tous les enseignants ont été mis à très rude épreuve. Nous avons pourtant continué à travailler. Il ne faut pas l'oublier, Maître. Cette situation a été… et elle continue d'être… très éprouvante pour tout le monde ici. Je crois néanmoins que nous avons montré à nos élèves que nous sommes capables de faire face dans les moments difficiles.

– Je comprends, monsieur le Proviseur. Je suis tout à fait conscient des problèmes que vous avez dû affronter. À quel moment pensez-vous que je pourrai rencontrer les témoins ?

– Quels sont les moments qui vous conviendraient ? Il faut me donner un peu de temps. Il va de soi que vous ne pourrez les interroger qu'après leurs cours. Nous ne voulons pas perturber la vie du lycée plus que nécessaire.

– Le procès commence jeudi. Les témoins de la

défense ne seront vraisemblablement pas entendus avant mardi ou mercredi de la semaine prochaine.

– Je prendrai les dispositions nécessaires, monsieur Rüger. Est-ce que demain après-midi vous seriez disponible ?

– Ce serait parfait.

– Je vous tiendrai informé.

Le proviseur recula sa chaise. Rüger lui tendit sa carte de visite et se leva avec effort.

– Edwin Rüger… oui, je crois que je me souviens de lui. Un jeune homme doué. Et que fait-il à présent ?

– Il est chômeur.

– Ah, bon… Au revoir, monsieur Rüger. Y a-t-il quelque chose d'autre que je puisse faire pour vous ?

« Sûrement pas », pensa Rüger. Il secoua la tête en guise de réponse et s'essuya le nez. Le proviseur se pencha sur le téléphone intérieur et appela la femme mauve.

– Vous n'avez pas de parapluie ? lui demanda-t-elle après l'avoir accompagné jusqu'à la sortie.

– Non, répondit Rüger, mais j'envisage d'en acheter un.

Il n'avait pas très envie d'expliquer qu'il en possédait deux, que l'un se trouvait chez lui et l'autre dans sa voiture. En traversant précipitamment la cour mouillée du lycée, il se dit que le proviseur lui avait rappelé quelqu'un – mais qui donc ? N'était-ce pas un homme politique mêlé à un gros scandale il y a de ça bien des années ? Il ne s'agissait tout de même pas de la même personne ?

Quoi qu'il en soit, il espérait dans l'intérêt de Mitter que Suurna ne changerait pas d'avis en se décidant à témoigner lui-même. À part le camp adverse, personne ne tirerait profit d'un tel témoignage. Et il savait pertinemment qu'il n'aurait pas le courage de l'en empêcher.

Et le procureur ? Combien de témoins avait-il réussi à trouver, lui ? Il avait l'impression qu'il y en avait certainement deux ou trois possibles.

Une fois au volant de sa voiture, voyant dans le rétroviseur la sinistre silhouette du lycée Bunge s'estomper, il se mit à penser à un bain bien chaud et à un grand verre de cognac.

Sa femme avait beau lui dire qu'il y avait belle lurette que l'on ne guérissait plus les rhumes avec ces moyens-là, il était bien décidé à ne pas l'écouter. Pendant trois jours consécutifs, il avait avalé une affreuse petite pilule vitaminée au petit déjeuner, ce qui ne l'avait pas guéri le moins du monde.

8

Pourquoi ne venaient-ils pas ?

Cette question lui avait traversé l'esprit le lendemain vers le début de la soirée. Pendant les heures suivantes, il avait été dans des transes mortelles, dans une confusion mentale indescriptible mais, dès qu'il avait réussi à mettre de l'ordre dans ses idées, c'était cette question-là qui était remontée à la surface.

Pourquoi ne se manifestaient-ils pas ?

Encore une nuit. Puis un autre jour.

Rien n'arriva. Il se rendit à son travail, vivant sa vie et rentrant chez lui le soir… il retrouva vite ses forces, sachant désormais qu'une confrontation ne lui poserait aucun problème.

Mais il ne se passa rien.

Au bout d'une semaine, cette question absurde le tarabustait toujours. Il finit par se dire qu'il y avait sûrement un malentendu quelque part… qu'on l'avait cherché mais pas trouvé. Soit chez lui, soit à son travail.

C'était une explication tout aussi absurde, mais il se débrouilla quand même pour ne pas sortir pendant quelques jours au cours de la deuxième semaine. Il prit un congé maladie, prétexta une gastrite et resta chez lui du matin au soir. Pour qu'on puisse le joindre à coup sûr.

Ce repos était inutile. Pendant ces quelques jours, il resta dans son appartement et laissa les choses se mettre en place d'elles-mêmes. Soudain, il vit le puzzle s'assembler. Il se rendit compte que toute sa vie avait dû inévitablement le mener là. Et qu'il aurait dû le comprendre depuis longtemps, ce qui lui aurait épargné beaucoup de choses. Il n'y avait eu que cette solution, aucune autre n'existait. Cela devint soudain d'une telle évidence qu'il secoua la tête en se reprochant d'avoir été aveugle à ce point.

Elle était morte. Il pouvait vivre.

Et il ne se passa toujours rien.

Aucune voix inconnue au téléphone ne lui demanda de répondre à des questions. Aucun personnage sinistre portant un imperméable mouillé ne vint se présenter à sa porte. Rien.

Qu'est-ce qu'ils attendaient donc ?

À certains moments, il restait posté derrière les rideaux à guetter de mystérieuses voitures garées dans la rue. Il tendait l'oreille pour essayer de déceler le petit déclic caractéristique indiquant que son téléphone était sur écoute. Il lut tous les journaux qu'il put trouver sans rien y découvrir… pas l'ombre du début d'une explication.

C'était tout bonnement incompréhensible.

Au bout de trois semaines, la situation était inchangée mais il s'y était habitué. Elle n'était pas entièrement désagréable, cette situation. L'incertitude comportait un élément d'excitation.

Justement : d'excitation.

Le jour où le procès devait commencer, il se leva de fort bonne heure. Il resta un long moment devant la glace dans la salle de bains, souriant à sa propre image et jouant avec l'idée de se rendre sur place. D'être présent dans l'auditoire et d'assister au spectacle.

Non, ce serait aller trop loin. Il ne fallait pas défier le destin.

En effet, pourquoi défier un destin qui semblait lui être favorable ?

En se rendant à son travail en voiture, il se mit à chantonner, ce qui ne lui était pas arrivé depuis longtemps.

Il rencontra son propre regard dans le rétroviseur et constata qu'il y avait une étincelle dans ses yeux.

Et pendant qu'il attendait au feu rouge, il vit du coin de l'œil que la femme arrêtée dans la Volvo d'à côté tournait la tête et lui souriait.

Il avala sa salive et sentit comme un début d'érection.

9

Le rêve se produisit au cours des premières heures de l'aube, au moment où une lueur grise commençait à chasser l'obscurité qui régnait dans sa cellule… peut-être à l'heure où les chariots du petit déjeuner s'avançaient déjà dans les corridors.

Il se souvenait des détails. Peut-être faisait-il ce rêve juste avant de se réveiller, et peut-être certaines choses auraient-elles trouvé une explication s'il lui avait été possible de dormir quelques minutes de plus. Ou peut-être quelques secondes auraient-elles suffi.

Au début, il marchait. Une longue marche à travers une plaine immense et déserte. Un paysage aride, sans villages, sans arbres, sans cours d'eau… composé uniquement d'une terre sèche et pleine de crevasses. À l'exception des petits lézards noirs et verts qui se faufilaient entre les cailloux et les crevasses, il était le seul être vivant dans ce paysage. Il était seul et portait un énorme sac à dos qui lui faisait mal aux épaules et à la taille. Il ignorait tout du but et de la signification de cette marche, mais il savait que c'était quelque chose d'important. Peut-être avait-il su davantage de détails au début, mais il les avait oubliés en cours de route.

Il ne fallait cependant pas renoncer, pas s'arrêter ou demeurer assis… il fallait se contraindre à avancer, mètre par mètre, pas à pas. Le vent souffla alors plus fort, l'obligeant à se pencher en avant pour marcher ; de plus en plus fort, lui projetant du sable et des brindilles à la figure. Il se courba encore plus pour se protéger les yeux…

Et puis, tout d'un coup, il se trouva devant cette maison qui était grande et délabrée, à la fois étrangère et familière. Il y avait là plusieurs rangées de personnes qui le saluèrent, appuyées contre les murs des couloirs ; toutes sortes de gens mais qu'il connaissait sans exception. Il reconnut Bendiksen, Weiss et Jürg, son propre fils, et beaucoup d'autres, par exemple des personnages historiques ou des célébrités comme le Dalaï Lama, Winston Churchill et Michael Gorbatchev. Ce dernier lut un poème en latin qui parlait de la vanité de toutes choses puis il lui serra la main… Tout le monde lui serra la main avant de le pousser, gentiment mais fermement, vers l'intérieur de la maison. On lui fit monter des escaliers sans fin et traverser de longs corridors mal éclairés.

À la fin, il arriva dans une pièce plus sombre que toutes les autres et sut immédiatement qu'il avait atteint son but. L'homme qui s'était assis de l'autre côté de la table basse… il reconnut cette table, elle lui appartenait… il s'agissait sûrement d'un homme, c'était… ce ne pouvait être que… ?

La lampe, qui se balançait au bout d'un long fil accroché au plafond, avait un abat-jour en tôle et elle était placée si bas qu'elle n'éclairait que les mains et une partie des bras de la personne qui était assise là. Il s'agissait de… de… ?

Sur la table se trouvait le kimono d'Eva ; il voulut le prendre pour le mettre dans la machine à laver mais quelque chose le retint, il ne savait pas quoi ; en tout cas, l'homme qui se trouvait là dans l'obscurité avait plus peur que lui et c'était pour cette raison qu'il ne pouvait pas montrer son visage, mais c'était bien… Soudain, il ressentit comme une démangeaison dans tout le corps, une sorte de malaise, un besoin impératif de quitter à tout prix cette pièce avant qu'il ne fût trop tard, puis il se réveilla.

En repensant à son rêve, il se dit que quelque chose de précis l'avait réveillé. C'était la pièce elle-même qui l'avait éjecté. Rien d'autre.

Il était réveillé. Irrévocablement réveillé. Son haleine était chargée après l'absorption de ce somnifère que Rüger l'avait obligé à prendre. Sans ce médicament il aurait peut-être eu la force de rester dans la pièce sombre encore un petit moment… suffisamment longtemps pour avoir une vague idée ?

Mais le kimono sur la table n'avait pas existé seulement dans son rêve, il le savait… C'était un fragment, un souvenir de cette nuit-là… Il ne s'agissait pas d'un vrai kimono, bien entendu, mais d'une copie qu'elle avait dénichée dans l'une des ruelles de Levkes, l'été passé, et qu'il lui avait achetée… une de ces soirées où ils s'étaient attardés dans les tavernes jusqu'à la fermeture avant de rentrer à pied par la plage… où ils avaient fait l'amour dans la chaleur de la nuit noire, marchant ensuite nus tout le reste du chemin ; il y avait des gens à proximité, mais l'obscurité était si totale et si compacte qu'elle les avait protégés. Il y avait un ciel étoilé et une pluie d'étoiles filantes. Ils avaient cessé de les compter après avoir fait toutes sortes de vœux…

Tout ceci s'était passé… Il fit un effort pour se souvenir. Moins de trois mois auparavant. C'était comme si trois millions d'années s'étaient écoulées. L'irréversible marche du temps ; l'écoulement définitif des secondes et des instants… cette nécessité désespérante. La fin du monde est plus proche que la minute qui vient de s'écouler, laquelle est perdue à tout jamais. Il n'y a pas de chemin de retour. Levkes ne reviendra jamais, ni le vin résiné, ni le mendiant aux yeux bleus… jamais plus.

D'un autre côté… d'autres choses ne reviendront pas non plus.

Cela revenait peut-être au même ?

Comme la vie ?

Difficile de trouver un équilibre.

Tu sauras qui tu es au moment de l'épreuve.

« Je ne suis personne, se dit-il. Je ne suis rien. »

« À mes yeux, il est plus important de rester étendu sur ma couchette et de regarder un petite partie de ce mur… l'observer et l'examiner de très près… choisir une tache grande comme un timbre ou comme l'ongle de mon doigt… m'en imprégner par tous les sens, la humer, la lécher, la palper encore et encore, l'écouter jusqu'à ce que je la connaisse par cœur… oui, cela me paraît plus important que de retourner en arrière et essayer de me souvenir de ce qui s'est passé… »

C'est ce qu'il pensa en se réveillant, en sortant de son rêve. Cette pensée n'était pas nouvelle et il ne pouvait pas la lâcher.

Les chariots s'approchèrent. On ouvrit le guichet et le plateau du petit déjeuner fut poussé à l'intérieur. Puis le guichet fut refermé. Il était sept heures du matin ; il avait dormi pendant près de huit heures ; pour la première fois en trois semaines, il avait dormi une nuit entière. Et aujourd'hui…

Qu'allait-il se passer aujourd'hui ?

Il lui fallut quelques secondes avant de trouver la réponse.

Le procès allait commencer.

Il mit un morceau de pain dans sa bouche et examina ses pensées. Que ressentait-il exactement ?

Une sorte d'attente apathique ?

Une volonté d'en finir ?

Ou peut-être… rien du tout.

10

La salle d'audience était de style pseudo-gothique. Cette architecture verticale évoquait l'amphithéâtre d'anatomie d'Oosterbrûgge. Des tribunes s'élevaient sur trois côtés ; le quatrième était occupé par les juges et les autres hommes de loi, perchés derrière des barrières d'un brun tirant sur le noir. Un peu de lumière parvenait des fenêtres peintes situées tout en haut, sur le pourtour du plafond en coupole, et contribuait à accentuer l'impression de verticalité voulue par le créateur de ces lieux vers le milieu du siècle dernier.

La salle d'audience était comble.

Le groupe le plus important se trouvait dans les tribunes, environ deux cents personnes, en majorité des élèves du lycée Bunge. Mitter se dit que c'était à cause de lui que l'on avait battu tous les records d'absentéisme pour l'année en cours.

Il y avait également des journalistes. Tous se trouvaient aux premiers rangs, les jambes croisées et un bloc-notes sur les genoux. Ou bien des carnets à dessin… Évidemment, il était interdit de prendre des photos. Mitter était surpris de voir autant de représentants de la presse… une bonne douzaine, ce qui signifiait probablement que cette affaire était considérée comme importante pour le pays tout entier. Et pas uniquement pour cette province.

En bas, dans l'arène, il y avait lui, Rüger, qui semblait un peu moins enrhumé, le juge Havel, le procureur Ferrati et ses assesseurs, ainsi que d'autres juristes et huissiers.

Puis il y avait le jury, composé de quatre hommes et de deux femmes, assis un peu à l'écart, à la droite du juge. Ils avaient l'air bienveillant, à l'exception du numéro deux en partant de la gauche, un homme raide qui avait une prothèse à un bras et qui fronçait les sourcils.

Il y avait aussi une grosse mouche bleue. La plupart du temps, elle restait tout en haut du plafond, exactement au-dessus de la table du procureur, mais il lui arrivait de faire quelques excursions dans la salle, essentiellement en direction de l'une des deux femmes du jury, celle qui était assise à droite de l'homme aux sourcils froncés. À plusieurs reprises, la mouche s'élança vers le nez de cette femme qui la chassa énergiquement, mais la bestiole revenait à la charge avec autant d'obstination que d'énergie. Au cours de ces raids, la mouche faisait entendre un bourdonnement sourd qui contrastait agréablement avec la voix plutôt aiguë du procureur… On aurait dit un duo entre un violoncelle et un clavecin, ce qui devenait frappant dès que le procureur faisait une pause pour reprendre haleine.

Dans l'ensemble, ce fut une journée bien ennuyeuse.

Pour commencer, tout le monde se leva et s'assit un certain nombre de fois pendant que le juge et les membres du jury prenaient place. Ensuite, le juge lut l'acte d'accusation puis Rüger déclara que son client plaidait non coupable. Ce fut ensuite au tour du procureur de prendre la parole pendant une heure vingt minutes, discours qu'il conclut en déclarant l'accusé, Janek Mattias Mitter, âgé de 46 ans, né à Rheinau, domicilié à Maardam depuis vingt-six ans, exerçant depuis 1973 le métier de professeur d'histoire et de philosophie au lycée de Bunge, coupable d'assassinat, le 5 octobre au petit matin (éventuellement sans préméditation) sur la personne de son épouse Eva Ringmar, âgée de 38 ans, née à Leuwen, domiciliée à Maarden depuis 1990 et enseignant l'anglais et le français dans le lycée précité, en la noyant dans la baignoire à leur domicile, Kloisterlaan 24. L'acte avait été commis sous l'influence de boissons alcoolisées, mais rien… il répéta… rien ne laissait supposer que Mitter avait pu être intoxiqué au point de ne pas être responsable de ses actes. À l'appui de ses dires, le procureur produirait des preuves techniques, des rapports d'experts et des dépositions de témoins et, avant même que le procès n'arrive à son terme, aussi bien les membres du jury que toutes les autres personnes présentes seraient convaincus de la culpabilité du prévenu. Par conséquent, le verdict à venir ne faisait aucun doute : coupable.

Coupable de meurtre.

Peut-être sans préméditation.

Ensuite, Rüger prit la parole. Il se moucha puis expliqua pendant une heure douze minutes que rien ne s'était passé comme le procureur l'avait prétendu et que son client n'avait rien à voir avec la mort de son épouse, ce qui n'allait pas tarder à être démontré.

Puis il y eut une pause déjeuner qui dura deux heures. La grosse mouche bleue quitta les bancs réservés aux membres du jury et s'envola vers le haut du plafond pour dormir et prendre des forces, tandis que l'assistance quittait la salle dignement sinon silencieusement. Une jeune fille dans les tribunes adressa à Mitter un petit signe de la main. Il y répondit par un hochement reconnaissant de la tête.

Il ne lui fallut pas plus de dix minutes pour avaler son plat de pâtes, servi dans les sous-sols du tribunal. Il passa le reste du temps étendu sur un lit de camp à regarder une tache d'humidité au plafond et à attendre l'audience de l'après-midi.

Pendant cette audience, il fut beaucoup question de ce qu'il est convenu d'appeler des preuves d'ordre technique. Un certain nombre de policiers, dont Van Veeteren, furent appelés à la barre… mais aussi un médecin légiste, puis un autre, spécialiste de médecine légale, et quelqu'un du nom de Wilkerson qui bégayait et se présentait comme étant un expert en toxicologie.

L'assistance était maintenant un petit peu plus clairsemée dans les tribunes : Monsieur le Proviseur Suurna y était sans doute pour quelque chose. En revanche, tous les journalistes étaient restés à leurs postes. C'était l'heure de la digestion et on avait tendance à s'assoupir. Mais personne ne ronflait.

Il était assez difficile de dire à quoi on avait abouti à la fin de la journée. Ferrati et Rüger rivalisèrent de subtilités. De temps en temps, le juge Havel intervenait pour faire une mise au point et, une fois, un membre du jury posa une question sur la présence éventuelle de fragments de peau sous les ongles de la victime.

À aucun moment, on ne lui demanda de prendre la parole et, lorsque les délibérations furent ajournées peu après seize heures, il avait cessé d'écouter depuis longtemps. Il souhaitait intensément retrouver trois choses : la solitude, le silence et l'obscurité.

Sur la question de savoir qui avait tué Eva Ringmar, tout le monde en savait à peu près autant que la mouche bleue.

11

Rüger arriva au moment où il prenait son petit déjeuner.

– Il faut que je vous parle.

– Oui.

– Vous n'auriez pas une autre tasse ?

Mitter appela alors le gardien qui apporta une autre cafetière.

– Pas de nouveaux souvenirs ?

– Non.

– Bien, bien.

Il s'installa à table, s'appuya sur les coudes et souffla sur le café chaud.

– Je voudrais que vous réfléchissiez sur votre déclaration…

Mitter continua à manger sa tartine en scrutant l'avocat.

– Que voulez-vous dire ?

– Que vous réfléchissiez pour savoir si vous allez parler ou non.

Mitter réfléchit un moment en silence. Au fond, il n'y avait peut-être pas de quoi s'étonner…

– Comme je vous l'ai déjà dit, continua Rüger, ce n'est pas indispensable que l'accusé se laisse interroger.

– Mais vous m'avez dit qu'habituellement…

Rüger opina.

– Certes, mais je vous demande néanmoins de réfléchir. Dans l'état actuel des choses, je pense que vos chances sont tout aussi grandes si vous gardez le silence.

– Pourquoi ?

– Parce que vous ne pourrez apporter aucun élément nouveau. Vous ne pouvez même pas plaider votre propre cause. Après tout, vous n'êtes pas certain de ne pas avoir tué votre femme. Tout ce que vous direz à ce sujet, c'est que vous ne vous souvenez de rien, ce qui n'est pas une déclaration tellement satisfaisante, vous en convenez. Sur ce point précis, nous n'y gagnerons rien. Il s'agit pourtant là de la question principale.

Il fit une pause et avala une gorgée de café.

– Et, à part ça ? demanda Mitter.

– À part ça… ce café est un vrai poison. Je ne vois pas pourquoi ils ne pourraient pas apprendre… Reste la question de savoir si vous feriez une bonne ou une mauvaise impression sur la cour.

Mitter alluma une cigarette et passa sa main sur sa barbe de deux jours. L'avocat reprit :

– Oui, c'est bien de cela qu'il s'agit. Personne ne saura si vous l'avez vraiment noyée ; par conséquent, chacun essaiera de deviner. Ferrati fera tout pour vous déstabiliser et Havel le laissera faire. Si Ferrati réussit, tout peut être perdu. Il peut être franchement redoutable et je ne suis pas certain de réussir à recoller les morceaux après…

Mitter haussa les épaules.

– Est-ce qu'il ne faut pas donner une raison ?

– En fait, non, mais, généralement, on en trouve une… Cela fait meilleure impression. Nous dirons que vous n'avez plus la force, que vous êtes trop éprouvé. Nous invoquerons une pression psychologique très forte, un état de choc et ainsi de suite. Je connais un médecin qui pourrait rédiger un certificat dans ce sens. Votre refus sera accepté et je vous garantis que cette attitude ne jouera pas contre vous. Alors, qu'en pensez-vous ?

– Et vous-même ?

Rüger réfléchit. Ou fit semblant de réfléchir. Il serait donc venu là à sept heures du matin sans avoir déjà pris sa décision ? Voilà qui aurait été surprenant. Non, il ne souhaitait pas le voir à la barre, c'était aussi simple que ça.

– Je souhaite que vous renonciez, dit-il enfin.

Mitter alla jusqu'au lavabo et éteignit sa cigarette, puis il alla s'étendre sur le lit et ferma les yeux.

– Je ne renoncerai pas, Maître. Oublions tout ça… Vous pouvez rentrer chez vous et vous en laver les mains.

Rüger resta silencieux un moment avant de répondre.

– Comme vous voulez, monsieur Mitter, comme vous voulez. Mais, quoi que vous en pensiez, je ferai tout mon possible. Nous nous reverrons au procès.

Il sonna le gardien qui le fit sortir. Mitter ne rouvrit pas les yeux avant d'avoir entendu la porte se refermer derrière l'avocat.

Ferrati portait des lunettes à présent, de gros verres ronds entourés d'une monture métallique qui le faisaient ressembler à un lémurien mal éveillé, ou bien éventuellement à un hypnotiseur.

– Janek Mattias Mitter… ? commença-t-il.

Mitter opina.

– Voulez-vous avoir l'obligeance de répondre distinctement aux questions du procureur, intervint le juge Havel.

– Je n'ai pas entendu de question, dit Mitter.

Havel se tourna vers Ferrati.

– Voudriez-vous répéter la question, s'il vous plaît !

– Êtes-vous Janek Mattias Mitter ? demanda Ferrati.

– Oui, répondit Mitter.

Dans les tribunes, on entendit comme un rire étouffé que Havel fit taire par un violent coup de marteau.

Il était déjà irrité. Ce n'était pas un bon début. Rüger se moucha et examina la pointe de son stylo bille.

– Voulez-vous nous parler de votre première rencontre avec Eva Ringmar ?

– C'était en septembre 1990, au moment de la rentrée scolaire.

– Quelle impression vous a-t-elle faite ?

– Aucune.

– Aucune ? Vous ne l'avez pas trouvée belle ?

– Si, peut-être.

– Mais vous ne vous en souvenez pas ?

– Non.

– Et votre liaison a commencé quand ?

– En avril.

– De quelle année ?

– Cette année-ci.

– Et cela s'est passé comment ?

– Nous avons participé à un voyage d'études pendant un week-end au cours duquel nous avons beaucoup parlé. Ensuite, je l'ai invitée au cinéma et, en sortant, nous avons bu quelques verres.

– Et votre liaison a commencé à ce moment-là ?

– Oui.

– Vous étiez tous les deux… libres ?

– Oui.

– Puis-je vous demander pourquoi vous avez commencé cette liaison ?

– Je trouve cette question plutôt stupide.

– Soit. Je la retire. À quel moment avez-vous décidé de vous marier ?

– En juin. Nous avons commencé à vivre ensemble au début du mois de juillet et nous nous sommes mariés le dix.

– Juste avant de partir pour la Grèce ?

– Si vous voulez.

– Pourquoi vous êtes-vous mariés ? J'espère que vous n'allez pas trouver cette question également stupide, car j'aimerais que vous y répondiez.

Mitter fit une petite pause, détournant son regard de Ferrati pour le diriger vers le jury.

– J'ai demandé Eva en mariage et elle a accepté, dit-il.

– Pouvez-vous m'en dire un peu plus ?

– Non.

On entendit un vague murmure dans les tribunes mais Havel n'intervint pas cette fois.

– Vous aviez tous les deux été mariés une première fois, poursuivit le procureur. Donc, vous vous rencontrez, vous commencez une liaison et, trois mois plus tard, vous vous mariez. N'est-ce pas un peu… rapide ?

– Je ne trouve pas.

– Vous n'étiez pas pressés pour une raison ou une autre ?

– Non.

– Elle n'était pas enceinte ?

– C'est une raison pour se marier de nos jours ?

– Répondez à ma question, je vous prie !

– Non, Eva n'était pas enceinte.
– Merci.

Il y eut une petite pause pendant laquelle Ferrati retourna à sa table pour consulter quelques notes.

– Monsieur Mitter, comment décririez-vous votre liaison et votre mariage avec Eva Ringmar ?

– Que voulez-vous savoir, au juste ?

– Étiez-vous heureux ensemble ? Avez-vous regretté de l'avoir épousée ?

– Non, nous n'avons jamais regretté de nous être mariés.

Tout allait bien.

– Vous étiez heureux ?

– Oui.

– Aimiez-vous votre femme ?

– Oui.

– Et elle vous aimait ?

– Oui.

– Je voudrais que nous parlions de ce qui s'est passé le 22 septembre, c'est-à-dire deux semaines avant le meurtre. Ce jour-là, vous avez dîné au restaurant *Mefisto* puis, à la fin du repas, vous vous êtes violemment disputés et votre femme a quitté le restaurant. Nous entendrons tout à l'heure un témoin sur ce sujet. Ces renseignements sont-ils exacts, Mitter ?

– Oui.

– Pourquoi vous êtes-vous disputés ?

– Je ne souhaite pas répondre à cette question.

– Vous êtes accusé de meurtre, monsieur Mitter. Je veux savoir quelle était la raison de cette dispute.

– Elle est sans importance dans ce contexte.

– Vous ne pensez pas que c'est au jury d'en décider ?

Mitter ne répondit pas. Ferrati laissa passer quelques secondes avant de reprendre.

– Il faudra noter au procès-verbal que l'accusé refuse de s'expliquer sur la dispute qui a eu lieu au restaurant *Mefisto* le 22 septembre… Vous, vous êtes resté seul après le départ de votre femme… Pendant combien de temps ?

– Je ne sais pas… quelques heures, peut-être.

– L'un de vos voisins à déclaré que… Il retourna à nouveau consulter ses notes… un certain monsieur Kurczak a effectivement déclaré qu'il s'est réveillé vers deux heures et demie cette nuit-là en entendant une violente dispute dans votre appartement. Est-ce que c'est à cette heure-là que vous êtes rentré ?

– C'est possible.

– Et quelle était la raison de cette dispute ?

– Je ne m'en souviens pas… J'étais un peu ivre.

– Vous ne vous en souvenez pas ?

– Non.

– Vous n'en avez aucune idée ?

– Non.

– Toutefois vous vous rappelez pourquoi vous avez commencé à vous disputer au restaurant ?

– Oui.

– Vous admettez que vous vous êtes querellé avec votre femme en rentrant chez vous cette nuit-là ?

– Oui.

– Est-ce que vous l'avez battue ?

– Non.

– Vous en êtes sûr ou vous ne vous en souvenez pas ?

– J'en suis sûr.

– Votre voisin a entendu des bruits sourds qui auraient pu être des bruits de coups.

– Ah, bon !
– Est-ce que vous avez menacé votre femme ?
– Non.
– Vous en êtes certain ?
– Oui.
– Monsieur Kurczak prétend qu'il vous a entendu crier, je cite : « Si tu ne me dis pas tout, je ne réponds pas de ce qui pourra arriver ! » Qu'en dites-vous ?
– C'est un mensonge.
– Vraiment ? Et pourquoi votre voisin mentirait-il ?
– Il a mal entendu. Je n'ai jamais menacé de…
– Alors qu'avez-vous fait ?
Ici, Rüger intervint.
– Monsieur le juge, mon client a déjà déclaré qu'il ne se rappelle pas ce qui s'est passé. Monsieur le procureur ne doit pas le pousser à spéculer vainement.
– C'est exact, annonça Havel. Voudriez-vous avoir l'obligeance de vous en tenir à des questions auxquelles l'accusé puisse répondre.
– Volontiers, répondit Ferrati en souriant, mais ce n'est pas toujours facile de savoir ce dont il se souvient et ce dont il ne se souvient pas… Monsieur Mitter, saviez-vous que votre femme avait peur ?
– Sottises.
– Quelques jours avant sa mort, elle a confié à une collègue… qu'elle avait peur que quelque chose n'arrive.
– Je n'en crois rien. Pourquoi aurait-elle eu peur ?
– Voudriez-vous essayer de répondre à ma question, s'il vous plaît ?
– Je n'en sais rien. Pourquoi ne pas demander à… à cette collègue en question ?
– Elle ne peut pas fournir une réponse précise. Elle

a rencontré votre femme très brièvement, mais elle a eu l'impression… que votre femme avait peur de vous.

– Sottises.

– Si vous voulez bien, nous laisserons le jury apprécier. La collègue en question sera appelée à la barre dans le courant de la semaine prochaine… Vous ne pouvez donc pas expliquer pourquoi votre femme avait peur ?

– Non, absolument pas.

– Votre première femme, Irène Beck… est-ce que vous la battiez ?

– Qu'est-ce que vous…

Rüger le prit de vitesse. Il se leva d'un bond et lança :

– Monsieur le procureur procède par insinuations !

– Restez assis ! grommela Havel. Et vous, Ferrati, expliquez-vous !

– Irène Beck a déclaré que son ancien mari… c'est à dire l'accusé… l'a battue au moins à deux reprises…

– C'était au moment où nous étions en train de divorcer. Je lui ai d'ailleurs rendu ses coups, à elle… Au nom du ciel, elle ne prétend tout de même pas que… ?

– Admettez-vous ou n'admettez-vous pas que vous avez battu votre première femme ?

Mitter ne répondit pas. Rüger se leva de nouveau.

– Monsieur le juge, pourquoi acceptez-vous que le procureur continue de se livrer à des insinuations qui n'ont rien à voir avec cette affaire ?

Le visage de Havel était cramoisi.

– Veuillez rester assis, maître ! Vous, Ferrati, expliquez-nous où vous voulez en venir !

Ferrati sourit à nouveau. Manifestement, il souriait toujours en s'adressant au juge Havel.

– J'essaie de démontrer que l'accusé a tendance à être violent.

Havel parut réfléchir.

– Est-ce que l'accusé veut bien répondre à la question ?

– Quelle question ?

– La question de savoir si oui ou non vous avez battu votre première femme.

Mitter attendit quelques secondes avant de répondre.

– Je lui ai donné deux gifles en treize ans. De toute évidence, ça n'a pas suffi.

Cette réponse déclencha des mouvements divers dans les tribunes, mais un regard de Havel suffit pour rétablir l'ordre. Pendant la courte pause, un assesseur vint murmurer quelque chose à l'oreille de Ferrati. Celui-ci opina puis s'approcha du juge et posa une question que Mitter n'entendit pas. Havel parut hésiter puis fit oui de la tête.

– Vous est-il arrivé d'user de violence à l'encontre de vos élèves ? demanda Ferrati.

– Je proteste ! cria alors Rüger qui commençait à se sentir choqué.

– Rejeté, hurla Havel. Répondez à la question !

– Jamais, dit Mitter.

– N'est-il pas exact que vous ayez reçu un blâme pour avoir corrigé un élève… en mars 1983, si mes renseignements sont exacts ?

Ferrati avait l'air content. Mitter ne répondit pas.

– Vous ne voulez pas répondre… ou vous ne vous souvenez pas ?

– J'ai reçu un blâme.

– Vous avez pourtant déclaré ne jamais avoir usé de violence à l'égard d'un élève ?

– J'ai reçu un blâme que je ne méritais pas… j'ai été injustement condamné, comme je le serai à nouveau.

La réaction dans les tribunes ne se fit pas attendre. Cette fois, Havel dut utiliser son marteau pour rétablir l'ordre.

– Je prie le public de garder le silence lors des débats… et l'accusé de répondre aux questions posées ! C'est tout.

À ce moment, Rüger crut bon de se manifester à nouveau.

– Monsieur le juge, la mesure est comble. Le procureur n'a pas cessé de poser des questions sans fondement et ce dans l'unique but de diffamer mon client, à défaut de pouvoir présenter des preuves contre lui. À partir de maintenant, j'exige que le procureur s'en tienne à des questions qui ont un rapport avec l'affaire qui nous occupe !

Pendant un instant, Havel parut avoir envie de donner un coup de marteau sur la tête de Rüger, mais il se tourna vers Ferrati et dit :

– Venons-en aux faits, monsieur le procureur !

– Volontiers.

Cette fois, Ferrati adressa un sourire aimable au jury. Les deux femmes qui en faisaient partie y firent un bon accueil.

– Monsieur Mitter, avez-vous noyé votre femme ?

– Non.

– Comment le savez-vous ?

– Parce que… je ne l'ai pas fait.

– Vous voulez dire que vous ne l'avez pas tuée, puisque vous ne l'avez pas tuée ?

Mitter s'accorda deux secondes de réflexion avant de répondre sur un ton calme.

– Je *sais* que je ne l'ai pas tuée, parce que je ne l'ai pas fait… de la même façon que vous *savez* que vous ne portez pas de slip en dentelles, parce que vous n'en portez pas… aujourd'hui.

Ce fut une explosion dans les tribunes. Ferrati retourna s'asseoir. Havel donna en vain des coups de marteau répétés sur la table. Rüger secoua la tête, tandis que Mitter se levait et s'inclinait légèrement devant l'audience qui applaudissait à tout rompre.

Soudain, il se sentit de très bonne humeur malgré une terrible envie de fumer. Pourtant, sa réplique suivante surprit tout le monde y compris lui-même ;

– J'avoue tout ! lança-t-il, du moment qu'on veuille bien m'offrir un cigarette !

Lorsque le juge Havel parvint enfin à se faire entendre, il annonça :

– L'audience reprendra dans vingt minutes. Je souhaite voir le procureur et l'avocat dans mon bureau, immédiatement !

Un coup de marteau retentissant mit provisoirement fin aux débats.

12

– Excusez-moi !

Van Veeteren bouscula deux journalistes, entra dans la cabine téléphonique et referma vite la porte derrière lui pour ne pas entendre les jurons et les protestations… Non mais ! Qu'est-ce qu'ils s'imaginaient ? Les représentants de l'ordre avaient tout de même le pas sur les journalistes !

Tout en attendant, il contemplait le visage grotesque qui se reflétait sur la surface polie au-dessus de l'appareil. Il lui fallut quelques secondes pour comprendre qu'il s'agissait de sa propre image. Apparemment, il y avait quelque chose qui n'était pas comme d'habitude. Il lui fallut encore quelques instants avant de découvrir ce que c'était.

Il souriait.

Les contours de sa bouche formaient un généreux demi-cercle et lui conféraient une expression de douce folie.

« On dirait un gorille grimaçant », se dit-il, cafardeux, mais rien n'y fit. Le sourire restait en place et, dans son for intérieur, il commença à ressentir une sorte de vibration, de ronronnement sourd qui ne pouvait être que l'expression d'une certaine satisfaction, d'une chaleureuse satisfaction pleine de gratitude.

Rien de plus drôle ne lui était arrivé, en tout cas depuis que l'ancien chef de la police avait renversé sa femme sur un passage clouté. L'image du procureur Ferrati en slip de dentelles était d'un genre qu'il pouvait très bien enfouir au fond de lui-même pour la ressortir ensuite à n'importe quel moment de sa vie afin de la contempler et de la savourer.

Sans parler bien sûr de la joie que lui procurerait désormais l'idée d'entrer dans le bureau de Ferrati, le lundi matin, et de lui lancer :

– Salut, monsieur le procureur ! Peut-on savoir quelle est la couleur du slip que vous portez aujourd'hui ?

Ce serait impayable. En restant à contempler le gorille grimaçant, il se dit que ce qu'il éprouvait ressemblait au bonheur. En tout cas d'après ses critères à lui. Il existait bel et bien, ce foutu sentiment, même s'il était de courte durée.

À présent, il s'agissait d'annuler le match de badminton contre Münster à midi. Il dirait que c'était à cause de sa cheville…

– C'est ce temps épouvantable qui l'empêche de guérir. Je suis désolé, mais je ne peux pas jouer.

Münster comprenait très bien. Il n'y avait pas de problème. Il pouvait parfaitement jouer avec le jeune Nelde à la place… Le commissaire n'avait pas à s'inquiéter.

« S'inquiéter ? se dit Van Veeteren. Pourquoi est-ce que je m'inquiéterais ? Pour qui il se prend, celui-là ? »

Puis il se demanda pourquoi il n'avait pas envie de quitter le tribunal pour la salle de sports. En tout cas pas dans l'immédiat.

C'était à cause de cet animal de Mitter.

Il ressentit à nouveau ces curieuses vibrations mais il réussit à les stopper. Toute cette affaire… S'il était venu assister au procès, c'était surtout parce qu'il avait envie de faire autre chose. Sur son bureau l'attendait un rapport sur un pyromane, et s'il y avait quelque chose qu'il détestait, c'étaient bien les pyromanes.

Il était décidé à rester à peu près une heure. Histoire de voir comment le professeur se débrouillerait à la barre. Et comment il résisterait à Ferrati. Après, il irait jouer au badminton et déjeuner.

Mais voilà qu'il se trouvait coincé ! Il lui était impossible de partir. Ce n'était pas la réplique concernant le slip en dentelles qui le retenait, même s'il était prêt à rester encore quelques heures par pure politesse pour le plaisir de l'avoir entendue. Non, c'était autre chose. Il avait compris, bien avant l'interruption des débats, qu'il était obligé de rester pour voir la suite… Non pas qu'à son sens, Mitter eût la moindre chance à la longue, mais là n'était pas la question. Mitter finirait par être condamné, il en était convaincu.

Mais était-il coupable ?

Ce professeur un peu cinglé avait-il réellement maintenu la tête de sa femme sous l'eau jusqu'à ce que la mort s'ensuive ?

Pendant deux minutes ? Non, ce n'était pas suffisant… pendant trois minutes ou trois minutes et demie…

Van Veeteren avait un doute. Et il n'aimait pas cela.

Mitter était-il sain d'esprit ?

Il l'était sûrement au moment du meurtre.

Mais maintenant ?

Vous ne portez pas ce slip… aujourd'hui !

J'avoue tout si on me donne une cigarette !

Devant l'ensemble du tribunal. C'était grandiose.

Et… pour finir. Si Mitter n'avait pas tué sa femme, qui était le coupable ?

Il se rappela que Reinhart avait dit à un certain moment qu'il n'y avait pas deux professions plus semblables que celles d'enseignant et d'acteur.

« Exception faite de celle de policier et de lutteuse de foire », pensa Van Veeteren en se frayant un passage pour retourner à sa place dans les tribunes.

13

– Veuillez nous raconter tout ce qui s'est passé au cours de la soirée et de la nuit du 4 au 5 octobre.

Havel avait mis tout le monde en garde. Il pourrait y avoir d'autres interruptions de séances et il n'hésiterait pas à ordonner le huis clos si la discipline n'était pas rétablie. Toutefois, malgré cet avertissement, on entendit un brouhaha dans les tribunes.

– Par quoi je commence ?

– Par votre départ du lycée.

– Très bien. Mitter se racla la gorge. J'ai fini mes cours à 15 h 30. Eva ne travaillait que le matin ce jour-là et nous ne sommes donc pas rentrés ensemble. J'avais la voiture et, sur le chemin du retour, je me suis arrêté chez *Keen's* pour acheter un peu de vin…

– Combien de bouteilles ?

– Combien ? Eh bien, un carton… douze bouteilles.

– Merci. Continuez.

– Je suis rentré vers quatre heures et demie, à peu près. Eva avait commencé à faire la cuisine… Elle préparait un pot-au-feu que nous allions manger plus tard. Quand je suis arrivé, nous avons bu un verre de vin et fumé une cigarette sur le balcon. Il faisait assez beau et nous y sommes restés au moins un heure.

– De quoi avez-vous parlé ?

– De rien de spécial… du lycée, de livres…
– Vous n'avez pas eu de visite ?
– Non.
– Des coups de téléphone ?
– Seulement de Bendiksen.
– Qui est-ce ?
– Un ami. Nous avons projeté d'aller à la pêche le dimanche suivant. Il m'a téléphoné au sujet d'un détail…
– Lequel ?
– Je ne m'en souvient pas très bien. Au sujet de l'heure de notre départ, je crois.
– Pas d'autres coups de téléphone ?
– Non.
– Du moins pour autant que vous vous en souveniez ?
Ferrati sourit.
– Oui, pour autant que je m'en souvienne.
– Donc, vous êtes restés sur le balcon jusqu'à cinq heures et demie ?
– À peu près.
– Avez-vous beaucoup bu ?
– Je ne sais pas. Une bouteille, peut-être…
– Chacun ?
– Non, à deux.
– Pas davantage ?
– Si, peut-être…
– Et ensuite ? Continuez, s'il vous plaît !
– Nous sommes rentrés pour finir de préparer le pot-au-feu. Ensuite, nous avons pris une douche.
– Séparément, ou bien… ?
– Non, ensemble.
– Poursuivez !

– Nous avons regardé la télévision pendant un moment.

– Quelles émissions ?

– Les nouvelles puis un film…

– Qu'est-ce que c'était comme film ?

– Je ne m'en souviens pas très bien. Un film français des années soixante, je crois… nous ne l'avons pas regardé jusqu'à la fin.

– Et puis ?

– … Nous sommes allés dans la cuisine et nous avons commencé à manger…

– Quelle heure était-il à ce moment-là ?

– Je ne sais pas exactement. Probablement huit heures et demie… ou neuf heures…

– Pourquoi pensez-vous que vous vous êtes mis à table à cette heure-là ?

– Parce que les policiers m'ont montré le programme de télévision de cette soirée. Il y avait un film français qui passait à huit heures.

– Mais, en fait, vous ne vous en souvenez pas ?

– Non.

– Bien. Supposons que ce soit quand même exact. Donc, vous et votre femme avez commencé à dîner vers neuf heures… Que s'est-il passé ensuite ?

– Je ne sais pas.

– Vous ne le savez pas ?

– Non… je n'ai aucun souvenir de ce qui s'est passé ensuite.

– Vous n'avez donc aucun souvenir précis de ce qui s'est passé pendant le reste de la soirée ?

– Non.

– Mais vous avez déclaré à la police que vous avez fait l'amour avec votre femme…

– C'est exact.

– Est-ce vrai ?

– Oui… mais c'était en même temps.

– Que voulez-vous dire ?

– Ca s'est passé pendant que nous dînions.

– Vous avez fait l'amour tout en dînant ?

On entendit un soupir dans les tribunes. Ferrati tourna la tête dans cette direction.

– Oui, c'est à peu près ça.

Il y eut des murmures et Havel tendit la main pour saisir le marteau. Cette fois, il n'eut même pas besoin de l'agiter. De toute évidence, il avait maintenant la situation bien en main.

– Quels sont les autres souvenirs que vous avez gardés de cette soirée ? poursuivit Ferrati.

– Je ne me souviens de rien, je l'ai déjà dit.

– Rien du tout ?

– Non.

– Vous ne vous rappelez pas que vous vous êtes déshabillé pour aller vous coucher… ou que votre femme a pris un bain ?

– Non. Et je vous serais reconnaissant de ne pas poser la même question tout le temps !

– Allons, monsieur Mitter… vous êtes accusé de meurtre. Je crois que vous avez tout intérêt à être aussi précis que possible. Encore une chose avant d'en venir au lendemain matin… Quelle quantité avez vous bue au cours de la soirée ?

– Je ne sais pas. Peut-être six ou sept bouteilles… à nous deux.

– Six ou sept bouteilles de vin ?

– Oui.

– Je suppose que vous n'aviez pas bu sept bouteilles de vin au moment où vous avez dîné en faisant l'amour ?

Il y eut des rires étouffés et Rüger se leva pour protester.

– Rejeté, annonça Havel. Répondez à la question, s'il vous plaît !

– Non... je ne crois pas.

– Je peux donc en conclure qu'en tout cas, vous ne vous êtes pas couché vers neuf heures ?

– Effectivement.

– Quoi qu'il en soit, vous deviez être passablement ivre, vous ne croyez pas, monsieur Mitter ?

– Si...

– Je n'entends pas ! l'interrompit Havel.

– Oui, j'étais ivre !

– Est-ce que vous étiez également ivre quand vous avez donné deux gifles à votre première femme ?

– Pourquoi cette question ?

– Vous ne comprenez vraiment pas pourquoi ? demanda Ferrati en souriant.

– Je proteste ! cria Rüger en vain.

– Oui, j'étais ivre à cette occasion, reconnut Mitter. Ce n'est pas un crime, je suppose.

– Pas du tout, répondit Ferrati aimablement. Et votre femme, je veux dire Eva Ringmar, était-elle ivre également ?

– Oui.

– Est-ce que vous avez l'habitude de boire autant, monsieur Mitter ? Votre femme avait plus de trois grammes d'alcool dans le sang.

– Ça nous arrivait.

– Est-il exact que votre femme ait eu des problèmes avec l'alcool ?

– Je proteste ! cria Rüger à nouveau.

– Voulez-vous reformuler la question ! demanda Havel.

– Votre femme a-t-elle suivi une cure de désintoxication ? demanda le procureur.

– Oui. Il y a six ans… à sa propre demande. Cela s'est passé à la suite d'événements particulièrement tragiques… je crois que…

– Merci. Nous sommes au courant. Quel est le souvenir suivant ?

– Comment ?

– Après le pot-au-feu et le coït… de quoi d'autre vous souvenez-vous ?

– De mon réveil.

– À quelle heure ?

– À huit heures vingt… du matin.

– Racontez-nous ce que vous avez fait à ce moment-là !

– Je me suis levé… j'ai trouvé Eva dans la salle de bains.

– Parlez-nous de la porte… la porte de la salle de bains !

– Elle était fermée à clef. Je l'ai ouverte en me servant d'un tournevis.

– Était-ce difficile ?

– Non, pas du tout.

– Vous avez donc réussi à ouvrir la porte de l'extérieur sans problème. Auriez-vous pu la fermer de l'extérieur ?

– Je proteste ! Le procureur force mon client à…

– Rejeté ! Répondez à la question, s'il vous plaît !

– Je suppose que oui.

– Vous auriez pu noyer votre femme dans la baignoire et ensuite fermer la porte à clef de l'extérieur ?

Rüger fit mine de se lever, mais Havel leva un doigt en l'air en guise d'avertissement.

– L'accusé est prié de répondre à la question du procureur !

Mitter passa la langue sur ses lèvres.

– Bien sûr, j'aurais pu le faire, répondit-il calmement. Mais je ne l'ai pas fait.

Ferrati resta silencieux pendant quelques secondes. Ensuite, il tourna le dos à Mitter comme s'il ne pouvait plus supporter de le regarder. Lorsqu'il prit la parole à nouveau, il parla d'une voix nettement plus basse et plus lentement, comme s'il s'adressait à un enfant qu'il essayait de raisonner.

– Monsieur Mitter, vous n'avez aucun souvenir de cette nuit-là... et pourtant, vous prétendez ne pas avoir tué votre femme. Vous avez eu un mois entier pour réfléchir et j'avoue que je m'attendais à un peu plus de logique de la part d'un professeur de philosophie. Pourquoi ne pas reconnaître que vous ne vous rappelez pas si vous l'avez tuée ou pas ?

– Je ne pourrais pas l'oublier.

– Pardon ?

– Si j'avais noyé ma femme, je ne pourrais pas l'oublier. Je ne me souviens pas de l'avoir tuée... donc, je ne l'ai pas tuée.

Rüger se moucha. Peut-être était-ce une tentative pour créer une diversion et faire oublier la dernière réplique de Mitter. Si telle était son intention, elle échoua, car Ferrati répéta la réponse de Mitter mais légèrement modifiée. Debout, face au jury, il déclara :

– Je ne me souviens pas, donc, je suis innocent ! Puis-je vous demander, messieurs et mesdames, membres du jury, de bien peser ces mots... Et que constatez-vous ? Je crois que vous avez déjà la réponse : tout ceci est du vent ! Toute la défense est basée sur du vent !

À nouveau, il fixa Mitter du regard et dit :

– Pour la dernière fois, monsieur Mitter… Pourquoi ne pas avouer que vous avez tué votre femme Eva Ringmar en la noyant dans la baignoire ? Pourquoi vous obstiner ?

– Puis-je vous faire remarquer que j'ai déjà avoué avant l'interruption de la séance, répondit Mitter. Qui est-ce qui s'obstine ici ?

Cette réponse fut grandement appréciée par l'auditoire et Havel dut utiliser son marteau. Ferrati en profita pour aller consulter l'un des assesseurs avant de s'approcher de Mitter encore une fois.

– Racontez-nous ce que vous avez fait en attendant l'arrivée de la police !

– Je… j'ai fait un peu de ménage.

– Et qu'avez-vous fait des vêtements que vous portiez, vous et votre femme, la veille au soir ?

– Je les ai lavés.

– Où ça ?

– Dans la machine à laver.

Ferrati enleva ses lunettes et les glissa dans sa poche intérieure.

– Alors que votre femme était morte dans la baignoire et que vous attendiez la police, vous en avez profité pour faire une lessive ?

– Oui.

Il y eut une petite pause.

– Pourquoi, monsieur Mitter ? Pourquoi ?

– Je ne sais pas.

Ferrati haussa les épaules puis alla se poster derrière sa chaise. En faisant un grand geste, les paumes ouvertes, il déclara :

– Monsieur le juge, je n'ai pas d'autres questions à poser à l'accusé.

Havel jeta un coup d'œil à sa montre.

– Il nous reste une demi-heure avant la pause déjeuner. De combien de temps avez-vous besoin, Maître ?

Rüger se leva et fit quelques pas en avant.

– Ce sera suffisant. Mon client subit une très forte pression psychologique, en conséquence de quoi, je serai le plus bref possible… Monsieur Mitter, parlons un peu de la porte d'entrée de votre appartement. Était-elle ouverte ou fermée à clef cette nuit-là ?

– Elle n'était pas fermée à clef. Quand nous étions à la maison, nous ne la fermions jamais à clef.

– Même pas la nuit ?

– Non, jamais.

– Et la porte extérieure de l'immeuble… celle qui donne sur la rue ?

– Elle est censée être fermée mais, elle ne l'est jamais.

Rüger se tourna vers Havel, un document à la main.

– J'ai ici une attestation signée du syndic déclarant que la porte de l'immeuble Kaniken 6 n'était pas fermée à clef pendant la nuit où le drame a eu lieu… Monsieur Mitter, ne pensez-vous pas que, dans ces conditions, n'importe qui aurait pu entrer dans votre appartement et tuer votre femme au cours de la nuit du 4 au 5 octobre ?

– Si.

– Et, en admettant que vous vous soyez endormi, disons vers 22 heures, n'est-il pas possible que votre femme ait pu quitter l'appartement…

– Pure spéculation ! l'interrompit Ferrati, mais Havel se contenta de lui jeter un coup d'œil.

– … sans que vous le sachiez ? continua Rüger.

– Je ne le pense pas, répondit Mitter.

– Mais ce n'est pas exclu ?

– Non…

– Savez-vous quelles étaient les relations masculines de votre femme ?

– Que voulez-vous dire ?

– Elle a dû connaître d'autres hommes que vous… Après tout, votre vie commune n'a duré que six mois. Elle a divorcé de son premier mari, Andreas Berger, il y a six ans. Qu'est-ce qu'elle avait eu comme liaisons depuis ?

– Aucune, répondit Mitter sèchement.

Rüger eut l'air surpris.

– Comment le savez-vous ?

– Parce qu'elle me l'a dit.

– Si je vous comprends bien, votre femme n'a eu aucune liaison avec un homme pendant six ans ?

– C'est exact.

– Votre femme était pourtant très belle, monsieur Mitter. Comment est-ce possible ? Six ans !

– Il n'y a pas eu d'autres hommes. Est-ce bien clair ? Je croyais que vous étiez mon avocat… Monsieur le juge, est-ce que j'ai le droit d'interrompre cet interrogatoire ?

Pendant un court instant, Havel parut un peu interloqué, mais Rüger reprit la parole avant que le juge n'eût le temps de répondre.

– Pardonnez-moi, monsieur Mitter, mais je souhaitais que les membres du jury puissent se faire une idée très précise de la situation. Je vais formuler mon propos d'une autre manière. Votre femme, Eva Ringmar, était, d'après de nombreux témoignages, très belle et séduisante. Et même si elle ne cherchait pas d'autres relations masculines, j'imagine que certains hommes pouvaient… lui manifester de l'intérêt…

Mitter ne répondit pas.

– Je veux dire : avant sa rencontre avec vous… au lycée Bunge par exemple, parmi vos collègues ?

Manifestement, Mitter n'avait plus envie de répondre. Il se pencha en arrière, les bras croisés sur la poitrine.

– Il faut poser cette question à quelqu'un d'autre, Maître… Personnellement, je n'ai plus rien à ajouter.

Rüger eut un moment d'hésitation avant de poser la question suivante.

– Votre dispute au restaurant *Mefisto* n'avait rien à voir avec un autre homme ?

– Non, rien.

– Vous en êtes sûr ?

– Absolument.

Soudain, Ferrati posa une question à son tour.

– Êtes-vous jaloux, monsieur Mitter ?

– Assez ! cria Havel. Retirez cette question ! Vous n'avez pas le droit de venir…

– Je veux bien répondre à cette question, l'interrompit Mitter et Havel se tut. Non, je ne suis pas d'un tempérament jaloux… et Eva ne l'était pas non plus. Nous n'avions d'ailleurs aucune raison d'être jaloux. Je ne comprends pas où mon avocat veut en venir…

Havel soupira et jeta un coup d'œil à sa montre.

– Je vous prie d'être bref, Maître, dit-il à Rüger.

Rüger opina.

– Encore une petite question. Monsieur Mitter, êtes-vous absolument certain que votre femme vous disait toujours la vérité ?

– Tout à fait certain.

Rüger haussa les épaules.

– Je vous remercie. C'est tout.

« Il ment, pensa Van Veeteren. Cet animal de Mitter se condamne à la prison en mentant.

Ou alors… il dit la vérité jusqu'à l'absurde.

Et pourquoi ? Bien malin qui le dira. Et si c'est vrai qu'elle ne lui manque pas, pourquoi, dans ce cas, s'obstine-t-il à la défendre comme si elle était une abbesse ? »

Et, tout en se frayant un passage au milieu de la horde des journalistes, il prit la décision de laisser le pyromane attendre encore une demi-journée.

14

Pourquoi la mère, au juste ?

Il ne le savait pas lui-même. L'explication était peut-être purement géographique. Madame Ringmar habitait à Leuwen, l'un des vieux ports de pêche qui jalonnaient la côte, à une heure de voiture, par une route qui traversait des polders. Peut-être était-ce exactement ce dont il avait besoin à présent. Beaucoup de ciel, peu de terre.

Il arriva au moment où l'horloge de la mairie sonnait trois coups. Il gara sa voiture sur la place du marché et demanda son chemin à un passant.

Il y avait une odeur de mer dans l'air. De mer, de vent et de sel. Il lui serait facile de se rappeler les étés de son enfance, mais il n'y avait pas de raison.

La maison était petite et blanche, coincée entre d'autres bicoques, des boutiques, des palissades et des tréteaux où séchaient les filets de pêche. Il se demanda s'il était possible d'avoir une vie privée dans une telle localité où les gens vivaient quasiment dans la cuisine du voisin, où chaque chambre à coucher était entourée d'oreilles attentives.

« Plus le ciel est haut, plus les gens sont au ras du sol », pensa-t-il en appuyant sur la sonnette. Pourquoi fallait-il que tous les paysages soient peuplés ?

La femme qui le dévisageait dans l'entrebâillement de la porte était petite et maigre. Ses cheveux blancs étaient raides et coupés très courts, son visage fermé. Van Veeteren reconnaissait cette expression pour l'avoir déjà vue chez d'autres personnes âgées.

Peut-être était-ce une question de dentier… « C'était comme si les fausses dents s'étaient accrochées dans quelque chose trente ans auparavant et ne voulaient plus lâcher prise », pensa-t-il.

Ou peut-être y avait-il autre chose chez cette femme ?

– Oui ?

– Madame Ringmar ?

– Oui.

– Mon nom est Van Veeteren. C'est moi qui vous ai téléphoné.

– Donnez-vous la peine d'entrer.

Elle ouvrit la porte, mais juste assez pour lui laisser la place d'entrer, puis lui fit signe de la suivre dans la salle de séjour. Van Veeteren s'installa sur le canapé qui se trouvait dans un coin de la pièce.

– J'ai préparé du café. Vous en prendrez bien un peu ?

Van Veeteren opina.

– Volontiers. Si ce n'est pas trop de dérangement.

Elle sortit. Van Veeteren jeta un coup d'œil autour de lui. C'était une pièce agréable, au plafond bas, qui semblait ne pas avoir d'âge. À l'exception du poste de télévision, on n'avait pas dû ajouter grand-chose depuis les années cinquante. Le canapé, la table et les fauteuils en teck, une vitrine, une étagère remplie de livres. Beaucoup de plantes vertes devant les fenêtres… sans doute pour sauvegarder une certaine intimité. Quelques tableaux qui avaient tous la mer comme motif… et puis des photos encadrées. Un couple de mariés. Deux enfants à des âges différents. Un garçon et une fille, à peu près du même âge. La fille ne pouvait être qu'Eva…

Elle revint portant un plateau sur lequel étaient posées deux tasses et une cafetière.

– Je vous présente mes condoléances, madame Ringmar.

Elle se contenta de faire un signe de tête et de serrer les dents encore davantage. À cet instant, elle lui fit penser à un pin rabougri.

– J'ai déjà eu la visite d'un autre policier.

– Je sais. C'était mon collègue Münster. Je ne voudrais pas trop vous déranger, mais j'aurais besoin de poser quelques questions supplémentaires.

– Allez-y ! J'ai l'habitude.

Elle servit le café et posa près de Van Veeteren une assiette remplie de petits gâteaux secs.

– Qu'est ce que vous voulez savoir ?

– Je m'intéresse à… l'arrière plan, si je puis dire.

– Pourquoi ?

– On ne sait jamais, madame Ringmar.

Manifestement, elle trouva cette réponse satisfaisante, car elle se mit aussitôt à parler.

– Je suis seule à présent, voyez-vous… Vous êtes commissaire, n'est-ce pas ?

Van Veeteren fit oui de la tête.

– Je ne sais pas si vous pouvez le comprendre, mais c'est comme si je l'avais toujours su. J'ai toujours pensé que je serais la dernière…

– Votre mari… ?

– Mort en 1969… C'était un soulagement. Les dernières années il… il n'était plus lui-même. Il buvait, mais il est mort d'un cancer.

Van Veeteren se laissa alors tenter par un petit gâteau sec pâlot.

– Les enfants ne l'ont pas regretté. Il n'était pas bien méchant, vous savez. Il n'avait plus la force, c'est tout. Ça arrive à beaucoup de gens, n'est-ce pas, monsieur le commissaire ?

– Quel âge avaient vos enfants… il y avait Eva et puis un fils, si j'ai bien compris ?

– Quinze ans. Ils sont jumeaux… étaient jumeaux… Je ne sais plus ce qu'il faut dire.

Elle sortit un mouchoir de la poche de son tablier et se moucha.

– Rolf et Eva… c'était bien qu'ils soient deux.

– Comment ça ?

Elle hésita un instant.

– Walter avait des idées plutôt démodées sur la façon d'élever les enfants.

– Je comprends. Il les battait ?

Elle opina. Van Veeteren jeta un coup d'œil par la fenêtre. Il n'avait pas besoin de poser d'autres questions. Il savait ce que signifiait cette réponse. Il lui suffisait de se rappeler sa propre enfance. Enfermé dans le grenier. Des pas lourds dans l'escalier. Une petite toux sèche.

– Et votre fils, Rolf ? Qu'est-ce qu'il est devenu ?

– Il a émigré. À dix-neuf ans, il s'est fait engager comme matelot à bord d'un bateau. C'était sûrement à cause d'une fille, mais il ne m'en a jamais parlé. Il est assez renfermé… comme son père. J'espère qu'il a changé avec l'âge.

« Il y avait dans sa voix quelque chose qui indiquait… oui, quoi exactement ? se demanda Van

Veeteren. Qu'elle avait déjà renoncé à tout mais qu'elle était quand même décidée à continuer à vivre ? »

– Est-ce que vous allez à la messe, madame Ringmar ?

– Jamais. Pourquoi cette question ?

– Peu importe. Rolf… qu'est-ce qu'il est devenu ?

– Il s'est installé au Canada. Je… je ne l'ai plus revu depuis le soir où il est parti.

Même si elle y pensait depuis déjà longtemps, elle avait quand même du mal à prononcer ces mots, c'était évident.

– Il a dû vous écrire, je suppose ?

– Deux fois. La première lettre est arrivée en 1973, c'est-à-dire l'année où il est parti. La deuxième, deux ans plus tard. Je crois que…

– Oui ?

– Je crois qu'il avait honte. Eva me disait qu'elle recevait des lettres de lui, mais elle ne me les a jamais montrées. Elle a peut-être tout inventé pour me faire plaisir.

Il y eut un moment de silence. Van Veeteren avala une gorgée de café et madame Ringmar l'encouragea à déguster d'autres petits gâteaux secs.

– Eva est partie à quel moment ?

– Six mois après Rolf. Elle venait de passer son baccalauréat et avait été admise à l'université de Kerpatz. Elle était douée, ma fille. Je ne sais d'ailleurs pas de qui elle tenait. Elle a fait des études de langues pour finir professeur de français et d'anglais. Mais je suppose que vous le savez déjà.

Van Veeteren opina.

– Puis, elle a épousé ce Berger. Leur mariage aurait pu peut-être réussir, malgré tout. Au bout de quelques années, ils ont eu un fils… Willie… Ils ont été très heureux pendant quelque temps et puis il y a eu l'accident… Le petit s'est noyé. Monsieur le commissaire, nous sommes une famille marquée par le destin, je crois que je l'ai su toute ma vie. Pour certaines personnes… les choses ne marchent tout simplement pas… Vous ne croyez pas ?

Van Veeteren finit de boire son café. Pendant un instant, il pensa à son fils.

– Si, madame Ringmar, dit-il. Je pense très exactement comme vous.

Elle sourit brièvement. Van Veeteren se dit qu'elle faisait partie de ces personnes qui savent tirer de leurs malheurs une intense satisfaction. Celles qui disent : « Qu'est-ce que je vous avais dit, Seigneur ! Je savais bien que Vous me trompiez depuis le départ ! »

– Ils ont divorcé après l'accident, si j'ai bien compris… ?

– Oui, Eva a eu des problèmes de nerfs… et Andreas n'a pas eu la force de porter le fardeau tout seul.

– Que voulez-vous dire ?

– D'abord, il y a eu la mort de Willie et puis Eva s'était mise à boire… Elle a passé six mois dans une clinique. Vous le saviez ?

Van Veeteren fit oui de la tête.

– Eh bien, voilà.

Elle soupira. Mais ce soupir n'était pas l'expression d'un désespoir total, plutôt d'une résignation, d'un calme stoïque devant les horreurs de l'existence. Soudain, Van Veeteren éprouva une sorte de sympathie à l'égard de cette petite vieille, tellement éprouvée par le destin. C'était un sentiment qui ne lui était pas familier et qui le prit à l'improviste. Il garda le silence un moment avant de poursuivre.

– Mais votre fille s'est rétablie, n'est-ce pas ?

– Oui, je crois qu'on peut dire ça. Personnellement, je trouve que son mari aurait pu l'aider un peu plus, mais elle s'est quand même tirée d'affaire.

– Est-ce que vous aviez un bon contact avec votre fille, madame Ringmar ?

– Non, nous n'étions pas très proches... Je ne sais pas pourquoi. Elle avait sa vie. Elle ne m'a jamais demandé de l'aider... même à ce moment-là... Je crois que...

Elle se tut, prit un petit gâteau sec et parut chercher parmi ses souvenirs.

– Que croyez-vous, madame Ringmar ?

– Qu'elle pensait que je les avais trahis... elle et Rolf.

– De quelle manière ?

– Que j'aurais pu prendre leur défense contre Walter.

– Et vous ne l'avez pas fait ?

– J'ai bien essayé mais sans doute pas suffisamment. Je ne sais pas, monsieur le commissaire... c'est difficile à dire.

Il y eut un moment de silence. Van Veeteren fit tomber quelques miettes de gâteau par terre. Il ne lui restait plus que deux questions à poser, celles pour lesquelles il était venu jusqu'ici.

– Savez-vous si Eva a rencontré un autre homme... je veux dire avant Janek Mitter ?

Madame Ringmar secoua la tête.

– Je ne sais pas... mais je ne le crois pas. Elle ne m'en a pas parlé, en tout cas. Elle ne me faisait pas beaucoup de confidences. Pendant quelques années, elle a habité à Gimsen où elle enseignait dans un lycée catholique. Je lui téléphonais une fois par semaine, mais on ne se voyait jamais.

– Pourquoi s'était-elle installée à Maardam ?

– Je ne sais pas. À cause de son travail, peut-être. Je crois qu'elle n'aimait pas beaucoup avoir uniquement des filles comme élèves. Elle devait avoir l'impression de vivre dans un couvent.

– Je vois. Et Mitter ? Qu'avez-vous à dire à son sujet ?

– Rien. Je ne l'ai jamais rencontré. Ma fille m'a envoyé une carte postale de Grèce pour m'annoncer qu'elle s'était remariée.

– Est-ce que cela vous a surpris ?

– Oui… je crois que oui. Mais cela m'a fait plaisir en même temps… Et maintenant, tout est fini.

Elle haussa les épaules à nouveau.

« C'est comme si la vie ne la concernait plus, pensa Van Veeteren. C'était peut-être une attitude à adopter. »

– Vous ne savez rien au sujet de leurs rapports ? Eva ne vous en a pas parlé ?

– Non. Je crois que je lui ai parlé deux fois au téléphone depuis leur retour de Grèce. Voilà que ça me revient… Une fois, c'est Mitter qui a répondu… Il m'a paru sympathique.

Lorsqu'il se retrouva sur la place du marché, la pluie s'était remise à tomber. Quelques marchands étaient en train de poser des toiles en plastique sur leurs cageots de légumes, un vivier en miniature ou bien des pots de confiture maison. Ils lui firent un signe de tête, mais c'est tout.

Il releva le col de son imperméable et mit les mains dans ses poches. Arrivé à la voiture, il hésita un instant. C'était une pluie fine qui semblait flotter dans le vent comme un voile humide. C'était comme si une main légère et délicate caressait les toits des maisons basses, la modeste mairie toute blanche et la flèche solitaire de l'église… la seule chose qui fût dressée comme un défi dans l'immensité du ciel.

Sa rencontre avec madame Ringmar ne s'était pas passée exactement comme il l'avait imaginée. Il ne savait d'ailleurs pas à quoi il s'était attendu. Et pourtant…

Il remit les clefs de la voiture dans sa poche, jeta un coup d'œil à sa montre puis se mit à marcher en direction de la mer. Il longea l'une des jetées et s'arrêta tout au bout pour contempler les vagues qui venaient se briser contre les blocs en béton. L'air était une trinité composée d'humidité, de sel et de cris de mouettes. Soudain, il frissonna.

« Il y a quelque chose, se dit-il, quelque chose qui me retient ici. »

Il enfonça les mains plus profondément dans ses poches et se remit à marcher vers la terre ferme.

15

Il avait demandé un crayon et du papier et on lui apporta une rame.

Tout en haut, son nom, puis une seule phrase. C'était tout. Une seule phrase qu'il fixait du regard.

« De quelle manière est-ce qu'elle ne me manque pas ? »

Une curieuse façon de s'exprimer. Il souligna *de quelle manière*. « De quelle manière est-ce qu'elle ne me manque pas ? »

Puis il souligna également *ne* et *pas*.

« De quelle manière est-ce qu'elle ne me manque pas ? »

Cela devenait de plus en plus bizarre. Plus il regardait sa phrase, plus la signification devenait importante et non pas le contraire, ce qui aurait été plus normal. Il sourit en se concentrant et sans détacher une seule seconde sa pensée ou son regard de la phrase. Dans son subconscient, les réponses commençaient déjà à prendre forme.

De la même manière que je ne regrette pas le temps passé.

De la même manière que je ne demande pas que le passé devienne le présent.

« Quand je serai libéré ou quand j'aurai une

permission, se dit-il, j'irai m'asseoir devant sa tombe et j'emporterai des cigarettes et du vin.

Culpabilité, châtiment, grâce. Culpabilité, châtiment, grâce. Quelle importance d'être puni pour quelque chose d'autre ?

Punissez-moi ! Punissez-moi sévèrement mais vite ! »

Il laissa tomber le crayon, se coucha sur le lit, les genoux repliés et les mains cachées, comme un enfant. Il ferma les yeux et, aussitôt, les images remontèrent à la surface…

Le 29 juin, un jeudi.

– Tu ne sais pas ce qui m'est arrivé aujourd'hui, Janek, avait-elle dit. On m'a demandée en mariage.

Son sang n'avait fait qu'un tour. Il avait eu un sourire figé comme pris dans du ciment.

– Oui, un inconnu m'a abordée pendant que j'attendais l'autobus et m'a demandé de l'épouser. Certaines personnes savent vraiment profiter de l'instant.

– Et qu'est-ce que tu as répondu ?

– Que je réfléchirais.

Elle aussi avait souri, mais il savait que son sexe était ouvert et qu'il y avait du sang entre ses dents.

– Marions-nous, Eva !

C'était aussi simple que ça.

Il appuya son front contre le mur. C'était agréable. À n'importe quel moment, il pouvait choisir d'être tout à fait normal, c'était une question de volonté et rien d'autre… Il fallait choisir la plus transparente, la plus solide et la plus grisâtre des pensées puis s'y cramponner comme un prêtre aveugle.

De quelle manière est-ce qu'elle ne lui manquait pas ?

De la même manière que l'on ne regrette pas l'insoutenable.

Comme un jeune tigre ne regrette pas sa propre mort.

Cet homme.

Cet homme qui existait. Et qui n'existait pas.

Qui appelait au téléphone et qui raccrochait chaque fois que c'était lui qui répondait.

Cet homme à qui elle avait parlé quand il n'était pas là.

Qui n'existait pas et qui apparaissait pourtant dans ses cauchemars dont elle disait :

– Si je meurs bientôt, je te demande pardon, Janek ! Je te demande pardon, je te demande pardon !

Cet homme dont elle niait l'existence.

– Il n'y a pas d'autre homme. Il n'y en a pas. Il n'y a que toi et moi, Janek. Il faut me croire, il faut me croire !

C'était tellement mélodramatique qu'il finit par se dire que c'était certainement vrai. La vérité, c'était le sang, la douleur et la mort… pas le mensonge. Il n'y avait pas de questions. C'était la force, pas la faiblesse. La culpabilité, le châtiment et la grâce n'avaient pas leur place ici.

« Oublie-moi ! Faisons en sorte de nous oublier mutuellement quand nous aurons disparu ! Serions-nous capables d'aimer si la mort n'existait pas ?

Quel était le sujet de votre dispute ?

De quoi avez-vous parlé quand vous vous trouviez sur le balcon ? »

Il se tapa la tête contre le mur. Puis il se mit à rire et à pleurer.

16

– Veuillez décliner vos nom et prénoms.

– Je m'appelle Gudrun Elisabeth Traut.

– Votre profession ?

– J'enseigne l'allemand et l'anglais au lycée Bunge.

– Vous êtes une collègue de Janek Mitter et d'Eva Ringmar ?

– Oui. Je suis l'une des collègues de Mitter. J'étais l'une des collègues d'Eva Ringmar.

– Bien entendu. Êtes-vous… étiez-vous… liée avec l'une ou l'autre de ces personnes ?

– Non, pas vraiment. J'enseigne au lycée Bunge depuis presque aussi longtemps que Mitter, mais pas les mêmes matières. Nous n'avions pas de rapports particuliers.

– Et en ce qui concerne Eva Ringmar ?

– Elle a été engagée il y a deux ans, au moment où monsieur Monsen a pris sa retraite. Nous faisions toutes deux partie de l'institut des langues modernes.

– Vous étiez très liées ?

– Non, pas du tout. Nous participions aux même conférences, nous avions quelques examens en commun et il nous arrivait de remplacer un collègue malade, ce qui est fréquent chez les professeurs de langues.

– Mais vous ne la voyiez pas pendant vos loisirs ?

– Eva Ringmar ?

– Oui.

– Non, jamais.

– Savez-vous si Eva Ringmar avait l'habitude de rencontrer des collègues… en dehors du travail, si je puis dire ?

– Non, je ne crois pas… sauf Mitter, évidemment…

– Bien entendu. Mademoiselle Traut, voulez-vous nous raconter ce qui s'est passé le lundi 30 septembre, c'est-à-dire cinq jours avant l'assassinat d'Eva Ringmar ?

– Vous faites allusion à notre rencontre dans la salle des professeurs ?

– Exactement.

– Bien volontiers ! Cela s'est passé après la fin des cours. Je venais de terminer un examen d'allemand qui avait duré plus longtemps que prévu et il devait être quatre heures et quart à peu près. J'étais persuadée que j'étais la dernière à être encore sur place mais, à mon grand étonnement, j'ai vu qu'Eva Ringmar était assise à son bureau. Habituellement, aucun de nous ne s'attarde au lycée une fois l'enseignement terminé. Après six ou sept heures de cours, nous sommes tous trop fatigués pour corriger des devoirs ou pour entreprendre un autre travail sur place. Nous préférons le faire à la maison, quitte à y consacrer une partie de nos soirées ou de nos nuits. Voilà quelle est notre vie…

– Je comprends bien. Mais, ce jour-là, Eva Ringmar était donc restée ?

– En effet. Cela dit, elle n'était pas en train de travailler. Elle regardait par la fenêtre, sa tête appuyée dans ses mains.

– Vous lui avez adressé la parole ?

– Oui. Je lui ai demandé si elle n'allait pas rentrer chez elle.

– Et qu'est-ce qu'elle a répondu ?

– D'abord, elle a sursauté, comme si elle n'avait pas remarqué que je venais de pénétrer dans la pièce. Et puis elle a dit… sans me regarder… la tête tournée vers la fenêtre… qu'elle avait peur.

– Peur ?

– Oui.

– Vous rappelez-vous exactement ce qu'elle a dit ?

– Bien sûr. Elle a dit : « Ah, c'est vous, mademoiselle Traut. Tant mieux. J'ai si peur aujourd'hui, vous savez. »

– Vous êtes sûre qu'elle a employé exactement ces mots-là ?

– Oui.

– Avez-vous dit quelque chose d'autre ?

– Oui. Je lui ai demandé si elle avait peur de rentrer chez elle.

– Et qu'est-ce qu'elle a répondu ?

– Rien. Elle a simplement dit : « Non, ce n'est rien ». Puis elle a ramassé ses affaires et elle est partie.

– Mademoiselle Traut, quelle conclusion avez-vous tirée de ce qu'elle vous a dit ? Quelle était votre première impression ?

– Je ne sais pas… peut-être qu'elle était plutôt à bout… pas qu'elle avait réellement peur.

– Avez-vous l'impression qu'elle attendait quelqu'un ? Sa réponse semblait l'indiquer.

– Oui, je le crois, en effet.

– D'après vous, elle paraissait soulagée de constater que c'était vous qui veniez d'entrer et non pas quelqu'un d'autre parmi les collègues ?

– Oui, c'est ce que j'ai cru comprendre.

– Qui pouvait-elle attendre, à votre avis ?

– Je ne vois qu'une seule personne…

– Vous voulez dire l'accusé ?

– Oui.

Rüger protesta enfin.

– Je demande que les cinq dernières questions et les cinq dernières réponses ne figurent pas au procès-verbal. Le procureur ne cesse d'encourager le témoin à supputer, à avancer des suppositions sur certaines choses dont elle ignore tout…

– Demande rejetée ! annonça Havel. Je prie néanmoins les membres du jury de bien se rappeler que le témoin a tiré des conclusions personnelles de faits très ténus. Le procureur a-t-il d'autres questions à poser au témoin ?

– Encore deux, monsieur le juge. Savez-vous, mademoiselle Traut, si Eva Ringmar avait des relations, autres que professionnelles, avec quelqu'un parmi vos collègues… à part Janek Mitter ?

– Non.

– Pendant les deux années où Eva Ringmar a enseigné au lycée Bunge, avez-vous entendu parler d'un autre homme que Mitter avec qui elle aurait été liée ?

– Non.

– Merci, mademoiselle Traut. Je n'ai pas d'autres questions, monsieur le juge.

Rüger ne se donna même pas la peine de se lever.

– Mademoiselle Traut, étiez-vous vraiment au courant de la vie privée d'Eva Ringmar ?

– Non, il n'y avait pas de…

– Merci. Étiez-vous au courant de la liaison entre Eva Ringmar et Janek Mitter ?

– Non.

– S'il y avait eu d'autres hommes dans la vie d'Eva

Ringmar, avons-nous des raisons de croire que vous l'auriez su ?

– … Non.

– Merci, c'est tout.

– Votre nom et votre profession, s'il vous plaît.

– Je me nomme Beate Kristine Lingen. Je travaille en qualité d'esthéticienne à l'Institut Mètre à Krowitz, mais je suis domiciliée à Maardam.

– Quels étaient vos rapports avec la défunte Eva Ringmar ?

– J'étais son amie. Mais on ne se voyait pas tellement souvent.

– Dans quelles circonstances avez-vous connu Eva Ringmar ?

– Nous étions camarades de classe au lycée… à Mülboden. Après le bachot, nous avons continué à nous voir pendant quelque temps.

– Et ensuite ?

– Ensuite nous avons perdu le contact. Nous nous sommes installées dans des villes différentes, nous nous sommes mariées etc.

– Vous êtes toujours mariée ?

– Non, je suis divorcée depuis cinq ans.

– Je vois. À quel moment avez-vous revu Eva Ringmar ?

– Quand elle est venue s'installer ici, il y a environ deux ans. Nous nous sommes rencontrées dans la rue et avons décidé de nous revoir… quinze ans avaient passé… nous avons donc commencé à nous voir mais pas très souvent.

– C'est-à-dire ?

– À peu près une fois par mois… non, même pas…

Nous nous sommes peut-être vues dix ou douze fois en tout au cours de ces deux dernières années.

– Et que faisiez-vous lors de ces rencontres ?

– Eh bien… quelquefois, nous restions seulement à bavarder, soit chez elle, soit chez moi ou, alors, nous allions au cinéma ou au restaurant.

– Est-ce qu'il vous arrivait d'aller danser ?

– Non, jamais.

– Étiez-vous… comment dire ?… très intimes ?

– Oui, je crois qu'on peut dire ça… même si on ne se racontait pas tout.

– Savez-vous si Eva Ringmar avait d'autres amies, ou une autre amie, à qui elle faisait des confidences ?

– Je suis pratiquement sûre que non. Elle aimait la solitude.

– Pourquoi ?

– Je crois que cela avait un rapport avec ce qui s'était passé… je veux dire avec la mort de son fils… Vous êtes au courant, je suppose ?

– Oui. Vous voulez dire qu'elle a choisi de mener une vie assez solitaire ?

– Solitaire, peut-être pas, disons qu'elle n'avait pas tellement besoin des autres. C'est en gros ce qu'elle me disait…

– Et les hommes ?

– À mon avis, il n'y a eu personne… avant Mitter.

– C'est ce que vous pensez ?

– J'en suis pratiquement sûre.

– Elle ne vous a parlé de personne ?

– Non.

– Est-ce qu'il vous arrivait d'avoir des discussions au sujet des hommes ?

– Oh, vous savez… il existe des sujets plus intéressants.

– Vraiment ? Soit… Au cours de ces dix ou douze rencontres… avez-vous remarqué quelque chose qui aurait pu indiquer qu'elle avait une liaison ?

– Non.

– Si tel avait été le cas, l'auriez-vous remarqué ?

– Oui. Et elle m'en aurait parlé.

– Ah, oui ?

– Sûrement, puisqu'elle m'a parlé de Mitter.

– À quel moment ?

– Au mois de mai… vers le dix, si mon souvenir est exact. Je l'ai appelée pour lui demander si elle n'avait pas envie d'aller au cinéma, mais elle a répondu qu'elle n'avait pas le temps. Et elle a ajouté qu'elle avait rencontré un homme.

– A-t-elle précisé de qui il s'agissait ?

– Bien sûr.

– Est-ce que vous lui avez parlé depuis ? Ou bien, peut-être l'avez vous revue ?

– Elle m'a appelée vers le milieu du mois de septembre pour m'annoncer qu'elle s'était remariée et me demander si l'on ne pouvait pas se voir.

– Et qu'avez-vous décidé ?

– J'étais sur le point de partir suivre des cours à Linz pendant deux semaines, mais je lui ai promis de la rappeler à mon retour.

– Et à ce moment-là il était trop tard ?

– Oui.

– Quelle impression vous a-t-elle faite quand vous l'avez eue au bout du fil au mois de septembre ?

– Comment ça ?

– Avez-vous remarqué quelque chose de particulier ? Était-elle gaie… ou inquiète, ou… je ne sais pas, moi… ?

– Non… non, je n'ai rien remarqué.

– Avez-vous été surprise d'apprendre son remariage ?

– Oui, peut-être…

Il y eut une brève pause. Ferrati consulta ses documents. La mouche bleue se réveilla après quatre jours de sommeil, survola l'assistance dans un bourdonnement puis, n'ayant rien découvert d'intéressant, retourna dans les hautes sphères. Le juge Havel la suivit un instant du regard tout en s'essuyant la nuque avec un mouchoir de couleur.

– Mademoiselle Lingen, reprit Ferrati, au cours des deux années où vous avez fréquenté Eva Ringmar, avez-vous, à un moment quelconque, eu l'impression qu'elle voyait d'autres hommes, à part Janek Mitter ?

– Non.

– Est-ce qu'elle avait… des ennemis ?

– Des ennemis ? Non, pourquoi aurait-elle eu des ennemis ?

– Je vous remercie, Mademoiselle Lingen. Je n'ai pas d'autres questions.

Rüger ne se leva pas non plus cette fois.

– Mademoiselle Lingen, est-ce que le nom d'Eduard Caen vous dit quelque chose ?

– Non.

– Rien du tout ?

– Non, absolument rien.

– Vous en êtes sûre ?

– Tout à fait.

Rüger se leva, sortit de sa poche intérieure une feuille de papier pliée en deux et la tendit à Havel.

– Monsieur le juge, permettez-moi de vous remettre une liste comportant les différentes dates où Eva Ringmar a rencontré Eduard Caen entre le 15 octobre

1990 et le 20 février 1992… quatorze rencontres en tout. Les dates sont en ordre chronologique et ont été confirmées par monsieur Caen lui-même. Je n'ai pas d'autres questions à poser au témoin.

17

Il se réveilla à cinq heures vingt.

D'abord, il essaya de se rendormir mais en vain. De vieilles images et de vieux souvenirs le submergèrent et, au bout d'une demi-heure, il se leva, enfila un pantalon et un pull par-dessus son pyjama puis s'en alla dans la cuisine. Il jeta un coup d'œil par la fenêtre et constata que le kiosque de la place du marché n'était pas encore ouvert. Il s'assit à la table de la cuisine et attendit…

Lorsque les volets s'ouvrirent, il était déjà là. Il ne courait aucun risque ; la dame du kiosque le reconnaissait : ce n'était pas la première fois qu'il était si matinal.

Un exemplaire du *Neuwe Blatt* sous le bras, il remonta les escaliers quatre à quatre. Il s'enferma à double tour, posa le journal ouvert sur la table et commença à chercher.

Le compte rendu occupait une page entière et il le lut deux fois. Ensuite, il replia le journal, appuya le tête sur ses mains croisées et se mit à réfléchir.

Perte de mémoire ?

Au bout d'un moment, il comprit que c'était la vraie réponse.

La seule et la vraie. Mitter avait oublié. Il avait été tellement ivre qu'il ne se souvenait plus…

Il eut un tressaillement aux commissures des lèvres. À présent, il avait sommeil après ce réveil à l'aube… et il avait reçu un signe. Un signe qui montrait qu'il avait choisi le bon chemin. Maintenant, il était libre et fort… et il suffisait de regarder vers l'avenir. Rien à craindre. Un lion.

Il ressentit comme une crampe dans le diaphragme.

Craindre ?

Mitter pouvait-il retrouver la mémoire ?

Il eut un renvoi acide.

Il avala deux comprimés pour calmer son estomac et but un peu de soda. Puis il se recoucha.

La pensée existait déjà dans sa tête, mais il ne se donna pas la peine de s'y intéresser de plus près. Ce n'était pas encore nécessaire. Rien ne pressait… Il pouvait se permettre d'attendre et voir comment les choses allaient évoluer. Le chatouillement était là à nouveau ; cependant il le réprima. Bien sûr qu'il possédait la force et la capacité d'agir, mais c'était encore trop tôt. Il pouvait se consacrer à d'autres occupations. À d'autres sortes de chatouillements.

Liz. Voilà ce qui l'attendait. C'en était fini du passé et de toutes ces choses morbides. Mercredi, Liz. Sa nouvelle conquête.

Elle le séduirait, c'était sûr. Il l'avait vu dans ses yeux… et il la laisserait faire. Jusqu'au dernier moment, il la laisserait faire, puis il prendrait l'initiative. En la pénétrant, il la ferait crier de plaisir. Il la prendrait par devant, par derrière et de côté.

Eva avait disparu. Maintenant, il y avait Liz. Mercredi prochain.

18

– Pourquoi est-ce que nous n'étions pas au courant de l'existence de ce Caen, nom de Dieu ?

Van Veeteren lâcha cette phrase avant même que Münster n'eût le temps de fermer la porte. Münster s'installa à sa place habituelle entre les armoires de rangement et s'offrit deux pastilles pour la gorge.

– Alors ?

– On nous avait dit qu'il n'était pas nécessaire de fouiller tout le passé de la victime… Je ne comprends d'ailleurs pas pourquoi vous continuez à vous y intéresser. J'ai rencontré le patron à la cantine et il m'a dit qu'il était grand temps que nous nous occupions de ces incendies criminels.

– Mon cher Münster, je me fous éperdument de ce que pense Hiller. Si vous voulez le savoir, le pyromane s'appelle Garanine, il est russe et nous pouvons attendre jusqu'au douze avant de le faire filer par l'un de nos hommes.

– Pourquoi ?

– Parce que ce sera la pleine lune et qu'il n'allume ses feux qu'à ce moment-là. J'ai même son adresse. Nous le cueillerons en flagrant délit. Pour le moment, on s'occupe de ce Caen. Qu'est-ce que vous avez appris à son sujet ?

Münster se racla la gorge.

– Je ne lui ai pas parlé personnellement, je lui ai envoyé un fax. La réponse arrivera sans doute au cours de la nuit, car ils n'ont pas la même heure que nous, là-bas.

– Vraiment ?

– Hum... Et puis je suis allé voir Rüger. Bien sûr, il n'a rien voulu me dire, mais je lui ai donné quelques tuyaux concernant l'affaire Henderson.

– Bravo, Münster ! Continuez !

– Caen était donc son thérapeute. C'est lui qui s'est occupé d'elle pendant qu'elle était à Rejmershus. Ils ont gardé le contact une fois la cure terminée. En fait, Rüger ne possède pas beaucoup de renseignements en dehors des dates de leurs rencontres. Il a surtout voulu rabattre son caquet à ce témoin qui croyait tout savoir sur Eva Ringmar.

– C'est tout ?

– Il a parlé à Caen par deux fois au téléphone, mais il ne croit pas que l'existence de ce thérapeute soit d'une importance quelconque pour l'affaire qui nous occupe. J'avoue que je partage son opinion.

– C'est à moi de décider de ce qui est important ou non, Münster ! Qu'est-ce que vous avez appris d'autre ?

– Qu'il est allé s'installer en Australie au mois de mars de cette année et que c'est pour cette raison qu'ils ont cessé de se voir. Il a ouvert une clinique privée à Melbourne... Sa femme est de là-bas. C'est probablement ce qui l'a décidé...

– Qu'est-ce qu'il avait à dire au sujet d'Eva Ringmar ?

– Pas grand-chose apparemment. Cela dit, je ne crois pas que Rüger ait beaucoup insisté.

Van Veeteren se gratta la nuque avec un crayon et réfléchit un instant.

– Rüger ? Non, probablement pas. Alors, qu'est-ce que vous lui avez écrit ?

Münster se tortilla sur sa chaise.

« Il a sûrement fait une bêtise, pensa Van Veeteren. Que le diable l'emporte s'il a tout gâché ! »

– Je lui ai demandé de bien vouloir confirmer l'exactitude des dates et de s'attendre à recevoir un coup de fil… de votre part, commissaire. S'il répond à mon fax, vous pourrez l'appeler demain matin.

Van Veeteren recracha son cure-dents et le contempla un instant.

– Bien, Münster ! dit-il enfin.

Münster rougit.

« Un type de quarante ans devrait avoir perdu l'habitude de rougir, pensa Van Veeteren. De plus il est flic. »

Van Veeteren se leva.

– Et maintenant, on va aller jouer au badminton !

Pour s'entraîner, il fit quelques smashes dans l'air.

– J'ai comme l'impression qu'aujourd'hui, inspecteur, je vais vous écraser !

– Mais…

– Il n'y a pas de mais ! Vous passerez voir Hiller rapidement et vous lui direz qu'on bosse comme des cinglés pour coincer le pyromane. Du reste, il faut qu'on passe d'abord par chez moi. Il faut bien que j'aille voir si ce clébard de malheur a encore vomi…

Münster soupira discrètement. Lorsque le commissaire était d'humeur à plaisanter, cela pouvait signifier absolument n'importe quoi. Et il ne fallait surtout pas le contredire.

– Andreas Berger vous a fait quelle impression ?

demanda Van Veeteren pendant que Münster faisait des efforts pour essayer de les faire sortir du garage de l'hôtel de police, un vrai labyrinthe.

– Il est sûrement innocent.

– Qu'est-ce qui vous fait dire ça ?

– Il a un alibi solide pour toute cette nuit-là. Il habite loin d'ici… à Karpatz… Il a une nouvelle femme et deux enfants et un troisième en route. Très sympathique, sa femme aussi, d'ailleurs. Il a essayé d'aider Eva après cette histoire tragique et il lui a proposé un nouveau départ… C'est elle qui a voulu divorcer.

– Je sais, je sais. Vous n'avez rien découvert de… suspect ?

– De suspect ?

– Oui, je veux dire… il n'a pas essayé de vous tromper ?

Münster attendit quelques secondes avant de répondre.

– Est-ce que vous n'avez pas écouté l'enregistrement ?

– Mais si, mais si ! Je voulais seulement m'assurer que…

– Vous ne seriez pas disposé à m'expliquer pourquoi nous continuons à fouiller dans le passé de la victime ? Je vous croyais depuis longtemps persuadé que Mitter était coupable.

– Il n'y a que les vaches qui ne changent jamais d'avis, Münster. Dans cette affaire, tout marche sur des roulettes et c'est justement ça, le problème. Je n'aime pas ce genre de procès… Quand je pense… même les témoins de la défense ont réussi à l'enfoncer. Ce Weiss et puis… comment s'appelait-il déjà ?

– Sigurdsen.

– Oui, c'est ça. Et puis ce censeur tellement falot. Ils

ont été ses collègues pendant quinze ans, et tout ce qu'ils ont remarqué c'est que Mitter n'était pas particulièrement violent ! Incroyable ! Ils n'ont rien vu ! Quand on a des amis de cet acabit, on n'a pas besoin d'ennemis, croyez-moi, Münster. J'ai eu l'impression que les profs étaient aussi bornés que de mon temps. D'ailleurs, je suppose que certains d'entre eux sont toujours en activité.

– Et Bendiksen ?

– Un peu mieux que les autres, mais même lui n'exclut pas la possibilité que Mitter soit coupable. C'est là tout le problème, Münster. Tout le monde, et peut-être Mitter lui-même, pensent que c'est lui qui a fait le coup. Et pourtant, il a un passé pratiquement sans tache. Il a giflé sa première femme, qui l'avait certainement mérité, et il y a eu je ne sais quelle ridicule histoire de bouc émissaire après ce qui s'est passé au cours d'une fête organisée par des élèves. Je parie que la liste de vos méfaits est beaucoup plus longue, Münster !

– Ne croyez pas ça, commissaire ! En tout cas, je ne me suis jamais fait prendre.

– Il n'aurait plus manqué que ça ! grommela Van Veeteren. Un policier ne se fait pas prendre, que diable !

Il resta silencieux pendant quelques instants et fit bouger son cure-dents.

– Quoi qu'il en soit, poursuivit-il, il n'y a rien qui témoigne en faveur de Mitter, ce qui signifie en clair qu'il sera condamné. Ils me font marrer avec leurs histoires d'accumulations de preuves. Ça ne tient pas la route. Le procureur n'a rien prouvé du tout, nom de nom ! Il n'en reste pas moins que Mitter sera condamné.

– Pour meurtre ?

– Oui, je n'en serais pas étonné… Si on décide de l'interner, je suppose que le motif de la condamnation importe peu. Pauvre type, j'ai l'impression qu'il a perdu les pédales définitivement. C'est bien dommage… Je crois que c'est quelqu'un d'assez marrant dans le fond… Mais, qu'est-ce que vous faites ? Pourquoi vous ne continuez pas tout droit, Münster ? Je vous ai dit qu'on allait tout d'abord passer chez moi !

– Sens unique, commissaire.

– Mon Dieu, gémit Van Veeteren, je crains que la liste de vos méfaits soit vraiment bien maigre.

Münster poussa un soupir et accéléra. Le commissaire se plongea dans ses réflexions. Lorsqu'ils passèrent devant l'église de Keymer, il sortit un cigarillo, tout en jetant un coup d'œil à Münster. Van Veeteren n'était pas un vrai fumeur, mais il savait que la fumée émanant de ces petits cigares noirs était plus nocive pour la forme physique de son adversaire que pour la sienne, surtout s'il évitait d'avaler la fumée. Fumer un cigarillo avant le match faisait partie de la préparation psychologique.

Münster arrêta la voiture devant l'immeuble situé Klagenburg, 4. Van Veeteren déposa prudemment son cigarillo fumant dans le cendrier de la voiture.

– Attendez-moi ici. Je serai de retour dans cinq minutes.

Münster arrêta le moteur et ouvrit sa vitre. Il suivit du regard le commissaire qui monta les escaliers comme s'il faisait du jogging.

« Dans dix ans, il prendra sa retraite, pensa Münster. Encore dix ans… Jusqu'à quel âge les hommes ont-ils la force de jouer au badminton ? »

En y réfléchissant, il se rappela qu'il avait vu des

types qui avaient sûrement plus de soixante-dix ans trottiner sur les courts de la salle de sports… Il se dit qu'il valait mieux penser à autre chose.

Il se mit à penser à Synn, sa jolie épouse qui avait envie de prendre de vraies vacances d'hiver cette année… deux semaines en décembre, au moment où les prix étaient les plus bas. S'il l'avait bien comprise, elle rêvait d'une île lointaine dans une mer toute bleue, avec des palmiers bruissants et un bar sur la plage…

Comment ferait-il pour présenter ce projet à Hiller, le patron ? Il avait bien suffisamment d'heures supplémentaires à récupérer, mais un congé de deux semaines… ?

« Deux semaines ? » dirait Hiller, haletant, comme si on venait de lui demander de poser nu pour le magazine de la police. « Deux semaines ! »

Et, à présent, il s'apprêtait encore une fois à jouer au badminton pendant le service.

19

Quelqu'un lui avait envoyé un pasteur.

Il ne savait pas qui avait eu cette idée. Peut-être était-ce Rüger ou bien le chef de la police et ce juge sénile… C'était difficile à dire. Peut-être même était-il venu de son propre chef ; d'après ce qu'il venait d'expliquer, aucun intermédiaire n'était nécessaire. Dieu le Père vous écoutait.

Le pasteur lui adressa un sourire incertain. Il s'essuyait fréquemment les yeux, prétextant que le système de ventilation rendait l'air très sec.

– Je suis souvent à l'écoute du système de ventilation, dit Mitter. Je crois y entendre la voix de Dieu.

Le pasteur approuva, l'air intéressé.

– Ah, oui ?

– Je suppose que la voix de Dieu vous est familière ?

– Oui…

– Elle est assez monotone, vous ne trouvez pas ?

– Je crois que la voix de Dieu est perçue différemment par les uns et les autres.

– Qu'est-ce que c'est que ce relativisme à la gomme ? dit Mitter.

– Allons, allons… je voulais simplement…

– Vous osez prétendre que le Seigneur n'est qu'un

épisode phénoménologique ? Montrez-moi donc vos papiers d'identité !

Le pasteur sourit alors d'un air indulgent. Mais une ride exprimant une forme de doute était en train de se creuser sur son front lisse.

– Si vous êtes incapable de me donner la preuve ontologique de l'existence de Dieu, je vous ferai immédiatement jeter dehors !

Le pasteur s'essuya les yeux.

– Je reviendrai peut-être vous voir une autre fois. Je vois que ma présence vous irrite.

Mitter appela le gardien et, deux minutes plus tard, il se trouvait à nouveau seul.

On lui envoya également une assistante sociale.

C'était une femme d'une trentaine d'années et, pendant la durée de la visite, le gardien resta derrière la porte.

– Êtes-vous danoise ? demanda Mitter.

Elle avait des cheveux très blonds et un grand cou, ce qui rendait la question tout à fait justifiée. L'assistante sociale secoua la tête en guise de réponse.

– Je m'appelle Diotima, dit-elle. Vous voulez bien me laisser vous parler pendant un moment ?

– Voilà un joli prénom inhabituel, dit Mitter. Vous pouvez rester aussi longtemps que vous voulez.

– On va sans doute vous faire subir un examen psychiatrique, continua Diotima, et indépendamment du verdict…

– Vous m'en voyez satisfait et reconnaissant, dit Mitter. De toute façon, je n'avais pas l'intention de reprendre mes cours dans l'immédiat.

Diotima acquiça d'un signe de tête. Elle avait une queue de cheval qui se balançait d'un côté à l'autre chaque fois qu'elle bougeait la tête. Mitter aurait eu envie d'aller poser une main sur le cou de la jeune femme, mais il ne se sentait pas assez propre. Diotima respirait une fraîcheur parfaite. Mitter cacha ses mains entre ses genoux et essaya de penser à autre chose.

– Comment vous sentez-vous ? demanda-t-elle.

Mitter réfléchit mais ne trouva pas de réponse satisfaisante.

– Une situation éprouvante…

Elle baissa la voix à la fin et il ne comprit pas très bien s'il s'agissait d'une question ou d'une constatation. Si cette phrase s'appliquait à lui ou à elle…

– Ce n'est pas dans un endroit comme celui-ci qu'on retrouve la santé, poursuivit-elle.

Il sourit brièvement.

– Savez-vous pendant combien de temps vous êtes resté ici ?

Il fit oui de la tête.

– Quel jour sommes-nous ?

– Mercredi.

– Oui. Le verdict sera connu cet après-midi. Pourquoi avez-vous décidé de ne pas y assister ?

Il haussa les épaules.

– Voulez-vous une cigarette ?

– Volontiers.

Elle sortit un paquet de sa serviette et le plaça entre eux sur la table. Mitter libéra sa main droite, prit une cigarette et l'alluma. C'était du tabac mentholé, typiquement féminin. Néanmoins il fuma goulûment sa cigarette jusqu'au bout.

Assez curieusement, il fallait se concentrer plus que de coutume pour fumer une cigarette de ce genre, et il n'était pas sûr d'avoir bien entendu les questions qu'elle posait pendant qu'il fumait. De toute façon, il ne répondit à aucune.

Lorsqu'il alla écraser sa cigarette dans le lavabo, elle se leva et il comprit qu'elle allait partir. Tout d'un coup, sa gorge se noua comme s'il avait eu envie de pleurer. C'était une sensation désagréable qui se mêlait à un arrière-goût de fumée refroidie. Peut-être remarqua-t-elle quelque chose, car elle fit deux pas en avant et posa une main sur son bras pendant un instant.

– Je reviendrai, dit-elle. Quoi qu'il arrive, vous ne resterez pas longtemps ici.

– Janek, dit-il… je m'appelle Janek. Je voudrais que vous m'appeliez par mon prénom.

– D'accord. Le mien est Diotima.

– Merci. Vous me l'avez déjà dit.

Elle sourit. Ses dents étaient blanches et régulières. Il soupira.

– Vous êtes sûre que vous n'êtes pas danoise ?

– Ma grand-mère paternelle était de Copenhague.

– Ah, je le savais bien.

– Au revoir, Janek.

– Au revoir, Diotima.

Rüger arriva une heure après le repas. Il semblait encore plus voûté que d'habitude et il se moucha deux fois avant de commencer à parler.

– Ça n'a pas marché, dit-il.

– Ah, bon, dit Mitter. Ça n'a pas marché ?

– Non. Vous êtes condamné pour meurtre sans préméditation. Le jury était unanime. Six ans.

– Six ans ?

– Oui. Une bonne conduite et vous n'en ferez que cinq.

– Ca me va, dit Mitter.

Rüger se tut un instant.

– On va vous faire subir un examen psychiatrique,

poursuivit-il. Nous aurions peut-être dû choisir une autre ligne de défense. Quoi qu'il en soit, tout le monde estime que vous étiez parfaitement responsable de vos actes au moment des faits.

– Bien, bien, dit Mitter. Il commençait à être fatigué. Je vous serais reconnaissant d'être bref, ajouta-t-il. Je crois qu'il va falloir que j'aille dormir un moment.

– Si les résultats s'avèrent satisfaisants, ce sera la prison d'État. Sinon, Greifen ou Majorna.

– Majorna ?

– Oui, à Willemsburg. Vous connaissez ? C'est une assez vieille institution qui date du dix-neuvième siècle. Greifen vaudrait peut-être mieux…

– Je crois que ça m'est égal.

– Si vous retrouvez votre santé mentale, vous serez immédiatement transféré à la prison, mais on déduira le temps passé à l'institution… Voilà comment les choses vont se passer. Vous êtes fatigué ?

Mitter fit oui de la tête.

– Vous sortirez d'ici demain. J'espère que vous pourrez passer une bonne nuit.

Il lui tendit la main. Mitter la saisit.

– Je suis sincèrement désolé de ne pas avoir réussi…

– Ça ne fait rien, dit Mitter. Soyez assez gentil de me laisser seul maintenant. Nous aurons certainement l'occasion de nous parler à nouveau.

– Certainement, dit Rüger en se mouchant une dernière fois. Au revoir et bon courage pour demain, monsieur Mitter.

– Au revoir.

« Quel bavard, ce type, pensa-t-il lorsque la porte se referma derrière l'avocat. À l'avenir, il faudra que je le tienne à distance. »

20

– Eh bien, voilà, dit Münster.

– Comment ça ? dit Van Veeteren.

– Alors, où est-ce qu'il ira ?

– À Majorna, grommela Van Veeteren. Caen n'a pas encore répondu ?

– Non, pas encore, mais nous avons tout de même de quoi nous occuper.

– Ah, oui ? Et en faisant quoi ?

– Regardez plutôt, dit Münster en désignant un article dans le journal du jour.

Une prostituée noire avait été retrouvée crucifiée dans la banlieue résidentielle de Dikken, et cette affaire mobilisa Van Veeteren et Münster pendant trente-six heures. Puis une organisation néo-nazie revendiqua la responsabilité de cet acte et l'affaire fut confiée à la brigade antiterroriste de la police nationale.

Rentré chez lui Münster dormit seize heures d'affilée, et Van Veeteren en aurait volontiers fait autant si Bismark n'avait pas existé. La chienne était à présent si mal en point qu'il n'y avait rien d'autre à faire que de la piquer. Van Veeteren appela Jess pour lui expliquer la situation et sa fille, se montrant tout d'un coup sentimentale, lui fit promettre de garder Bismark en vie pendant encore quarante-huit heures pour qu'elle puisse assister elle-même à l'ultime adieu. C'était quand même sa chienne.

Van Veeteren passa ces deux journées à ramper sur le carrelage de la cuisine, à moitié fou d'épuisement, essayant de faire ingurgiter un peu de bouillie au chien et lui torchant régulièrement le derrière. Lorsque Jess arriva enfin, la fatigue et la colère avaient conduit son père au bord de l'apoplexie.

– Mais, mon petit papa chéri, dit-elle en l'embrassant en plein sur la bouche, est-ce qu'il ne vaudrait pas mieux abréger tes souffrances, à toi aussi ?

Van Veeteren poussa alors un cri si strident que madame Loewe, la veuve de l'étage en dessous, prit peur et appela la police. Cependant, l'agent de service, un jeune homme prometteur du nom de Widmar Krause, reconnut tout de suite l'adresse et prit sur lui de ne pas intervenir.

Jess s'occupa de Bismark et l'amena chez le vétérinaire où la chienne poussa son dernier soupir dans ses bras, une heure plus tard.

Van Veeteren prit une douche, se jeta ensuite avec enthousiasme sur le téléphone et appela Münster.

– Est-ce que Caen a répondu ? cria-t-il dans l'appareil.

– Non, répondit Münster.

– Mais pourquoi pas, nom de Dieu ? continua le commissaire.

– Comment va Bismark ? demanda Münster d'une voix reposée.

– La ferme ! hurla Van Veeteren. Répondez à ma question !

– Je n'en sais rien. Est-ce que vous croyez… ?

– Si on est croyant, on va à l'église, mais Dieu est mort ! Donnez-moi immédiatement son numéro de téléphone… Et pour ce qui est du fax, vous direz à Hiller qu'il peut se le foutre où je pense !

Münster retrouva le numéro de téléphone de Caen et, une demi-heure plus tard, Van Veeteren réussit enfin à le joindre.

– Eduard Caen ?

– Oui.

– Ici, le commissaire Van Veeteren. Je vous appelle de Maardam, quelque part dans le vieux monde.

– Oui ?

– J'aurais quelques questions à vous poser. Je regrette d'avoir à le faire à distance.

– De quoi s'agit-il ?

– D'Eva Ringmar. Je suppose que le nom vous est familier ?

Il y eut quelques secondes de silence.

– Alors ?

– Je suis tenu par le secret professionnel…

– Moi aussi. Dois-je vous rappeler que j'ai le pouvoir de vous faire venir ici pour vous interroger, si j'en ai envie ?

– Je vois. Eh bien, soit. Que voulez-vous savoir, monsieur le commissaire ?

– Oh, pas grand-chose. Tout d'abord, est-ce que vous avez eu une liaison avec elle ?

– Bien sûr que non. Jamais avec mes clientes…

– Donc, ce n'est pas pour cette raison que vous êtes parti pour l'Australie ?

– Ne soyez pas ridicule, voyons ! Je n'ai pas l'intention de répondre à de telles…

Alors la communication fut provisoirement coupée. Van Veeteren frappa à plusieurs reprises le récepteur contre la table et, après un bref intermède en japonais, Caen fut à nouveau en ligne…

– … à de telles… quoi ? demanda Van Veeteren.

– À de telles insinuations, répondit Caen.

– Je suis à la recherche d'un assassin, continua Van Veeteren imperturbable. Un homme, bien entendu. Vous avez des noms à me suggérer ?

Il y eut un moment de silence.

– Non… dit Caen, un peu hésitant. Non, vraiment pas. Tout à fait franchement, monsieur le commissaire, est-ce que je peux avoir confiance en vous ?

– Naturellement.

– Je dois vous avouer que je n'ai pas obtenu de très bons résultats avec elle. Pourtant, son état s'est amélioré. On a fait appel à moi en raison des problèmes qui se sont posés à la suite de la mort tragique de son fils… mais il y a quelque chose d'autre…

« Il donne l'impression de peser chaque mot, pensa Van Veeteren. Est-ce qu'il sait seulement combien coûte une communication téléphonique avec l'autre bout du monde ? »

– Quoi donc ?

– Je ne sais pas. Il y avait quelque chose de caché… Elle ne faisait même pas semblant de le nier. C'était peut-être difficile à dissimuler. Il y avait quelque chose qu'elle ne m'avait pas raconté et elle l'admettait… Vous comprenez ? C'est difficile d'expliquer par téléphone.

– Elle avait un secret ?

– Pour dire les choses plus simplement, oui.

– Un homme ?

– Je n'en ai pas la moindre idée, monsieur le commissaire. Pas la moindre.

– Vous n'avez pas de tuyau à me donner ?

– Je ne peux rien dire de plus. Je vous assure !

– Mais de quoi parliez-vous, grand Dieu ?

– De Willie… son fils. Nous n'avons pratiquement parlé que de lui. J'étais pour elle un moyen de se souvenir de son fils. J'ai moi-même un fils à peu près du même âge… Il nous arrivait souvent de prétendre que Willie était toujours vivant et de discuter de l'avenir de nos enfants respectifs…

– Bien… et son état de santé s'est amélioré ?

– Absolument. Nos rencontres à Maardam étaient loin d'être indispensables du point de vue thérapeutique, mais elle y tenait beaucoup… D'ailleurs, je l'aimais bien et elle me payait mes consultations. Pourquoi aurais-je refusé de la voir ?

– Oui, pourquoi, en effet ? Que pensez-vous du premier mari… Andreas Berger ?

– Pas grand-chose. Je ne l'ai jamais rencontré et elle m'a peu parlé de lui. C'était elle qui voulait divorcer… La raison en était évidemment la mort de son fils, mais c'est tout ce que je sais… Je crois que le mari aurait voulu la garder, même dans les pires moments.

Van Veeteren réfléchit un instant.

– J'ai cru comprendre que vous aviez un suspect ? demanda Caen.

– Il a même été condamné, répondit Van Veeteren.

– Condamné ? Il a donc avoué ? Dans ce cas, pourquoi continuez-vous à…

– Parce qu'il n'est pas coupable, interrompit Van Veeteren. Est-ce que je peux vous demander quelque chose ?

– Bien sûr.

– Si par hasard vous vous souvenez d'un détail, même insignifiant, voudriez-vous prendre contact avec moi ? Vous avez mon numéro de téléphone, n'est-ce pas ?

– Non, je ne crois pas…

– Mais vous avez bien reçu notre fax ?

– Votre fax ? J'avoue que ça fait une semaine que je n'ai pas lu les messages… Je suis en vacances, vous savez.

– En vacances ? Au mois de novembre ?

– Oui, ici c'est le début de l'été. Il fait vingt-cinq degrés et les citronniers sont en fleur…

– Merde, je l'aurais parié, murmura Van Veeteren.

21

Quand Lotte Kretschmer se réveilla, le dimanche 17 novembre, elle décida presque aussitôt de rompre avec son petit ami, un électricien de vingt et un ans originaire de Süsslingen, du nom de Weigand. Sa décision avait mûri pendant quelques semaines mais, à présent, le moment était venu de passer à l'acte. Comme à l'accoutumée, Weigand dormait à côté d'elle, la bouche ouverte, et elle le réveilla sans ménagement pour lui expliquer la situation.

Certes, ils avaient vécu huit mois durant ensemble, mais elle n'aurait quand même jamais pensé que la dispute, les pleurs et les accusations dureraient toute la journée.

Lorsqu'elle partit travailler vers sept heures du soir, elle réalisa qu'elle aurait besoin de douze heures de sommeil, alors que l'attendaient douze heures de veille.

Ceci pour tenter d'expliquer et non pas d'excuser.

Vers vingt et une heures, à la place de ses habituels comprimés antidépresseurs d'un effet assez limité, Janek Mitter reçut deux comprimés de multivitamines contenant également dix sels minéraux importants.

Les deux médicaments se présentaient sous forme

de comprimés jaune pâle, ronds et dragéifiés et étaient rangés dans le même placard.

Cela non plus ne constituait pas une excuse.

Le résultat ne se fit pas attendre. Au lieu de dormir profondément d'un sommeil sans rêve, Mitter, couché dans son lit, un peu étonné mais parfaitement éveillé, regardait par la fenêtre un ciel étoilé, semblable à celui qu'il avait vu à Levkes. Se rappelant que le mois de novembre était par excellence celui des astronomes, il se dit que son anniversaire était probablement passé… C'était pour ses quatorze ans que son père lui avait offert un télescope.

Qu'est-ce qu'il était devenu ce télescope ?

Il lui fallut un long moment avant de trouver la réponse à cette question. C'était Jürg qui l'avait. Son fils l'avait gardé dans sa chambre tout le temps qu'il avait vécu avec lui, puis l'avait emporté en partant s'installer à Chadów.

Très bien. Il était encore parfaitement capable de se rappeler certaines choses.

D'autres souvenirs remontèrent à la surface et disparurent pendant son insomnie ; des souvenirs d'enfance et de jeunesse… des images d'Irène et des enfants, des réminiscences du lycée et de voyages avec Bendiksen, mais ce fut seulement au petit matin que les souvenirs de cette fameuse nuit lui vinrent à l'esprit…

Il était assis sur un coin du canapé, habillé. Il y avait des bougies allumées un peu partout et une odeur d'encens flottait dans l'air. Eva, vêtue de son kimono, se déplaçait dans la pièce en chantant. Il avait du mal à la suivre du regard… Il avait un verre à la main et il comprit qu'il ne devait plus boire la moindre goutte de vin… Lorsqu'il tournait la tête, toute la pièce tournait… Plus une goutte.

Il avala une gorgée. C'était du bon vin, au goût âpre et moelleux… il s'en rendit compte malgré les nombreuses cigarettes qu'il avait fumées. Et voilà que l'on sonna à la porte. Qui donc, grand Dieu… ?

Eva lui dit quelque chose avant de disparaître de son champ de vision. Il comprit qu'elle était partie ouvrir la porte d'entrée, située dans une partie de l'appartement qui échappait à son contrôle. Il se mit à rire.

Oui, il se rappela qu'il s'était mis à rire parce qu'il était tellement ivre qu'il n'osait pas regarder pardessus son épaule. Puis Eva était revenue, précédée par le visiteur… Il ne voyait pas très bien son visage… Il aurait fallu pouvoir lever la tête, ce qui n'était pas davantage possible… Et le visiteur était resté debout un bon moment avant de s'asseoir et, à ce moment-là, Eva n'était plus là ; maintenant il était assis et Mitter voyait son buste et ses avant-bras aux manches de chemise relevées… Il fumait et Mitter avait allumé une cigarette, lui aussi, ce qui lui avait fait tourner la tête. Il avait la gorge remplie d'une fumée chaude et écœurante… et d'un coup, le visiteur s'était penché en avant pour trouver le cendrier et, à ce moment-là, il avait vu de qui il s'agissait.

Il ouvrit les yeux et une multitude d'étoiles l'envahirent, lui donnant le vertige.

« Je vais tout oublier à nouveau, se dit-il. Ce souvenir, si précis pendant quelques instants, sera effacé demain. »

Il chercha à tâtons le crayon qui se trouvait sur sa table de chevet et le fit tomber par terre… Prudemment, il se leva et se mit à quatre pattes sur le carrelage froid pour essayer de retrouver le crayon. Il finit par mettre la main dessus.

« Où ? se demanda-t-il. Où ? »

À la fin, il sortit la Bible qui se trouvait dans le tiroir de la table, l'ouvrit au hasard, quelque part vers l'Évangile selon saint Marc, et nota le nom du visiteur.

Puis il referma la Bible et la remit à sa place avant de retomber, épuisé, sur son lit. Quelque chose tremblait à l'intérieur de lui.

C'était la lumière, une pauvre petite lumière que quelqu'un avait allumée et qu'il fallait maintenir en vie.

Il avait beau être fou, il n'en comprenait pas moins l'importance de cette découverte.

Et ce fut au nom de cette pâle lumière qu'il se chargea d'une mission à accomplir aussitôt qu'il ferait jour.

Il écrirait au visiteur. Seulement une ligne.

Il s'assoupit mais se réveilla à nouveau.

Peut-être donnerait-il un coup de fil.

Un coup de fil à cet homme antipathique… dont le nom lui échappait pour l'instant.

Pourvu que la lumière ne s'éteigne pas !

22

Le standard transmit la communication au policier de service quelques minutes avant la relève.

En fait, la relève aurait dû avoir lieu plusieurs heures auparavant, mais la jeune épouse de Widmar Krause avait commencé à ressentir des douleurs au début de la matinée et c'était sa première grossesse. Erich Klempje se trouvait dans l'obligation de rester à son poste. En réalité, il était de service depuis neuf heures la veille au soir, mais il était normal de se rendre service entre collègues.

Il suffisait d'attendre que tout soit terminé.

Finalement, il n'y eut pas d'accouchement à ce moment-là, mais le transport, l'attente, l'examen médical et le retour prirent du temps.

Il nota machinalement dans le cahier à couverture noire : 11 h 56. Appel de Majorna.

– L'hôtel de police. Brigadier Klempje, j'écoute.

À cet instant, les portes s'ouvrirent et les agents Joensuu et Kellerman entrèrent, encadrant une prostituée complètement ivre.

– Vous me prendrez à tour de rôle ! hurla-t-elle. Pour les flics de merde, c'est tarif double !

La prostituée était petite de taille et Joensuu et

Kellerman pesaient sûrement près de deux cents kilos à eux deux. Ils eurent pourtant du mal à la diriger vers le corridor où se trouvaient les cellules. Kellerman avait une trace de coup de griffe sur la joue, et Klempje se dit que la prostituée recevrait probablement quelques coups à son tour dès que les agents auraient réussi à la mettre en lieu sûr.

– Tu peux me lécher le cul si tu te brosses d'abord les dents ! cria-t-elle en donnant un violent coup de genou entre les jambes de Joensuu.

Joensuu lâcha un juron et se plia en deux. Klempje soupira.

– Un instant, dit-il en mettant la main devant le récepteur.

Deux jeunes aspirants qui étaient en train de rédiger des rapports accoururent et, quelques instants plus tard, tout ce petit monde s'était éloigné.

« Merde, se dit Klempje, si je ne vais pas tout de suite me coucher, je sens que je vais me mettre à chialer. »

Il retourna à sa communication téléphonique.

– Que puis-je faire pour vous ?

– Ici J.M. à Majorna. Ici J.M. à Majorna.

« Seigneur Dieu », pensa Klempje.

– Je vous écoute. De quoi s'agit-il ?

– J'aimerais parler à… j'aimerais parler à…

Le correspondant se tut. Klempje secoua la tête. La voix était monotone mais le ton guindé… Comme si elle récitait quelque chose appris par cœur.

– Oui ?

– J'aimerais parler à…

– À qui souhaitez-vous parler ? Ici, l'hôtel de police…

– Oui, je le sais bien, répondit la voix. Je voudrais parler à l'homme antipathique.

– À l'homme antipathique ?

– Oui.

– Mais qui est-ce ? Ici, il y a plein de policiers antipathiques, répondit Klempje, oubliant de faire preuve d'esprit de corps.

– Le pire de tous… il est très grand, très rouge de figure et il est grossier. C'est à lui que je veux parler.

– C'est noté, monsieur.

– Il n'est pas là en ce moment ?

– Non, monsieur.

– Merci.

La communication fut coupée. Klempje resta un moment immobile, le combiné à la main. Puis il raccrocha et s'en retourna à ses mots croisés.

Deux minutes plus tard, Krause fit son apparition.

– Que Dieu soit loué, dit Klempje. Alors ?

– Fausse alerte, répondit Krause. Rien.

– Mais les douleurs ?

– Quand il s'agit de femmes enceintes, tu n'y entends rien, décidément.

– Sans doute. Moi, j'ai besoin de dormir.

– Quelque chose à signaler ?

Klempje réfléchit.

– Non… excepté un dingue qui a appelé de Majorna il y a un instant, et qui a demandé à parler à l'homme antipathique… Marrant, non ? Il s'agit de qui, à ton avis ?

– De V.V. ?

– Sûrement. Qui d'autre ?

– Et qu'est-ce qu'il voulait ?

– Aucune idée. Il a raccroché. Joensuu et Kellerman

ont mis la main sur une pute complètement saoule. On vit dans un milieu très raffiné, nous autres !

Klempje partit en titubant de fatigue et Krause prit sa place dans la guérite en verre.

« L'homme antipathique ? se dit-il. Majorna ? »

Il réfléchit quelques instants puis il téléphona au quatrième étage. Pas de réponse.

Il essaya de joindre Münster. Pas de réponse non plus.

« Eh bien, tant pis », se dit-il en sortant un livre de poche intitulé *Devenir parents*.

23

La lettre arriva par le courrier de l'après-midi.

Sans réfléchir, il la mit dans sa poche ; il avait des choses urgentes à faire et il pouvait aussi bien la lire une fois de retour chez lui. Pendant un court instant, il se demanda de quoi il pouvait bien s'agir ; il ne lui arrivait pas souvent de recevoir du courrier au bureau, et cette lettre semblait être de caractère privé.

Ensuite, il l'oublia complètement et ce ne fut qu'au moment où il chercha des jetons pour machine à laver dans sa veste qu'il la retrouva. Il ouvrit l'enveloppe à l'aide d'un crayon et en sortit une feuille de papier pliée en deux.

Il n'y avait qu'une seule ligne. Mais c'était plus que suffisant.

Pendant les secondes qui suivirent, il ne réagit même pas. Il resta là, un peu penché en avant, le regard fixé sur la phrase.

Puis son cerveau commença à travailler, lentement et méthodiquement. Il s'étonna une fois de plus de se sentir à la fois tout excité et tout de glace. Son sang bouillait pendant qu'il décortiquait la réalité qui se cachait derrière cette missive.

Il jeta un coup d'œil sur le cachet de la poste. La

date de la veille. Il regarda de plus près. Quelques lettres étaient illisibles, mais il s'agissait certainement de Willemsburg.

C'était bien ça. C'est là qu'il se trouvait, tout le monde le savait. Il avait même reçu des visites…

Il s'étendit sur le lit et éteignit la lampe. Il ressentit un curieux chatouillement dans le diaphragme mais parvint facilement à le maîtriser. La question était de savoir…

La question qui se posait était si facile à formuler que c'en était presque gênant.

Y avait-il d'autres lettres ?

Y avait-il d'autres lettres ?

Il alla dans la cuisine et ouvrit une bouteille de bière, s'installa à la fenêtre et but quelques bonnes gorgées.

Il tomba sur la réponse avec la précision d'un somnambule.

Non, il n'y avait pas d'autres lettres.

Il tapota la bouteille.

Il pouvait évidemment y avoir une explication… son cerveau fonctionnait maintenant à merveille… Le courrier adressé à l'hôtel de police pouvait éventuellement être plus lent. Une lettre pouvait arriver le lendemain… Il fallait admettre cette possibilité.

Il but encore une gorgée. Dehors, devant sa fenêtre, les corneilles faisaient du bruit, ce qui lui rappela *Les Oiseaux*, le film de Hitchcock. Il éprouva du plaisir à évoquer ce souvenir, tout en se disant que ce n'était peut-être pas le moment de le prolonger.

Mais… s'il existait une deuxième lettre, déjà écrite et expédiée, impossible à intercepter… elle arriverait le lendemain. Donc, demain au plus tard.

Demain. S'il n'avait pas de nouvelles demain avant midi, il pouvait être sûr.

Voilà la réponse. Il porta la bouteille à ses lèvres et la vida, leva la tête et regarda le ciel par-dessus les toits. Il commençait à faire nuit ; il y aurait une nouvelle nuit étoilée… il se demanda si c'était un avantage ou un inconvénient.

Restait la réponse définitive. Il avait attendu patiemment. Il avait pris son temps.

Il respira profondément. Le chatouillement était toujours là, plus fort, plus agréable. Presque érotique.

Le moment était venu.

24

En se réveillant, il ne se souvenait pas de son nom.

Sans doute n'était-ce pas la première fois. Il avait le souvenir d'un autre matin.

À présent, il faisait nuit. Un pâle rayon de lune balayait le pied du lit et la forme qui se trouvait là.

C'était une femme, sûrement. Sa silhouette se détachait sur la fenêtre mais le visage était dans l'obscurité.

– Diotima ? murmura-t-il soudain sans savoir pourquoi. Un nom qui venait de remonter à la surface, rien de plus. Quelqu'un qui lui avait manqué.

Mais était-ce bien elle ?

Elle s'approcha doucement, contourna la tête du lit et s'arrêta du côté droit. Elle leva le bras, un objet brillait dans sa main…

Mitter… Janek Mattias Mitter… au moment même où la douleur le déchira, il se souvint de son nom.

Avant qu'un cri n'eût le temps de sortir de sa gorge, un oreiller fut plaqué sur son visage. Ses mains s'agitèrent et il parvint à s'agripper aux poignets de l'inconnue… puis les forces l'abandonnèrent et la douleur déferla en vagues dans son abdomen et sa poitrine.

« Je ne suis personne, pensa-t-il. Seulement une grande douleur. »

La dernière chose qu'il perçut était une image.

Une vieille image qu'il avait peut-être lui-même fabriquée ou bien trouvée dans un livre.

C'était l'image de la mort. Une vérité très personnelle.

Un bœuf. Un marécage. Cela représentait sa vie : un bœuf qui s'était enfoncé dans un marécage. Qui s'enfonçait de plus en plus, qui glissait lentement vers la mort.

Lorsque la nuit arriva, une nuit claire et étoilée, seule la tête dépassait encore… et ce qui disparut en dernier fut l'œil étonné du bœuf qui regardait fixement les millions d'étoiles dans le ciel.

Ce fut la dernière image.

Lorsque l'eau recouvrit l'œil, il n'y eut plus rien.

II

Vendredi 22 novembre – dimanche 1er décembre

25

– Rooth, voulez-vous demander à mademoiselle Katz de nous apporter quelques bouteilles d'eau minérale !

Hiller fit tomber un cheveu du revers de son veston et toisa l'assemblée.

– Où est Van Veeteren ? Je croyais avoir dit que tout le monde devait être là à cinq heures précises ? Il est cinq heures trois… La conférence de presse commencera à six heures et il s'agit d'être fin prêt. Une sacrée histoire !

Reinhart se leva.

– Je vais aller le chercher maintenant. Il est en train de mettre un psychiatre sur le gril.

Münster se pencha en arrière et essaya de regarder par la fenêtre. Le bureau du chef de la police, qui était situé au cinquième étage, était tantôt surnommé *fifth floor*, tantôt « la serre ». Le premier surnom faisait allusion à un certain service de renseignement et le deuxième à la faiblesse du locataire pour les plantes vertes. La fenêtre panoramique, donnant sur les quartiers sud de la ville, laissait entrer suffisamment de lumière pour permettre aux azalées, aux bougainvillées et aux différentes sortes de palmiers de s'y plaire.

En réalité, la vue panoramique avait depuis longtemps été remplacée par un mur de verdure impénétrable.

Münster soupira et se mit à observer son patron. Celui-ci n'arrêtait pas de se tortiller sur sa chaise, de déplacer des documents, d'arranger sa cravate, d'enlever des grains de poussière de son costume bleu nuit… C'étaient des signes qui ne trompaient pas. Une conférence de presse ! Et il n'y aurait pas que les reporters et photographes de la presse écrite mais aussi ceux de la radio et de la télévision. Münster avait aperçu un car émetteur dans la cour une demi-heure auparavant. À l'heure qu'il était, les techniciens étaient sans doute en train de faire des essais de lumière et d'installer des câbles dans la salle de réunion. Hiller avait raison, sans aucun doute. C'était une sacrée histoire.

– Van Veeteren, est-ce que vous pourriez nous faire un exposé rapide de la situation ? demanda Hiller lorsque la troupe fut enfin au complet. Je dois rencontrer la presse dans quarante-cinq minutes…

– Non, dit Van Veeteren. J'ai mal au crâne. Münster le fera.

Le chef de la police lui fit un signe de tête. Münster se racla la gorge.

– À sept heures dix ce matin, nous avons reçu un appel de Majorna, l'asile psychiatrique qui se trouve à Willemsburg.

– Nous sommes au courant, dit Hiller.

– Reinhart et moi sommes arrivés à sept heures trente-cinq, accompagnés de Jung et de deBries. La victime se trouvait dans son lit au pavillon 26B… que nous avons fermé, bien entendu, l'autre patient avait du reste déjà été installé ailleurs.

– Bonne initiative, grommela Van Veeteren.

– La victime n'était autre que Janek Mitter, nous l'avons tous les deux reconnu… et il n'était pas difficile de deviner ce qui s'était passé. Il y avait plein de sang dans le lit et aussi sur le plancher.

Münster jeta un coup d'œil sur ses notes.

– D'après Meusse, le médecin légiste, qui est arrivé dix minutes plus tard, la mort est due à des lésions internes et une grave hémorragie, provoquée par trois violents coups de couteau, dont l'un a sectionné l'aorte… La victime est sans doute morte instantanément, au bout de quelques secondes au plus… et, toujours d'après Meusse, le décès a eu lieu entre trois heures et trois heures et demie du matin.

– L'heure du loup, commenta Van Veeteren.

– Comment se fait-il que les journalistes aient pu nous devancer ? demanda Hiller. Cette fois, ajouta-t-il.

– Ils ont été alertés par le personnel, répondit Reinhart. La petite amie de l'un des infirmiers avait passé la nuit sur place et elle travaille au *Neuwe Blatt*. Elle se trouvait donc dans le bâtiment du personnel, à trois minutes du pavillon 26B. Pas mal du tout, la fille…

– Hmmmm, dit Hiller. Continuons !

– Rooth et Van Veeteren sont arrivés une demi-heure plus tard, poursuivit Münster, en même temps que les experts. Ils ont tout passé au peigne fin, bien sûr, mais sans grand résultat.

– Ah, bon ?

– Ce qui s'est passé était tellement évident. L'assassin est entré et il a donné trois coups de couteau mortels à la victime… L'arme était vraisemblablement une sorte de couteau de chasse à double tranchant ; il en existe de plusieurs types. Ensuite, l'assassin est sorti par la fenêtre avant de descendre par la gouttière…

– Je croyais que les patients étaient enfermés à clef, dit Hiller.

– Ce n'est pas nécessaire, dit Rooth. De nos jours, des médicaments sophistiqués suffisent… Cela dit, les fenêtres du premier et du deuxième étage sont quand même grillagées. Cette fois, la gouttière a tenu bon mais, une prochaine fois, il pourrait y avoir un accident… Trois attaches ont lâché…

– Il faudrait le signaler à l'assassin pour lui éviter de se faire mal, dit Reinhart.

– Des empreintes ? demanda Hiller.

– Aucune. Et pas la moindre trace de pas. L'assassin a atterri sur une allée dallée…

– Est-ce qu'on peut fumer ? demanda Reinhart.

– Installez-vous près de la fenêtre, dit Hiller.

Reinhart et Rooth changèrent de place. Reinhart vida le contenu de sa pipe dans un pot de fleurs et Van Veeteren lui adressa un regard encourageant.

– Continuons ! dit Hiller.

Münster referma son bloc-notes.

– Le personnel de nuit était composé de quatre personnes… je parle du pavillon 26, bien sûr… ce sont les quatre unités qui se trouvent à cet étage-là. C'est pareil au premier et au second.

– Le 24, le 25 et le 26, compléta Rooth. Il y a un A, B, C, et D dans chacune d'entre elles… ce qui donne douze unités dans tout le bâtiment. Il y a donc huit places disponibles, mais toutes n'étaient pas occupées. Il arrive, une fois tous les deux ans à peu près, qu'un patient retrouve la santé ou meure, ce qui libère une place.

– Mais il y a beaucoup de fous sur la liste d'attente, déclara Reinhart en allumant sa pipe.

– Donc, cela nous donne douze infirmiers de nuit ? demanda Hiller.

– Exact, dit Münster. Il y en a deux qui veillent et deux qui dorment à chaque étage. Nous avons interrogé tous les douze, bien sûr, et… avons fini par comprendre ce qui s'était passé.

– Vraiment ? dit Hiller et il s'arrêta enfin de faire tourner son bracelet montre autour du poignet.

– Il nous a fallu un peu de temps avant de comprendre… et nous avons dû interroger aussi le personnel de jour, mais tout le monde semble d'accord… Il y a eu un visiteur qui n'est pas parti.

– Comment ça ? demanda Hiller.

– Oui, cette personne est arrivée déjà vers cinq heures… Les visites sont autorisées jusqu'à six heures et demie. La femme en question est donc restée… et tout le monde l'a oubliée.

– Une femme ? demanda Hiller.

– Oui, c'est ce qu'ils prétendent, précisa Reinhart en envoyant un rond de fumée en direction du chef de la police. Cela dit, ç'aurait pu aussi être un homme…

– Qu'est-ce que c'est que cette histoire ? demanda Hiller en chassant le rond de fumée de la main. Est-ce que nous avons un signalement ?

– En fait, on nous en a fourni huit qui concordent dans l'ensemble, dit Münster. Il s'agirait d'une femme de grande taille, aux cheveux foncés, portant lunettes, duffle-coat et jeans… Seuls trois des témoins lui ont adressé la parole et cinq autres l'ont vue, dont un patient. Il est prêt à jurer sous serment qu'il s'agissait d'un homme déguisé en femme… Tous les autres hésitent.

– Qu'en dites-vous, Van Veeteren ? demanda Hiller.

– Je suis de l'avis du fou, répondit Van Veeteren, mais je le laisse prêter serment s'il veut.

Hiller, mains jointes sur la table devant lui, résuma :

– Donc, cette… personne… serait restée cachée dans le bâtiment jusqu'à… trois heures, trois heures et demie du matin… aurait tué Mitter pour s'enfuir ensuite par la fenêtre ? Quel sang-froid, vous ne trouvez pas, messieurs ?

– Oh, si, dit Reinhart.

– Vraiment fort de café, dit Rooth. On se croirait dans un film de série B et rien d'autre…

– Et le deuxième patient, interrompit Hiller, celui qui se trouvait dans la même pièce… qu'est-ce qu'il avait à dire ?

– Rien, répondit Münster. Il dormait à poings fermés et, à mon avis, il n'était même pas réveillé quand on l'a transporté ailleurs.

– De nos jours, il existe des médicaments très chouettes, commenta Rooth.

– Est-ce que vous vous rappelez *Vol au-dessus d'un nid de coucou* ? demanda Reinhart.

Hiller jeta un coup d'œil à sa montre.

– Il reste un quart d'heure, annonça-t-il.

– Pouvez-vous faire attendre un peu les journalistes ? demanda Reinhart.

– À défaut d'autre chose, on peut au moins être ponctuel, dit Hiller, jetant un regard noir en direction de la pipe de Reinhart. Il paraît que l'émission passera en direct.

– Dieu du ciel, quelle mouche les pique ! dit Rooth.

– Bon, bon, dit Hiller. Van Veeteren, qu'est-ce que nous avons comme pistes ? Quelles sont nos théories ? Je me fiche éperdument de votre mal de tête.

Van Veeteren sortit son cure-dents de la bouche, le cassa en deux et posa les deux morceaux sur la table.

– Vous voulez savoir ce qu'il faut dire ou vous voulez savoir ce que je pense ?

– Les deux… pour l'instant, on peut peut-être laisser de côté vos idées personnelles. Il me faut quelque chose à jeter en pâture aux journalistes…

– Comme vous voudrez, répondit Van Veeteren. Une personne inconnue s'est introduite dans l'asile psychiatrique de Majorna et a tué à coups de couteau Janek Mitter, condamné il y a quelques semaines pour le meurtre de sa femme. Mitter avait été interné pour troubles psychiques. Rien n'indique que les deux meurtres soient liés entre eux.

– Je ne peux quand même pas dire ça ! s'exclama Hiller en s'essuyant le front d'un geste nerveux.

– Alors, dites qu'il y a un rapport entre les deux, suggéra Van Veeteren. Après tout, ça m'est égal.

Il y eut quelques secondes de silence au cours duquel on n'entendit que les bruits produits par la pipe de Reinhart et les rotations du bracelet-montre du chef.

– Est-ce que Mitter était innocent ? demanda Rooth.

Personne ne répondit.

– Ce serait donc la même personne qui aurait commis les deux meurtres ? poursuivit Rooth.

Van Veeteren se pencha en arrière et contempla le plafond.

– Dans le fond, c'était un type assez marrant, dit-il enfin. La seule chose qui m'étonne… c'est qu'il n'ait pas essayé de nous contacter, si jamais il s'est souvenu de quelque chose.

– Que voulez-vous dire ? demanda Hiller.

– Tu veux dire que…, commença Reinhart.

Van Veeteren fit oui de la tête.

– Que Mitter a averti l'assassin ? compléta Münster, et pas la police ?

Van Veeteren ne répondit pas.

– Comment peut-on être con à ce point-là ? demanda Reinhart.

– Si on t'avait mis en cabane et bourré de médicaments, je me demande comment tu te sentirais au bout d'une semaine, dit Rooth. Si V.V. a raison en supposant que Mitter ait réussi à retrouver partiellement la mémoire… comment y est-il arrivé ? Je dois dire que j'ai des doutes à ce sujet.

– C'est pourtant ce qui s'est passé, dit Van Veeteren en baillant. Mais on ne va pas se disputer pour si peu. Vous verrez plus tard si j'avais raison.

Hiller se leva.

– Il faut que j'y aille. Van Veeteren, je voudrais vous parler ensuite.

– D'accord. Je serai à la cantine. Il y a une émission de télévision que je ne voudrais pas rater…

Hiller arrangea sa cravate et sortit précipitamment.

– Une sacrée histoire, murmura-t-il.

26

Münster frappa à la porte et entra.

– Asseyez-vous, dit Van Veeteren en désignant la chaise qui se trouvait entre les placards de rangement. Münster prit place, s'appuyant lourdement contre le mur.

– Il est onze heures du soir, dit-il. Pourquoi est-ce qu'on ne rentre pas à la maison ? On peut continuer demain.

Joignant les mains sur la table devant lui, Van Veeteren répondit :

– On pense mieux la nuit et on grossit si on dort trop… Vous commencez à être un peu lent à monter au filet. Il y a un assassin en liberté… Ça vous suffit comme raison ?

« Ta gueule », pensa Münster mais il ne dit rien.

– Un peu de café, demanda aimablement Van Veeteren.

– Oui, avec plaisir, dit Münster. Je n'ai bu que onze tasses aujourd'hui.

Van Veeteren attrapa un thermos d'une propreté douteuse et versa dans un gobelet en papier un liquide brunâtre et puant qu'il tendit à Münster.

– Écoutez-moi bien maintenant, inspecteur. Vous avez intérêt à vous concentrer si vous ne voulez pas passer toute la nuit ici. Demain, on commencera le vrai boulot et il faudra décider comment on va s'y prendre. Vous voulez appeler votre femme ?

Münster fit non de la tête.

– C'est déjà fait. Elle a d'ailleurs regardé la télévision…

– Bien. Alors, qui a fait le coup ?

Münster but une petite gorgée de café tiède en faisant la grimace. Ce breuvage avait dû être préparé douze ou dix-huit heures auparavant.

– Vous voulez dire que vous ne savez pas ? demanda Van Veeteren.

Münster opina.

– Réponse : je ne le sais pas, précisa-t-il.

– Moi non plus, dit Van Veeteren. Et j'avoue que je n'ai pas l'ombre d'une idée là-dessus… Allez, secouez-vous, bon sang. Commençons par le deuxième !

– Comment ?

– Par le deuxième meurtre… celui de Mitter. Quelle est la question la plus importante ?

– « Pourquoi ! » répondit Münster.

– Exact ! Pour l'instant, on laisse de côté « quand » et « comment » et la question de savoir si la victime avait ou non fait ses besoins au cours des huit dernières heures. Ce qui nous intéresse, c'est de savoir pourquoi. Pourquoi Mitter a-t-il été assassiné ?

– On part du principe qu'il s'agit de la même personne dans les deux cas ?

– Oui, dit Van Veeteren. Si ce n'est pas le cas, ça change complètement l'aspect du problème et nous ne trouverons pas la solution avant longtemps, en tout cas avec nos méthodes habituelles. Mais moi, je sais qu'il s'agit de la même personne ! Donc, pourquoi. Et pourquoi maintenant ?

– Parce qu'il a mis en garde l'assassin ?

– Vous y croyez, vous ?

– Mais vous avez dit vous-même…

– Après dix heures du soir, on peut se tutoyer.

– D'après toi, c'est Mitter qui aurait averti l'assassin… après avoir découvert quelque chose qui avait un rapport avec le premier meurtre…

– Supposons que j'en sois sûr ! Mitter a fait savoir à l'assassin qu'il se souvenait de lui…

– Ou d'elle…

– C'est vraisemblable ?

– Non.

– Partons donc du principe qu'il s'agit bien d'un homme. Passons à la question suivante, Münster !

Münster se gratta la nuque.

– Comment ? dit-il. Comment a-t-il fait pour avertir l'assassin ?

– Bravo ! Tu es en grande forme, Münster !

– Et pourquoi n'a-t-il rien dit à la police ?

– On verra ça après, dit Van Veeteren. Commençons par le commencement. Comment a-t-il fait ? À ton avis ?

– Je… je crois qu'il a téléphoné ou qu'il a écrit une lettre. À mon avis, il n'a pas utilisé le fax.

Il y eut comme un tressaillement dans les grosses joues de Van Veeteren, quelque chose qui ressemblait à un sourire. Le phénomène disparut néanmoins trop rapidement pour que Münster pût se faire une opinion sur la question.

– Il a écrit une lettre, expliqua Van Veeteren.

– Comment le sais-tu ?

– Parce que j'ai vérifié. Écoute-moi bien, je vais t'expliquer… Le 18, c'est-à-dire lundi dernier, Mitter a écrit une lettre qu'il a postée le jour même. C'est le personnel qui lui a fourni aussi bien le crayon que la feuille de papier et l'enveloppe. À l'asile, tout est apparemment fermé à clef et les patients doivent faire une demande pour obtenir la moindre petite chose. S'ils ont été bien sages, ils obtiennent généralement ce qu'ils demandent. Je disais donc que tout est enfermé à clef... sauf les patients eux-mêmes qu'on se contente de droguer. Mitter a expédié cette lettre lundi. En supposant que l'assassin habite cette ville, ou du moins ce district, il a dû la recevoir mardi. Pendant la journée de mercredi, il se contente d'attendre puis il passe à l'action jeudi soir... Soigneusement déguisé, il s'introduit dans le pavillon où il attend tranquillement pendant huit à neuf heures... Tu te rends compte, Münster ? Ce salaud reste caché pendant huit ou neuf heures avant que le moment ne soit venu. C'est ce qu'il y a de plus impressionnant dans cette histoire. Le type à qui nous avons affaire n'est sûrement pas le premier venu, il vaut mieux qu'on en soit conscient dès maintenant.

Münster opina. La fatigue commençait à s'estomper, brisée par la concentration. Il jeta un coup d'œil par la fenêtre. Les silhouettes de la cathédrale et des gratte-ciel de la place Karl se détachaient sur le ciel nocturne. En les regardant, il fut envahi par un sentiment qu'il reconnaissait pour l'avoir déjà éprouvé pendant d'autres enquêtes et au cours de longues insomnies, celui d'avoir la certitude qu'il s'agissait toujours d'un défi et que le véritable enjeu était là. L'assassin se trouvait quelque part dehors... L'un des 300 000 habitants de cette ville avait tué deux de ses concitoyens et il fallait que lui-même, Van Veeteren et les autres le retrouvent à tout prix. Il était de leur devoir de le démasquer... ou de la démasquer. Un travail de titan les attendait. Ils avaient devant eux des milliers d'heures de travail et, lorsque l'enquête serait enfin terminée, ils se rendraient compte qu'ils s'étaient donné beaucoup de mal pour rien. Une fois la solution trouvée, ils se diraient que, s'ils avaient fait ceci ou cela tout de suite, l'affaire aurait été réglée en deux jours au lieu de deux mois.

Mais, pour l'heure, on en était au commencement, on ne savait pas grand chose ; Van Veeteren et lui étaient enfermés dans ce petit bureau en désordre, confrontés à des questions, des réponses ou des suppositions et à la recherche de la bonne route à suivre. Si on ne la trouvait pas, si on se trompait dès le départ, on risquait de se retrouver deux mois et des milliers d'heures de travail plus tard sans avoir mis la main sur l'assassin. C'était ça, le piège ; se trouver un jour tout au fond de l'impasse et se dire qu'il fallait faire demi-tour. C'était toujours le premier carrefour le plus important.

– Nous nous sommes trompés, dit Van Veeteren comme s'il avait pu lire les pensée de Münster. Nous avons laissé accuser Mitter et maintenant il est mort. J'estime que nous lui devons de ne pas nous tromper une deuxième fois.

– J'ai pensé à une chose, dit Münster. Ces deux meurtres sont si différents l'un de l'autre. Je pars toujours du principe qu'ils ont été commis par la même personne. Le deuxième me paraît tellement plus… professionnel… Mitter a peut-être même été témoin du premier meurtre qui donne l'impression d'avoir eu lieu par hasard, sans préméditation. Le deuxième a été commis avec un très grand sang-froid.

Van Veeteren opina.

– Oui, je sais. Entre les deux, il a beaucoup appris. Mais, retournons à la lettre ! Tu m'écoutes ?

– Bien sûr.

– Mitter écrit à l'assassin, à la personne qu'il croît être responsable de la mort de sa femme…

– Un instant ! interrompit Münster. Comment est-ce que nous pouvons être sûrs qu'il a réellement écrit à l'assassin ? Il pouvait aussi bien s'agir d'une lettre adressée à… à un ami.

– Nous avons commencé à vérifier, répondit Van Veeteren en introduisant un nouveau cure-dents dans sa bouche, mais je n'ai pas encore tous les résultats. Ni son ex-femme, ni ses enfants, ni ses amis les plus proches n'ont reçu de lettre. Petersén et Stauff continuent leurs vérifications. Personnellement, je ne crois pas qu'ils découvriront quelque chose.

– Mais, ça pourrait peut-être signifier que…

– Que l'assassin se trouve parmi ces personnes ? Oui, bien sûr. N'importe comment, je crois qu'il est important de lui faire comprendre que nous ne sommes pas des idiots. Si on le découvre dans quelques semaines, il suffira de mettre la main dessus. Un assassin qui est resté sur le gril pendant quelque temps n'est plus le même…

Münster fit un signe de tête approbateur.

– Retournons à la lettre ! dit Van Veeteren. On part du principe qu'il s'agit bel et bien d'une lettre d'avertissement adressée à l'assassin. Des questions, Münster ?

– Le nom du destinataire, bien sûr… Est-ce que quelqu'un aurait pu lire ce qui était écrit sur l'enveloppe ? Je suppose que c'est exclu…

– Tout à fait ! Ces crétins à Majorna n'ont rien vu, pas même une seule lettre ! Pourtant, il y avait un gars à côté de lui pendant qu'il écrivait !

– Pourquoi ?

– Je n'en sais rien. Ils surveillent peut-être la correspondance des patients pour des raisons de sécurité ou, alors, on peut imaginer qu'un type quelconque est en train de faire une thèse sur… le rapport entre la schizophrénie et le fait d'être gaucher… Des conneries ! Mais écoute bien ce qui va suivre, parce que c'est capital… Mitter obtient donc un crayon, une feuille de papier, une enveloppe et un timbre… Il s'installe dans la salle de séjour pour écrire sa lettre… ce qui lui prend dix minutes, pas plus… puis il la confie à l'infirmier qui la poste deux heures plus tard, en quittant son travail. Jusque-là, il la garde dans la poche de sa blouse. Tu m'as bien suivi ?

– Absolument.

– Alors qu'est-ce qui te frappe ?

Münster ferma les yeux et se mit à réfléchir, la tête appuyée contre le mur.

– Je ne sais pas…

– L'adresse.

– Qu'est-ce que tu veux dire ?

– Réfléchis un peu, nom de Dieu ! Si tu ne trouves pas la réponse, ne compte pas sur moi pour appuyer ton avancement !

– J'y suis… Comment connaissait-il l'adresse ?

– L'adresse de l'assassin, oui…

– Est-ce qu'il avait un carnet ?

– Non. Il n'en avait pas, à Majorna en tout cas.

– Est-ce qu'il a utilisé l'annuaire du téléphone ?

– Il n'y en a pas dans la salle de séjour.

– Et il est resté là tout le temps ?

– Oui. L'infirmier est resté là pour le surveiller, ne me demande pas pourquoi. Il a déclaré qu'il était posté juste devant les portes-fenêtres et qu'il a eu le temps de fumer deux cigarettes. Les siennes se consument apparemment très vite…

– Il aurait très bien pu avoir le temps de jeter un coup d'œil sur la lettre, il me semble.

– C'est exactement ce que je lui ai dit, grommela

Van Veeteren. Mais, entre nous soit dit, je ne suis pas sûr que ça nous aurait beaucoup aidés. Ce type-là ne m'a pas donné l'impression de savoir très bien lire. Tu vois, c'est le genre de crétin qui est capable de renverser un train mais qui ne sait pas comment on tient un crayon.

Münster sourit faiblement, par devoir.

– Mais assez parlé de lui, poursuivit Van Veeteren. Personne n'a vu ce que Mitter a écrit sur l'enveloppe et il n'a pu consulter ni carnet d'adresses, ni annuaire, ce qui signifie…

– Qu'il connaissait l'adresse par cœur. Bon sang…

– Moi aussi, je suis arrivé a cette conclusion et un peu plus vite que toi. Combien d'adresses connais-tu par cœur, Münster ?

Münster réfléchit.

– Allez, cite-les moi ! dit Van Veeteren.

– La mienne, dit Münster.

– Bravo, dit Van Veeteren.

– Celle de mes parents…

– Et ?

– L'adresse où on habitait à Willby quand j'étais gamin…

– Trop loin dans le temps.

Münster parut hésiter.

– Celle de ma sœur à Hessen, je crois.

Il y eut un moment de silence.

– Celle d'ici, bien sûr, ajouta Münster au bout d'un moment.

Van Veeteren fouilla dans sa poche à la recherche d'un nouveau cure-dents, mais le stock était apparemment épuisé.

– Tu as fini ? demanda-t-il.

Münster fit oui de la tête.

– Tu as quarante-deux ans et tu n'as appris que quatre adresses par cœur. C'est bien, ça, inspecteur. Personnellement, je n'en connais que trois. Qu'est-ce que tu en tires comme conclusion ?

– Il a écrit à quelqu'un… de très proche.

– Ou bien ?

– À lui-même.

– Idiot, dit Van Veeteren. Ou bien ?

– À son lieu de travail.

Les mains jointes derrière la nuque, Van Veeteren s'étira.

– Au lycée Bunge, dit-il. Tu veux une bière ?

Münster fit oui de la tête à nouveau. Van Veeteren jeta un coup d'œil à sa montre.

– Si tu me ramènes en voiture, je t'autorise à m'offrir une bière en cours de route… chez Kraus, par exemple.

Münster enfila sa veste.

« Je suppose qu'il me faut considérer ça comme une faveur », pensa-t-il.

– C'est vrai qu'on est vendredi, constata Van Veeteren pendant qu'ils se frayaient un passage jusqu'au bar.

Portant une chope dans chaque main, il parvint à s'installer sur une banquette entre deux jeunes personnes. Il alluma aussitôt un cigarillo ce qui permit à Münster de s'asseoir à côté de lui quelques minutes plus tard.

– Il peut s'agir de Bunge ou d'un ami, continua Van Veeteren, et je crois que nous pouvons laisser les amis de côté. Quelque chose qui cloche dans ce raisonnement ?

– Oui, dit Münster. S'il s'agit d'un nom inhabituel…

– Qu'est-ce que tu veux dire ?

– Quelqu'un qui porte un nom inhabituel reçoit quand même son courrier. Si tu t'appelles par exemple Dalmatinenwinckel…

– Qu'est-ce que tu dis ?

– Dalmatinenwinckel. J'ai connu une fille qui s'appelait vraiment comme ça. Pour lui écrire, le nom de famille et le nom de la ville suffisaient, pas besoin de nom de rue.

– Tu as bien fait de ne pas épouser cette fille-là, dit Van Veeteren. Cela dit, je suppose que tu as raison. Il faudrait que quelqu'un s'occupe de faire des vérifications dans les bureaux de poste.

Il but quelques bonnes gorgées de bière et fit entendre un claquement de langue satisfait.

– Quelle va être notre tactique ? demanda Münster, soudain submergé par la fatigue. Il était affalé dans un coin de la banquette et la fumée lui piquait les yeux. Il était une heure et demie passée. En essayant de calculer le temps qu'il faudrait pour finir les bières, déposer le commissaire chez lui, rentrer dans sa banlieue, se déshabiller et prendre un douche, il en arriva à la conclusion qu'il serait facilement trois heures du matin lorsqu'il pourrait enfin se glisser dans le lit à côté de Synn…

Il soupira. L'image de la future chasse à l'homme cédait devant celle de Synn, ce qui, tout compte fait, était un signe de bonne santé…

– Reinhart et toi, vous vous chargerez du lycée Bunge, dit Van Veeteren. Je suppose que vous ne pourrez commencer que lundi.

Münster fit un signe de tête affirmatif et reconnaissant.

– La lettre, d'abord. Il est possible qu'on se soit

trompé sur toute la ligne. Mais, avec beaucoup de chance… quelqu'un s'en souviendra et alors nous saurons. Dans ce cas, Münster, l'affaire sera vite réglée !

Münster ne répondit pas.

– Quelque chose me dit que nous n'allons pas avoir cette chance. N'importe comment, il faut essayer de savoir qui distribue le courrier et s'il existe des casiers individuels. Je te procurerai une enveloppe venant de Majorna, bien sûr. Malheureusement, elles ressemblent à n'importe quelle autre enveloppe. Et, sois prudent… il vaut mieux ne pas trop ébruiter l'existence de cette lettre.

– Combien y-a-t-il de professeurs à Bunge ? demanda Münster.

Van Veeteren fit une grimace.

– Soixante-dix, je crois. Et ils reçoivent une demi-tonne de courrier par semaine, ces cons-là.

Münster se demanda s'il s'agissait ou nom d'une exagération.

– Et les élèves ?

– Sept cents, soupira Van Veeteren. Je suppose qu'ils ne reçoivent pas souvent du courrier au lycée, mais sept cents… merde !

– Une fois, dit Münster, j'ai lu un polar où il était question d'un élève qui assassinait ses profs. Il avait eu le temps d'en tuer neuf avant d'être arrêté.

– Je comprends, dit Van Veeteren. J'ai eu des pensées semblables quand j'étais élève dans cet établissement.

– Et ensuite, qu'est-ce qu'on fait ? On vérifie les alibis ?

– Oui. Il faut interroger tous les professeurs sans exception et tu diras à Reinhart de les cuisiner sérieusement. Il s'agit d'un laps de temps important… de jeudi après midi à vendredi matin… c'est-à-dire ce matin. Il faudrait pouvoir faire enfermer tous ceux qui ne s'en tireront pas d'une manière satisfaisante.

– On parle d'Eva Ringmar ? Ou bien on considère qu'on possède déjà suffisamment de renseignements sur elle ?

– Je crois que ça ne fera pas de mal de reparler de toute cette affaire. Et si vous tombez sur quelqu'un qui aurait eu la possibilité de commettre les deux crimes, vous y allez doucement. Je voudrais bien avoir mon mot à dire dans ce cas.

Il vida sa chope de bière d'une traite.

– C'est bon, constata-t-il. Tu en veux une autre ?

Münster fit non de la tête.

– Ah, bon… il commence à se faire tard, je suppose. On va laisser Rooth et deBries continuer à enquêter à Majorna et, ensuite, ils s'occuperont des voisins… et de Bendiksen. Tôt ou tard, il faut bien que nous arrivions à savoir ce qui est réellement arrivé à Eva Ringmar.

– Et vous-même, qu'est-ce que vous allez faire ?

Sans réfléchir, il était revenu au vouvoiement. Van Veeteren resta silencieux un moment.

– Je vais me consacrer aux perruquiers, dit-il enfin. Est-ce que tu savais qu'on peut acheter ou louer des perruques à onze endroits différents dans cette ville ?

– Pas possible, dit Münster. Je ne l'aurais pas cru.

– Et puis, je vais essayer de nouer certains fils ensemble, poursuivit Van Veeteren en laissant tomber son mégot dans la chope de bière. Tu sais ce que je crois, Münster ?

– Non.

– Cette histoire, c'est l'horreur.

27

Il choisit de passer par la lande, ce qui rallongeait certainement le trajet d'une bonne heure mais, aujourd'hui, il avait justement besoin d'avoir du temps devant lui.

Seul au volant à écouter Julian Bream et Tarrega dans un paysage aride qui l'isolait et le protégeait du monde : c'était ainsi qu'il s'était imaginé les choses. Il choisit avec soin sa voiture, une Toyota rouge presque neuve aux vitres teintées et équipée de bons haut-parleurs, à l'avant comme à l'arrière.

Il partit vers huit heures. Il faisait sombre et brumeux et les gros nuages gris chargés d'humidité semblaient ne jamais vouloir se dissiper. Lorsqu'il s'arrêta à Moines pour déjeuner, le village tout entier était encore enveloppé dans d'épais voiles de brouillard venant de la lande. Il se dit que c'était une de ces journées où la lumière ne viendrait pas à bout de l'obscurité.

Tout en dégustant un ragoût de poisson saturé de vin et d'oignons, il repensait à la veille et aux maigres résultats obtenus. Il avait passé plus de huit heures chez différents perruquiers à interviewer des employés, une tâche monotone et sans intérêt qu'il aurait très bien pu confier à quelqu'un d'autre étant donné son grade, mais qu'il avait néanmoins tenu à accomplir. Une fois de retour à son bureau et faisant le point de la situation, il avait en tout cas pu confirmer qu'aucun des onze boutiquiers n'avait récemment vendu, loué ou perdu une perruque correspondant à celle portée par l'assassin de Majorna.

Le contraire l'eût d'ailleurs étonné. Pourquoi, intelligent et plein de sang-froid comme il paraissait l'être, l'assassin aurait-il fait preuve d'un tel manque de discernement. Mais, de toute façon, il fallait procéder aux vérifications nécessaires, et c'était maintenant chose faite…

Les discussions avec le médecin légiste et les techniciens n'avaient rien apporté non plus. Les observations de Meusse avaient été confirmées jusque dans les moindres détails et l'analyse dite de l'aspirateur avait donné des résultats aussi maigres que si le lieu du crime avait été la salle d'opération d'une clinique et non le pavillon d'un asile psychiatrique pour internés de longue durée.

Vers le soir, il y avait quand même eu une lueur d'espoir mais qui n'avait aucun rapport avec l'enquête. Au moment où il s'apprêtait à aller se coucher, Renate avait téléphoné pour lui dire que, finalement, elle n'était pas sûre que ce serait une bonne idée de reprendre la vie conjugale. En tout état de cause, rien ne pressait. « Tout est question de temps », avait-elle dit et, pour une fois, il avait été entièrement d'accord avec elle. Ils avaient terminé leur conversation sur une note de parfaite entente et elle lui avait même fait promettre d'aller rendre visite aussitôt que possible au fils prodigue dans sa prison.

L'après-midi, il reprit la route dans un brouillard de plus en plus épais, empruntant des chemins étroits qui serpentaient dans la lande le long du fleuve. C'est à ce moment-là que se produisit le déclic qu'il avait espéré, à croire qu'en bougeant, qu'en traversant un paysage, il avait l'esprit qui bougeait également. Toutes sortes de pensées, d'images et de conclusions se présentèrent naturellement à lui au son d'une guitare classique qui remplissait l'espace.

Mais ses pensée s'assombrissaient alors que le jour déclinait. Il y avait, dans ces deux meurtres, quelque chose qui le tirait vers le bas et le remplissait de dégoût. C'était un sentiment d'impuissance et d'écœurement, semblable à celui qu'il éprouvait autrefois quand il se trouvait devant un acte de violence… du temps où il était encore un jeune policier de la criminelle, croyant que l'on pouvait changer les choses et avant que la confrontation quotidienne avec ces actes ne l'eût rendu suffisamment insensible pour lui permettre de continuer son travail.

Parallèlement à ses intuitions, il avait également le sentiment de savoir plus de choses qu'il n'en comprenait. C'était comme s'il existait une question, une piste qu'il devait examiner de plus près, un détail ou un lien de cause à effet qu'il avait négligé et qui, une fois exposé à la lumière, donnerait la clef de toute l'énigme.

Mais ce sentiment n'était pas bien réel. Peut-être s'agissait-il tout au plus d'un faux espoir, à défaut d'autre chose. Quoi qu'il en soit, aucun éclaircissement ne se produisit au cours de l'après-midi. Ce fut un trajet dans l'obscurité. Il sentait en lui une crainte qui grandissait… la crainte de perdre trop de temps, de se tromper à nouveau, de constater que le mal était plus puissant qu'il ne voulait le reconnaître.

Le mal ?

Il n'aimait pas l'idée d'avoir à y être confronté.

La femme qui lui ouvrit la porte avait une opulente chevelure rousse et donnait l'impression d'être prête à accoucher d'une minute à l'autre.

– Van Veeteren, dit-il. Je vous ai téléphoné hier. Madame Berger, je présume ?

– Soyez le bienvenu, dit-elle en souriant. Et, comme si elle avait pu lire dans ses pensées, elle ajouta :

– Ne vous inquiétez pas. C'est pour dans un mois. Chaque fois je deviens toujours aussi énorme.

Elle le débarrassa de son pardessus, le fit entrer dans la villa puis lui présenta un petit garçon de quatre ou cinq ans et sa sœur de deux ou trois ans.

Madame Berger appela son mari qui répondit, de l'étage supérieur, qu'il allait descendre immédiatement. Ensuite, elle invita Van Veeteren à s'asseoir dans un fauteuil en rotin placé devant la cheminée et s'excusa de devoir regagner la cuisine où sa présence était indispensable. Les enfants l'examinèrent de près pendant un moment avant de se décider à aller rejoindre leur mère.

Il resta seul durant quelques minutes au cours desquelles il eut le loisir de constater que la famille Berger ne semblait pas manquer d'argent. La villa se trouvait dans la périphérie de la localité, agréablement isolée, tournée vers la nature et à l'écart des voisins. Il n'avait pas eu le temps de se faire une idée très précise de l'aspect extérieur de la maison, mais la décoration intérieure dénotait un goût très sûr et les moyens financiers de l'exprimer.

Peut-être regrettait-il brièvement d'avoir accepté l'invitation à dîner. Interroger son hôte n'avait rien de confortable. « Difficile de mordre la main qui vous nourrit », pensa-t-il. C'est plus commode de scruter le visage de quelqu'un qui est assis devant une vieille table boiteuse dans un commissariat merdique.

Mais tout se passerait bien, il en était sûr. Son intention n'était pas de faire subir un interrogatoire en règle à Andreas Berger, même s'il avait du mal à se refuser ce plaisir. Il était donc venu jusqu'ici uniquement pour se faire une opinion... c'était bien ça ? Avec tout le respect qu'il avait pour le jugement de Münster, et il en avait plus que l'intéressé ne devait le croire, il restait quand même une petite chance, une possibilité pour lui de découvrir quelque chose. Un détail qui exigeait une certaine forme d'intuition, de flair et d'imagination perverse...

De toute façon, deux paires d'yeux voyaient bien mieux qu'une seule, c'était bien connu.

Le petit garçon, par exemple... quel était son âge réel ? Ça valait la peine d'être vérifié... En effet, si la nouvelle madame Berger s'était trouvée enceinte avant que la première madame Berger ne fût divorcée, cela signifierait alors quand même quelque chose, non ?

Andreas Berger ressemblait à l'image qu'il s'était faite de lui : la quarantaine, décontracté, en bonne forme physique, habillé d'un polo et d'un costume en velours côtelé. Le genre intellectuel.

« Le type même de la réussite », pensa Van Veeteren. Il pourrait être la vedette de n'importe quel spot publicitaire vantant les déodorants, les lotions après rasage, la nourriture pour chiens ou les assurances. Vachement sympa.

Le dîner dura une heure et demie. La conversation fut aussi banale qu'honnête et, après le dessert, l'épouse et les enfants se retirèrent. Les messieurs retournèrent s'asseoir dans les fauteuils en rotin. Berger lui proposa de goûter à tout ce qu'il avait, mais Van Veeteren se contenta d'un whisky léger et d'une cigarette.

– Il faut quand même que je puisse retrouver le chemin de l'hôtel, dit-il pour s'excuser.

– Pourquoi ne passeriez-vous pas la nuit chez nous ? Nous avons toute la place qu'il faut.

– Je n'en doute pas une seconde, dit Van Veeteren, mais je préfère toujours dormir là où se trouve ma brosse à dents.

Berger haussa les épaules.

– Demain, il faut que je me lève de bonne heure, continua Van Veeteren. Vous ne voyez pas d'objection à ce que nous en venions aux faits, monsieur Berger ?

– Bien sûr que non ! N'ayez pas peur de poser des questions, monsieur le commissaire ! Si je peux contribuer d'une façon ou d'une autre à éclaircir ce mystère, je ne demande pas mieux que de le faire.

« On ne m'a encore jamais accusé d'avoir peur de poser des questions, pensa Van Veeteren. Voyons un peu si vous avez peur d'y répondre ! »

– Comment avez-vous découvert qu'Eva vous trompait ? commença-t-il.

C'était un coup en l'air, mais il se rendit compte immédiatement qu'il avait fait mouche. Berger sursauta et fit tomber un glaçon qu'il était sur le point de déposer dans un verre.

– Merde, murmura-t-il en se mettant à chercher le glaçon sur le tapis à longs poils.

Van Veeteren attendit patiemment.

– Au nom du ciel, qu'est-ce que vous insinuez ?

Van Veeteren faillit sourire : « C'est un vrai dilettante, ce type. »

– Vous l'avez découvert ou elle vous l'a avoué ?

– Je ne comprends pas de quoi vous voulez parler, monsieur le commissaire.

– Ou c'est peut-être quelqu'un qui vous a renseigné ?

Berger hésita.

– Qui est-ce qui vous a parlé de ça ?

– Je crois, monsieur Berger, que nous devons respecter les règles, même si vous m'avez offert un dîner exquis.

– Quelles règles ?

– Moi, je pose les questions. Vous, vous vous contentez d'y répondre.

Berger se tut et but une gorgée de whisky.

– Vous vous êtes montré extrêmement prévenant, dit Van Veeteren en esquissant un geste du bras qui englobait le repas, le vin, le whisky, le feu de cheminée et tout ce que Berger pouvait offrir, mais maintenant le répit est terminé !

– Soit, dit Berger. Il y avait bien un autre homme… c'est exact.

– Vous en êtes sûr ?

– Je n'en ai pas vraiment eu… la confirmation.

– Vous voulez dire qu'elle ne l'a pas avoué ?

Berger se mit à rire.

– Avoué ? Non, sûrement pas. Elle a continué à nier son existence comme si c'était une question de vie ou de mort.

« Il ne croit pas si bien dire », pensa Van Veeteren.

– Vous pouvez m'en parler ?

Berger se pencha en arrière, alluma une cigarette et tira quelques bouffées avant de répondre. De tout évidence, il avait besoin de quelques secondes de mise en train avant de se lancer. Van Veeteren le laissa faire.

– Je les ai vus, commença Berger. C'était au

printemps 1986, au mois de mars ou d'avril. Je les ai vus ensemble deux fois et j'ai des raisons de penser qu'ils ont continué à se voir de temps en temps jusqu'au mois de mai, au moins. Il y avait quelque chose qui… Je l'ai compris à cause de son comportement. Eva n'était pas femme à pouvoir garder un secret… Il était écrit sur son visage que quelque chose n'allait pas. Vous comprenez ce que je veux dire, n'est-ce pas, monsieur le commissaire ?

Van Veeteren fit oui de la tête.

– Pouvez-vous me dire exactement à quel moment tout cela a commencé ?

– À Pâques. Le jeudi de Pâques 1986, je ne me souviens pas de la date. C'était un pur hasard, j'y ai beaucoup pensé depuis. Je les ai vus dans une voiture, à l'heure du déjeuner. Je devais traverser toute la ville pour aller rencontrer un chercheur à Irgenau. Ils se trouvaient dans une autre voiture, un peu devant la mienne…

– Vous êtes certain qu'il s'agissait bien de votre femme ?

– À cent pour cent.

– Et l'homme ?

– Vous voulez savoir à quoi il ressemblait ?

– Oui.

– Je ne sais pas. C'était lui qui conduisait. Eva était assise à côté de lui ; je la voyais de profil quand elle tournait la tête pour lui parler. De lui, je n'ai vu que les épaules et la nuque. Ils se trouvaient dans la file de droite et moi, dans celle du milieu… Dès que le feu est devenu vert, ils ont tourné. Je n'avais pas la moindre chance de les suivre, même si je l'avais voulu. Je crois… je crois que j'ai eu une sorte de choc.

– Un choc ? Comment pouviez-vous être sûr qu'elle

vous trompait ? Est-ce que votre femme ne pouvait pas se trouver dans cette voiture par hasard et tout à fait innocemment ?

– Bien sûr que si, c'est en tout cas ce que je me suis dit. Mais sa réaction quand je l'ai questionnée était assez… éloquente.

– Comment ça ?

– Elle s'est montrée terriblement indignée, prétendant qu'elle était restée toute la journée à la maison et m'accusant d'avoir commis une erreur ou de vouloir détériorer nos relations et des choses de ce genre.

– Et ce n'est pas elle qui avait raison ?

– Non… Évidemment, j'ai commencé à douter de ce que j'avais vu… mais, quelques semaines plus tard, cela s'est reproduit. L'un de mes collègues les a vus dans un café ? C'était affreusement gênant. Il a lâché cette information comme une plaisanterie, mais j'ai peur de n'avoir pas su me contrôler.

– Et qu'a dit votre femme cette fois ?

– Exactement les mêmes choses, c'est ce qui était tellement étrange. Elle a tout nié, blême d'indignation, accusant mon collègue d'être un menteur et jurant qu'elle n'avait jamais mis les pieds dans ce café. Les choses étaient pourtant si évidentes ; j'ai pensé que c'était indigne d'elle de mentir… et plusieurs fois de suite qui plus est. Je lui ai d'ailleurs dit que les mensonges étaient beaucoup plus difficiles à supporter que son infidélité… et, chose curieuse, elle semblait me donner raison.

– Que s'est-il passé ensuite ?

Berger haussa les épaules.

– Nos relations se sont évidemment détériorées… Elle me devenait étrangère, si je puis dire. Je me suis posé un tas de questions… À elle aussi j'en ai posées, mais elle refusait de me répondre. Aussitôt que j'essayais d'aborder le sujet, elle se refermait comme une huître. C'était une période horrible… et le pire était encore à venir. Jamais je n'aurais pu imaginer que quelque chose de ce genre puisse se produire un jour. Nous étions mariés depuis cinq ans, nous nous connaissions depuis dix ans et jusqu'alors nous n'avions jamais eu de problèmes. Et vous, êtes-vous marié, monsieur le commissaire ?

– Plus ou moins.

– Ah oui… je vois. Au bout d'un certain temps, j'ai commencé à me dire qu'en fait je m'étais peut-être trompé. J'ai eu l'impression que la situation était en train de changer à son avantage… C'était comme si tout était ma faute puisque c'était moi qui l'avais accusée. Notre vie commune commençait à devenir de la folie à deux, si vous voyez ce que je veux dire…

– Ne me sous-estimez pas !

– Oh, pardon !

– Vous avez dit que vous l'avez surprise encore deux ou trois fois ?

– Oui, mais jamais de la même façon. J'ai eu quelques soupçons… J'ai entendu quelques conversations téléphoniques…

– Vous avez pu savoir de quoi ils parlaient ?

– Non. Mais c'était suffisamment éloquent…

– Je comprends.

– Je l'ai surprise en flagrant délit de mensonge une ou deux fois… Elle prétendait être restée à la maison alors que j'étais passé à l'heure du déjeuner sans trouver personne… Ou bien elle disait qu'elle avait été au cinéma avec une amie voir un film qu'on ne jouait plus depuis une semaine…

– Et qu'avait-elle à dire pour sa défense ?

– Je ne l'ai jamais confondue, je ne savais plus que faire. Je suppose que, dans mon for intérieur, j'attendais que quelque chose de décisif arrive. La situation me paraissait alors tellement irréelle que je ne savais plus comment agir.

– Est-ce que vous en avez parlé avec quelqu'un ?

– Non… non, hélas. Je me disais que ça passerait… que nous finirions par trouver une solution à nos problèmes.

Van Veeteren opina.

– Est-ce un Vrejsman que vous avez là ? demanda-t-il en pointant un doigt en direction d'une grande aquarelle accrochée au-dessus de la cheminée.

– Oui, en effet, répondit Berger, fort étonné. Vous vous y connaissez en art, monsieur le commissaire.

– Oui, dit Van Veeteren. Je connais Rembrandt et Vrejsman. Vrejsman est le frère de ma mère. Vous êtes absolument certain, monsieur Berger ?

– Comment ? Je ne comprends pas bien…

– Êtes-vous certain qu'elle vous trompait ? Est-ce qu'il n'a pas pu s'agir d'autre chose ?

– Comme quoi, par exemple ?

Van Veeteren fit un geste des deux mains, paumes ouvertes.

– Je ne sais pas, moi. Mais ce que vous avez découvert n'était pas très compromettant. Vous ne les avez jamais trouvés au lit, si je puis me permettre.

– À mes yeux, ce n'était pas nécessaire.

– Et pourquoi n'avez-vous pas raconté tout ça à l'inspecteur Münster ?

Berger eut un moment d'hésitation.

– La question ne s'est jamais posée. Je coyais sans doute que tout ceci était sans importance. C'est, du reste, ce que je pense encore.

Van Veeteren se tut. À présent, Berger était un peu irrité, c'était évident. Van Veeteren finit par regretter de ne pas avoir la possibilité de le boucler pendant la nuit pour reprendre l'interrogatoire le lendemain matin : cela aurait facilité la transition. Pendant qu'il réfléchissait à la question, madame Berger vint annoncer que l'on demandait son mari au téléphone.

« Le diable protège les siens », pensa Van Veeteren. Berger disparut et, pendant les dix minutes qui suivirent, il se contenta de fixer la braise et les petites flammes bleues qui mouraient dans la cheminée, tout en se rappelant ses propres infidélités.

Il y en avait eu deux ; la dernière en date remontait à dix-huit ans et s'était soldée par une catastrophe, tout comme la première. Son mariage aussi avait été une catastrophe mais là, au moins, il n'y avait pas eu d'innocente victime.

Ce ne serait sans doute pas une mauvaise idée d'examiner le mariage d'Andreas Berger et d'Eva Ringmar sous un autre éclairage ? Il décida de s'offrir encore un whisky en attendant le deuxième round… qu'il faudrait essayer de terminer un peu plus vite que le premier. L'horloge installée sur le rebord de la cheminée marquait neuf heures et demie, et, même s'il n'était pas homme à respecter les convenances, il y avait quand même des limites.

Il alluma une cigarette et en glissa quatre dans sa poche de devant.

28

– Pouvez-vous me parler un peu de l'accident, monsieur Berger ? Je vous promets de ne pas vous déranger encore bien longtemps.

Berger remua la braise. Il resta un moment immobile, les bras pendants entre les genoux et le regard plongé dans le foyer.

– Cela s'est produit le premier juin. Un samedi. Nous étions invités chez les Molnar, l'un de mes collègues et sa femme qui possèdent une maison sur les bords du lac Maaren. Nous devions y passer la nuit. Au moment de passer à table, nous avons constaté que Willie avait disparu. Il venait juste de fêter ses quatre ans… Les Molnar avaient deux enfants, un peu plus âgés… Ils avaient joué tous ensemble dans le jardin. Willie leur avait dit qu'il avait besoin d'aller aux WC… Nous ne l'avons retrouvé que le dimanche matin. Des pêcheurs l'ont sorti de l'eau dans une crique… Les courants l'avaient entraîné à trois kilomètres de là.

Il se tut et alluma une cigarette.

– La maison se trouvait loin du lac ?

– Non, à cent mètres à peu près. Nous nous y étions baignés plus tôt dans la journée, mais Willie savait qu'il n'avait pas le droit d'y aller seul.

– Est-ce qu'il y a eu enquête ?

– Oui, mais il n'y avait pas grand chose à ajouter. Willie s'était probablement aventuré sur le ponton d'où il était tombé à l'eau. Il était entièrement habillé, ce qui prouve qu'il n'avait pas essayé de se baigner tout seul… Est-ce qu'il faut vraiment reparler de tout ça, monsieur le commissaire ? J'ai raconté toute l'histoire à votre collègue… Münster, n'est-ce pas ?

Van Veeteren fit un signe d'approbation.

– La réaction d'Eva… pouvez-vous m'en parler ? Je comprends fort bien qu'il vous soit pénible d'évoquer ces souvenirs, mais je suis à la recherche d'un assassin, monsieur Berger. Quelqu'un a tué Eva, quelqu'un a tué Janek Mitter, son nouveau mari… Il y a sûrement une raison. Il est malheureusement indispensable de tirer sur tous les fils qui se présentent.

– Je comprends. J'espère que vous réalisez quel traumatisme cela représente de perdre un petit enfant. Que les adultes meurent, même brusquement et d'une façon inattendue, est une chose acceptable, mais quand un petit garçon de quatre ans… vous est subitement… enlevé… c'est comme si… plus rien n'avait d'importance. Dans ce contexte, n'importe quelle réaction est à considérer comme normale.

– C'est Eva qui a le plus accusé le coup ?

Berger opina.

– Oui.

Il y eut un moment de silence. Berger se versa une rasade de whisky.

– Vous en voulez ?

Van Veeteren fit non de la tête. Berger plongea la pince dans le seau à glace mais n'en retira rien. Abandonnant la pince, il choisit de se servir de ses doigts et parvint à repêcher trois ou quatre glaçons à moitié fondus qu'il laissa tomber dans son verre. Ensuite, il se lécha les doigts.

« Quelle éducation ! » se dit Van Veeteren.

– Eva..., reprit Berger. Je crois qu'on peut dire qu'elle a perdu tout contrôle.

– Comment ?

– Comment ? Elle est devenue hystérique, complètement folle. On ne pouvait ni la raisonner, ni lui extorquer un mot. Elle a voulu se suicider ; il a fallu la surveiller jour et nuit et lui administrer des médicaments, bien entendu.

– Et cela a duré combien de temps ?

– Tout l'été. C'était... c'était l'enfer, monsieur le commissaire. Je n'ai même pas eu l'occasion de pleurer mon fils moi-même ; je dépensais toutes mes forces à essayer de maintenir Eva en vie. Comme c'était moi le plus fort, j'ai dû tout assumer. Mais je suppose que ce sont là les conditions...

Il eut un rire bref.

– Je ne voudrais pas voir revenir l'année 1986, monsieur le commissaire. Tout s'est passé cette année-là, j'aurais peut-être dû aller voir un astrologue... Les constellations astrales devaient être particulièrement défavorables.

– Eva était-elle à la maison ou en clinique ?

– Surtout en clinique, du moins au début. Il fallait constamment la surveiller... Je m'y trouvais d'ailleurs la plupart du temps. Puis, petit à petit, je l'ai ramenée de plus en plus souvent à la maison, mais je n'osais jamais la laisser seule. Je n'ai recommencé à travailler qu'au mois d'octobre.

– Et son état s'est amélioré ?

– Oui, à la fin de l'été. J'ai en tout cas compris qu'elle ne se suiciderait pas.

– Est-ce que vous avez parlé de l'accident ensemble ?

– Jamais. J'ai essayé, bien entendu, mais c'était impossible. Nous n'avons jamais mentionné le nom de Willie et elle m'a forcé à jeter tout ce qui lui avait appartenu… sauf quelques petits objets que j'ai gardés en cachette. C'était comme s'il n'avait jamais existé, comme si elle voulait effacer jusqu'à son souvenir.

– Des photos ?

– C'était pareil. J'ai demandé à un ami de me les garder.

– Vous n'avez pas trouvé sa réaction étrange ?

– Si. J'en ai parlé à plusieurs psychologues et psychiatres et il est clair que son comportement était psychotique. Mais, comparé à ce qui s'était passé pendant l'été, il s'agissait tout de même d'une amélioration. Certains jours, elle semblait à peine tourmentée.

– Elle a été constamment suivie ?

– Sur le plan psychiatrique, vous voulez dire ? Oui, tout le temps.

– Quand a-t-elle commencé à boire ?

– Au moment où j'ai repris le travail, je crois… Peut-être un peu avant. Une fois qu'elle s'est retrouvée seule à la maison, elle s'y est mise en tout cas pour de bon.

– Pourquoi ne travaillait-elle pas ?

– Nous en avions discuté… Elle avait cessé de travailler à la naissance de Willie. À mes yeux, il aurait bien mieux valu qu'elle fût occupée pendant la journée. Je crois d'ailleurs qu'elle était de mon avis, mais nous avons remis la décision à plus tard. En réalité, elle n'était pas vraiment en état de reprendre l'enseignement…

– À ma connaissance, cela n'a jamais été un empêchement, dit Van Veeteren amenant un bref sourire sur les lèvres de Berger.

– Donc, elle buvait de plus en plus ?

– Oui. La chute a été vertigineuse… tout d'un coup. C'est devenu une véritable éponge. Chaque soir quand je rentrais, elle était ivre morte… Elle buvait jusqu'à quatre à cinq bouteilles de vin par jour… C'était horrible. Au mois de novembre de cette année-là, j'ai compris que cela ne pouvait plus continuer ainsi. Elle était en train de se tuer. J'ai fini par appeler un ami à Rejmershus où elle a été admise immédiatement. C'est ce qui l'a sauvée, je crois. Elle y est restée jusqu'en mai… mai 1987 et, quand elle est sortie, tout allait bien à nouveau.

– Quand avez-vous divorcé ?

– En avril. C'était Eva qui le souhaitait et elle était intraitable à ce sujet. Dès le départ, au moment où elle se portait le plus mal, elle insistait pour que nous divorcions… et puis, merde.

Soudain, l'amertume lui brisa la voix. « Il était temps », pensa Van Veeteren. Il chercha un cure-dents dans sa poche, trouva une cigarette qu'il alluma en attendant que Berger se décidât à poursuivre. Celui-ci restait cependant silencieux.

– Vous avez dû en baver, finit par lui dire Van Veeteren. Votre femme vous trompe, votre fils meurt, votre femme devient folle… et c'est grâce à vous qu'elle est sauvée. Enfin, en guise de remerciement, elle demande le divorce…

Berger eut un petit rire sec.

– Est-ce que vous l'aimiez ?

– À votre avis ?

– Pendant combien de temps ?

– Jusqu'au mois de novembre, à peu près…

Ensuite, c'en était trop : l'ivresse, les vomissements, la déchéance.

– Je comprends.

– J'ai peut-être eu un peu d'espoir en janvier ou février, en constatant qu'elle allait mieux mais, à ce moment-là…

– Oui ?

– J'avais déjà rencontré Leila.

Van Veeteren opina. Plongé dans ses réflexions, il resta un moment silencieux, puis fit l'effort de se lever. Il posa les dernières questions debout devant Berger qui, le regard braqué sur le foyer, restait assis en faisant tourner son verre de whisky entre ses mains.

« Il en souffre encore, pensa Van Veeteren. Tous ces événements sont toujours bien présents dans son esprit. Rien d'étonnant à ça. »

– Est-ce que vous connaissez un psychiatre qui s'appelle Eduard Caen ?

– Oui, c'est lui qui s'est occupé d'Eva à Rejmershus et aussi plus tard, je crois.

– Que pensez-vous de lui ?

– Il est extrêmement compétent, pour autant que je sache. Cela dit, je ne l'ai rencontré que très brièvement.

– Je vois… Et cet homme, celui que vous soupçonniez d'être l'amant de votre femme… est-ce qu'il a réapparu ?

– Non… non, pas du tout.

– Est-ce que vous avez parlé de lui ensemble ?

– Non.

– Est-ce que vous savez quels autres hommes Eva a eu dans sa vie ?

– Avant ou après notre divorce ?

– Les deux, si possible.

– Après… rien. Avant… lorsque nous nous sommes rencontrés, elle n'avait que vingt-deux ans et elle était pratiquement vierge… Je suis désolé, monsieur le commissaire, mais je ne peux pas beaucoup vous aider. À mon avis, il n'y a pas eu beaucoup d'hommes dans sa vie.

Van Veeteren haussa les épaules.

– Il ne me reste plus qu'à vous remercier, dit-il. Si jamais vous vous rappeliez un détail qui pourrait avoir son importance, je vous serais reconnaissant de bien vouloir prendre contact avec moi.

Il tendit sa carte à Berger qui la mit dans son portefeuille. Lorsqu'il se leva, Van Veeteren remarqua qu'il était légèrement ivre. À présent, il ne représentait plus l'image de la réussite. Aux yeux de Van Veeteren, c'était un changement en mieux.

Ils restèrent ensemble un moment dans l'entrée. Puis Berger lui serra la main et dit en guise de conclusion :

– J'espère que vous le trouverez, monsieur le commissaire. J'espère que vous allez mettre la main sur le salaud qui a fait ça.

« Je l'espère bien, moi aussi », pensa Van Veeteren en remontant le col de son pardessus pour se protéger de l'humidité nocturne.

29

Il était neuf heures et quelques minutes lorsque Münster et Reinhart garèrent leur voiture devant le lycée Bunge. Une pâle lumière grisâtre avait commencé à envelopper l'imposant bâtiment ; la cour de récréation était vide, à l'exception d'un concierge qui tirait une charrette remplie de chaises plus ou moins cassées. Soudain, Münster éprouva un vif sentiment de malaise. Il était difficile d'imaginer qu'il y avait réellement sept cents personnes à l'intérieur de ce bâtiment. La lumière était allumée partout, pour autant qu'il fût possible d'en juger, mais les rectangles jaune pâle des fenêtres, situés très haut, paraissaient sans vie. Sur le toit pentu, tout autour des tourelles et des cheminées, nichaient des nuées de corneilles piaillantes.

– Pouah ! dit Reinhart. Tu as été élève ici, toi ?

Münster secoua la tête.

– Moi non plus, grâce au ciel. On doit avoir l'impression d'être enterré dans une carrière de pierres là-dedans. Pauvres diables qui supportent ça jour après jour !

Ils restèrent dans la voiture quelques minutes pendant que Reinhart nettoyait sa pipe et qu'ensemble ils mettaient au point la stratégie à adopter. Une collaboration efficace était toujours un gage de réussite.

Puis ils traversèrent la cour en vitesse en se protégeant le mieux possible du vent.

– Est-ce que tu te rends compte qu'en ce moment même un assassin est peut-être en train de faire cours ? demanda Reinhart. Tu sais ce qu'on devrait faire ?

Münster ne répondit pas.

– On devrait annoncer dans le mégaphone que tout le bazar est encerclé et demander à l'assassin de se rendre. Tu te rends compte du temps qu'on gagnerait !

Münster opina.

– Tu as apporté le mégaphone ?

– Non.

– Dommage ! Alors, allons voir Suurna !

Monsieur le proviseur Suurna, vêtu d'un costume sombre, les attendait manifestement. Le café était déjà prêt et sur son bureau en chêne rouge chaque trombone était bien à sa place.

– Bonjour, monsieur le proviseur, dit Münster. Nous nous sommes déjà rencontrés. Je vous présente mon collègue, Reinhart.

– Quelle horrible histoire ! dit Suurna. Je suis profondément choqué. Et inquiet.

D'un geste de la main, il invita les policiers à s'asseoir dans les fauteuils mais resta lui-même debout.

– J'avais pensé rassembler tous les élèves dans le grand amphithéâtre au cours de la journée pour leur dire quelques mots… Je n'ai encore rien décidé… J'ai également pensé que vous auriez sans doute votre mot à dire. Tout ceci est affreux. Incroyablement affreux !

« Incroyablement affreux ? se dit Münster. Le bonhomme doit éprouver des difficultés à s'exprimer. »

– Monsieur Suurna, dit Reinhart, à propos de ces meurtres, vous ne devez prendre aucune initiative sans avoir notre autorisation. À notre avis, il y a de fortes chances pour qu'en ce moment même, l'assassin soit ici, dans cette maison.

Monsieur le proviseur pâlit.

– Au cours de la prochaine demi-heure, nous allons fixer ensemble un certain nombre de directives. Nous espérons pouvoir compter sur votre collaboration.

– Naturellement, mais êtes-vous certain de…

– Nos discussions, l'interrompit Münster, sont strictement confidentielles. Vous ne devrez révéler à personne ce que nous aurons décidé. Vous n'y voyez pas d'inconvénient, j'espère ?

– Non… non, pas du tout, mais…

– L'aboutissement de l'enquête dépendra de votre silence, constata Reinhart.

– Il faut que nous puissions vous faire confiance à cent pour cent, dit Münster.

– Et vous devrez suivre nos instructions à la lettre, précisa Reinhart.

Suurna s'assit en pinçant d'un geste nerveux les plis de son pantalon. Münster se demanda un instant s'il n'allait pas lui faire préciser son emploi du temps du jeudi soir, mais on l'avait déjà vérifié et le proviseur semblait d'ailleurs totalement convaincu.

– Je… je suis à votre entière disposition, dit-il, mais vous ne pensez pas sérieusement que… que l'un des nôtres… Je ne pourrais jamais imaginer…

– C'est bien, je vous remercie, interrompit Münster. Est-ce que vous pourrez faire en sorte qu'on nous laisse tranquilles pendant au moins trente minutes ?

– Bien sûr.

Suurna se leva, se dirigea vers son bureau et appuya sur un bouton. Münster enleva sa veste et remonta ses manches.

– Est-ce qu'il y a du café ? demanda Reinhart.
Pas mal comme début.

– Combien y a-t-il de professeurs dans votre établissement, monsieur Suurna, demanda Münster.
– En tout ?
– C'est ça, dit Reinhart.
– Ça dépend… nous avons une cinquantaine de titulaires qui travaillent pratiquement tous à plein temps… et quinze à vingt qui ont des postes à temps partiel… plus quelques extra qui enseignent des langues comme le swahili, l'hindi… le finnois.
– Nous les interrogerons tous demain, dit Reinhart. Nous commencerons à neuf heures et nous continuerons jusqu'à ce que…
– Impossible ! s'exclama Suurna. Comment organiser un chose pareille ? Je ne peux pas…
– On trouvera une solution, dit Münster. Il nous faudra la liste de tous les employés de l'établissement… et nous les verrons demain à tour de rôle. Quels sont les autres ?
– Comment ?
– Oui, les autres qui travaillent ici, ajouta Reinhart. Ceux qui n'enseignent pas.
– Ah oui… Il y a la direction, bien sûr… moi-même et Eger, le censeur… le personnel administratif et celui de la manutention… le médecin et l'infirmière… les concierges… l'assistant social… le psychologue… et les spécialistes de l'orientation professionnelle…
– Combien en tout ?
– Une bonne vingtaine.
– Donc, ça nous fait environ quatre-vingt-cinq personnes, conclut Münster. Nous serons quatre, ça ne posera pas de problème. Il faudra nous réserver quatre

pièces, de préférence voisines, où nous pourrons travailler.

– Et les cours… ? tenta de dire Suurna.

– … quatre listes, avec des noms et des heures précises. Il faut compter vingt minutes par tête. Une heure pour déjeuner. Si nous pouvions déjeuner sur place, ce serait bien.

– Les élèves… ?

– Je vous suggère de leur donner un jour de congé, dit Reinhart. Un jour d'étude en chambre, par exemple, ou… Appelez ça comme vous voudrez. De toute façon, ce sera difficile de maintenir les cours, mais c'est à vous de voir. En tout état de cause, il faut réunir le personnel aussi vite que possible…

– Et surtout pas de réunion d'élèves dans le grand amphi ! dit Münster. Vous avez des questions ?

– Je dois dire…, commença Suurna.

– Très bien, dit Reinhart. Nous commencerons à neuf heures précises demain matin. Autre chose, Münster ?

– Le courrier.

– Oui, bien sûr. Pouvez-vous nous expliquer comment ça fonctionne ?

– Quoi donc ?

– Eh bien, le courrier ! À quelle heure arrive-t-il ? Qui s'en occupe ? Qui le distribue ? Etc., etc.

Suurna ferma les yeux un instant et Münster se dit que le proviseur allait s'évanouir. Son front était couvert de petites gouttes de sueur et ses mains serraient très fort les accoudoirs du fauteuil… comme s'il s'était trouvé chez le dentiste ou sur une montagne russe.

– Le courrier ? répéta Reinhart, après avoir attendu un moment.

– Excusez-moi, dit Suurna en rouvrant les yeux. Il m'arrive d'avoir des vertiges.

« En restant assis ? » se dit Münster. Suurna s'essuya le front et se racla la gorge.

– Il y a deux distributions par jour, dit-il. Une le matin et une autre juste après déjeuner… vers une heure, une heure et demie à peu près. Pourquoi cette question ?

– Pour des raisons liées à l'enquête nous ne pouvons pas vous en dire plus, expliqua Münster.

– Et il faut que vous gardiez le silence sur tout ceci, dit Reinhart. Vous avez bien compris ? C'est absolument indispensable !

– Oui… bien sûr…

– Qui s'occupe du courrier ?

– C'est mademoiselle Bellevue, ou bien les concierges, à tour de rôle. Nous essayons de faire preuve de la plus grande flexibilité en ce qui concerne les tâches administratives…

– Il y a combien de concierges ?

– Deux.

– Pourriez-vous essayer de savoir qui a réceptionné et distribué le courrier mardi dernier ?

– Le matin ou après déjeuner ?

– Les deux. Et nous aimerions bien bavarder un moment avec ces personnes le plus vite possible.

Suurna avait l'air de ne pas très bien comprendre.

– Vous voulez dire… maintenant ?

– Exactement, dit Reinhart. Si vous pouviez faire venir les deux concierges ainsi que mademoiselle…

– Bellevue.

– Mademoiselle Bellevue, oui. Faites-les donc venir immédiatement pour que nous puissions procéder à certaines vérifications.

– Je ne comprends pas pourquoi…, commença Suurna, mais il se tut aussitôt, se leva et alla décrocher le téléphone interne.

– Mademoiselle Bellevue, voulez-vous avoir la gentillesse d'aller chercher Mattisen et Ferger et leur demander de venir ici immédiatement. Vous aussi du reste. Le plus vite possible, merci !

Il se leva en regardant Münster et Reinhart, l'air perplexe.

Reinhart commença à bourrer sa pipe.

– Voudriez-vous nous laisser seuls un petit moment ? demanda-t-il en faisant tomber quelques brins de tabac sur le plancher. J'espère que vous ne vous en voudrez pas d'utiliser votre bureau comme quartier général…

– Oh non, je vous en prie…

Suurna boutonna sa veste et disparut par la porte.

Münster sourit. Reinhart alluma sa pipe.

30

Rooth et Bendiksen se rencontrèrent dans la partie romaine de l'établissement de bains. C'était Bendiksen qui l'avait suggéré ; il y passait toujours quelques heures le lundi soir et Rooth, après avoir passé une journée de plus à Majorna, n'était pas opposé à cette idée.

Bendiksen apparut comme un homme d'habitude. Étant célibataire, il avait un emploi du temps strict pour chacun des jours de la semaine. Le lundi, il allait à l'établissement de bains, le mardi et le jeudi, il jouait au bridge, tandis que le mercredi était consacré à l'Association des Amis de l'Histoire. Le week-end, il faisait du jogging et rencontrait des amis ; le vendredi soir, il allait au cinéma et, le samedi, au restaurant. Le dimanche, il faisait une excursion après avoir terminé son ménage et finissait de lire le roman historique qu'il avait emprunté le lundi précédent à la bibliothèque où il travaillait depuis seize ans.

Il expliqua tout ceci à Rooth pendant les cinq premières minutes qu'ils passèrent ensemble dans le bain turc.

« Et quand est-ce qu'il va aux chiottes ? » se demanda Rooth qui était également célibataire.

– Comment trouviez-vous Eva Ringmar ? dit Rooth, une fois dans la piscine d'eau froide.

– J'ignore tout des femmes, répondit Bendiksen, mais je suis assez calé en culture grecque et hellénistique et je joue pas mal au bridge.

– Bien, dit Rooth. Vous l'avez vue combien de fois ?

– Difficile à dire, dit Bendiksen, trois ou quatre, peut-être, mais toujours brièvement.

– Brièvement ?

– Oui, dans la foule, si je puis dire. On s'est rencontré une fois en ville… à la bibliothèque. C'est à peu près tout.

– Je vous croyais très lié avec Mitter ?

– C'est vrai. Nous nous sommes connus au lycée et nous avons ensuite continué à nous voir, mais seulement de temps en temps.

– Dans quelles circonstances ?

– Que voulez-vous dire, inspecteur ?

– Que faisiez-vous lors de vos rencontres ?

– Parfois on prenait un verre en bavardant, parfois on faisait autre chose… et maintenant le moment est venu d'aller au sauna, inspecteur.

– Autre chose, comme quoi, monsieur Bendiksen ?

– Vous pouvez m'appeler Kurt.

« Jamais de la vie », pensa Rooth.

– Nous avons fait quelques voyages ensemble… après le divorce de Janek, bien entendu. Il nous arrivait aussi d'aller à la pêche… Qu'espérez-vous découvrir, inspecteur ?

Le sauna était désert et brûlant. En soupirant, Rooth s'installa sur le banc le plus bas.

– Rien de spécial, répondit-il. Nous sommes à la

recherche d'un assassin, c'est tout. Qui donc a bien pu poignarder Mitter, à votre avis ?

– La même personne qui a noyé sa femme.

Rooth opina.

– C'est ce que nous pensons aussi. Vous n'avez rien à raconter qui pourrait nous mettre sur une piste ?

Bendiksen se gratta les aisselles.

– Vous savez, je l'ai très peu vu depuis qu'il vivait avec mademoiselle Ringmar. En juin dernier, nous avons passé une soirée chez *Freddy's* en compagnie d'autres amis. Nous étions sept ou huit et je n'ai pas beaucoup parlé avec Janek. Et puis, fin août, nous sommes allés ensemble à l'Association des Amis de l'Histoire…

– Comment l'avez-vous trouvé à cette occasion ?

– Comme d'habitude. Mais nous n'avons échangé que quelques réflexions sur les cultures mégalithiques, si mon souvenir est exact. C'était le thème de la soirée.

– Vous ne vous êtes pas beaucoup vus depuis l'arrivée d'Eva Ringmar dans la vie de votre ami… Pourquoi ?

– Pourquoi ? Parce que c'est comme ça.

– Comment ?

– « Il faut avoir des amis, ou bien une femme », disait Pline. Si l'on n'a pas d'amis, autant se marier. N'est-ce pas inspecteur ?

– Peut-être bien, répondit Rooth, mais dites-moi… Est-ce que vous n'aviez pas décidé d'aller à la pêche le dimanche qui a suivi la mort d'Eva Ringmar ?

– C'est exact. Nous avions l'habitude d'aller passer un dimanche d'octobre au chalet de Verhoven… un autre ami. Son chalet se trouve au bord du lac Sojmen, côté est ; la perche et l'ombre y abondent et, parfois, on peut aussi attraper de la truite saumonée et du lavaret. Verhoven, moi et Langemaar, le chef des pompiers… Je ne sais pas si vous le connaissez… Nous sommes partis à trois, sans Janek qui avait pour ainsi dire un empêchement. C'est une horrible histoire, inspecteur. Vous pensez pouvoir mettre la main dessus ? Je parle de l'assassin, bien sûr.

– Sûrement, dit Rooth. Qu'est-ce que vous avez fait, jeudi soir ?

– Moi ? Jeudi soir ? j'étais au club de bridge, évidemment. Vous ne vous imaginez tout de même pas que j'aurais pu…

– Je ne m'imagine rien du tout, dit Rooth. On ne pourrait pas aller boire une bière, maintenant ?

– Maintenant ? dit Bendiksen. Ce n'est pas possible. D'abord, nous allons nager puis retourner au bain turc et terminer par une séance de transpiration. La bière ne peut venir qu'après. Vous n'êtes jamais venu au sauna auparavant, inspecteur ?

Rooth soupira. Il avait passé deux journées entières à essayer d'extorquer quelques informations à un certain nombre de maniaques, catatoniques et autres schizophrènes, et voilà qu'il se retrouvait dans un sauna en compagnie du sieur Bendiksen, bibliothécaire de son état.

« Pourquoi est-ce que je suis devenu flic ? se dit-il. Pourquoi pas pianiste, comme maman le souhaitait ? Ou bien pasteur ? Ou pilote d'avion de chasse ? »

« Demain je me ferai porter malade, décida-t-il. C'est mon jour de congé, mais je me ferai quand même porter malade. Pour plus de sûreté. »

31

– Sainte-Catherine est une école de jeunes filles, monsieur le commissaire. Nos professeurs sont des femmes, nos dirigeants sont des femmes, tout comme les concierges, les jardiniers et le personnel de cuisine. Moi-même, je suis une femme proviseur. Depuis sa fondation, en 1882, il n'y a eu que des femmes ici. Nous pensons que c'est là notre force, monsieur le commissaire, car nous estimons qu'il n'est pas bon pour les jeunes filles d'être confrontées aux hommes trop tôt dans la vie. Mais je suppose que ces propos tombent dans l'oreille d'un sourd.

Van Veeteren opina et essaya de se redresser. Son dos le faisait souffrir et il aurait bien voulu pouvoir s'étendre par terre ou poser ses jambes sur le siège de sa chaise… Mais quelque chose lui disait que Madame le Proviseur Barbara di Barboza n'aimerait pas avoir des bonshommes étendus par terre dans son bureau. Déjà que ce n'était pas une partie de plaisir d'en recevoir un. Et un policier par-dessus le marché.

Mais la douleur persistait. Le responsable était évidemment ce lit de malheur à l'hôtel. En se levant le matin, il avait constaté une raideur dans le dos et un trajet de deux heures en voiture n'avait rien arrangé. À son retour, il ferait peut-être bien de faire un saut chez

Hernandez, le chiropracteur, qu'il n'avait pas vu depuis six mois. C'était évidemment le badminton qui posait le problème le plus épineux. Essayer d'attraper les balles courtes que Münster expédiait dans les angles pouvait être fatal pour un dos malade, il le savait. Mais, malgré tout, il n'avait aucune envie de décommander le match de mardi. « Ah ça, non alors. »

Il s'arrangea pour déplacer son poids de droite à gauche. Cela lui fit mal et il gémit.

– Vous ne vous sentez pas bien, monsieur le commissaire ?

– Si, si. J'ai seulement un peu mal au dos…

– Vous devriez probablement changer de régime alimentaire. Si je vous expliquais l'influence des aliments sur le système musculaire, vous seriez étonné.

« Pas étonné, pensa Van Veeteren, furieux. Je crois que je serais capable de commettre des actes qui m'obligeraient à me passer les menottes. »

– Très intéressant, j'en suis sûr, dit-il. Mais, comme je n'ai pas beaucoup de temps, nous devons nous concentrer sur le sujet qui m'a amené jusqu'ici.

– À savoir mademoiselle Ringmar ?

– Oui.

Madame le proviseur di Barboza sortit un classeur qui était rangé sur une étagère derrière elle et le posa, ouvert, sur sa table de travail.

– Eva Ringmar : Elle a été engagée chez nous le 1er septembre 1987 comme professeur d'anglais et de français. Elle nous a quittées le 31 mai 1990 à sa propre demande.

Elle referma le classeur et le remit à sa place.

– Quelle impression vous a-t-elle faite ?

– Quelle impression ? Bonne, évidemment. Je l'ai interviewée moi-même. Il n'y avait rien à redire. Elle remplissait parfaitement ses engagements, elle donnait ses cours et s'acquittait de ses autres tâches de façon irréprochable.

– Quelles autres tâches… ?

– Elle était professeur principal et également intendante. Ici, nous sommes dans un internat, comme vous l'avez peut-être constaté, monsieur le commissaire. Nous ne nous occupons pas des jeunes filles uniquement pendant les cours. Nous formons des êtres humains. C'est l'un de nos principes depuis le début… et c'est ce qui nous a aussi permis d'asseoir notre réputation.

– Vraiment ?

– Savez-vous, monsieur le commissaire, combien nous recevons de demandes à chaque nouvelle année scolaire ? Plus de deux mille. Pour deux cent quarante places.

Van Veeteren baissa les épaules et essaya de cambrer le dos.

– Est-ce que vous étiez au courant du passé de mademoiselle Ringmar lorsque vous l'avez engagée ?

– Bien sûr. Elle avait traversé bien des épreuves. Mais nous avons foi en l'être humain, monsieur le commissaire.

– Et vous savez qu'elle-même et son mari ont été assassinés ?

– Nous ne vivons pas dans l'isolement, si c'est ce que vous croyez. Nous lisons les journaux et nous nous tenons au courant de ce qui se passe dans le monde. Mieux que d'autres personnes, je dirais.

Van Veeteren se demanda si elle était très au courant des habitudes de lecture des policiers, mais il préféra ne pas l'encourager à s'expliquer là-dessus. Il sortit un cure-dents, le mit dans sa bouche et le déplaça lentement d'une commissure à l'autre. Di Barboza fit glisser ses lunettes jusqu'au bout du nez et examina le commissaire d'un air critique.

« Bientôt, elle me demandera de lui montrer mes papiers d'identité encore une fois, se dit-il. C'est incroyable ce qu'un mal au dos réussit à diminuer quelqu'un. »

– Que voulez-vous savoir de plus, monsieur le commissaire ? Je n'ai pas toute la journée à vous consacrer.

Se levant, il alla jusqu'à la fenêtre, s'étira et jeta un coup d'œil sur le parc enveloppé d'une brume grise. On apercevait, entre les arbres, d'autres bâtiments en brique rouge, comme celui du réfectoire où siégeait di Barboza, et on voyait aussi les hauts murs qui entouraient tout l'établissement. Selon le modèle anglo-saxon, cette clôture était hérissée de tessons de bouteilles, ce qui l'avait fait sourire quand il avait franchit le portail d'entrée… car il s'était demandé s'ils servaient à protéger des intrusions ou à empêcher les évasions.

Bien sûr qu'il avait des préjugés contre cet endroit, des quantités de préjugés, et cela l'énervait de ne pas les avoir vus entièrement confirmés, en dépit de ce que di Barboza lui avait montré. Il avait déjeuné au réfectoire en compagnie d'une centaine de femmes de tous âges, surtout des jeunes, bien sûr, mais, à aucun moment, il n'avait rencontré une atmosphère de sexualité confinée ou de sentiment de frustration comme il l'avait imaginé. Peut-être s'agissait-il seulement de l'habituelle et inévitable peur des femmes, de leur intime conviction que c'était, malgré tout, les représentants du sexe opposé qui avaient les meilleures chances de maîtriser l'existence.

C'était, en tout cas, ce qu'aurait dit sa femme à ce sujet, il n'en doutait pas une seule seconde. « Si j'avais été une femme, se dit-il, je me demande si je n'aurais pas ressemblé à di Barboza ! »

– Alors ? demanda-t-elle.

– Comment ?

– Que voulez-vous savoir d'autre ? Je n'ai plus beaucoup de temps, monsieur le commissaire.

– Deux questions, répondit-il. Premièrement : savez-vous si mademoiselle Ringmar entretenait des relations avec un homme pendant qu'elle travaillait ici… Elle résidait dans l'établissement, n'est-ce pas ?

– Oui, elle habitait à l'annexe Curie. Non, je n'ai pas entendu dire qu'elle entretenait ce genre de relations. Nous en sommes à une ou deux questions, monsieur le commissaire ?

Il feignit d'ignorer la remarque.

– Pourriez-vous me donner le nom d'une collègue, de quelqu'un de proche, qui serait éventuellement capable de répondre à des questions plus détaillées ?

Madame le proviseur remit ses lunettes en place et réfléchit un instant.

– Kempf, dit-elle enfin. Mademoiselle Kempf. Sa chambre jouxtait celle de mademoiselle Ringmar ; elles étaient, je crois, de bonnes amies. En tout cas, je les voyais souvent ensemble.

– Vous ne fréquentez pas les professeurs vous-même, madame Barboza ?

– Non, je crois qu'il faut garder certaines distances. Nous nous respectons mutuellement, mais nous ne pouvons ignorer les différences entre nos emplois respectifs. Dans nos statuts, la position du proviseur en tant que chef de l'établissement est clairement définie, ainsi que ses responsabilités. Il ne me viendrait pas à l'idée de les remettre en question.

Elle jeta un coup d'œil à sa montre qu'elle portait à un cordon autour du cou. Van Veeteren se rappela une phrase prononcée par Reinhart peu de temps auparavant :

– « En règle générale, je ne m'approche jamais trop près d'une femme qui porte sa montre au cou. »

Il se demanda ce que cette phrase voulait dire, au juste. Peut-être exprimait-elle une vérité profonde, comme beaucoup d'autres sentences que Reinhart avait l'habitude de formuler.

Il était content de se retrouver à l'air libre. Bien que di Barboza lui eût recommandé d'emprunter l'une des allées pavées, il traversa une grande pelouse. Il sentait littéralement les yeux de madame le proviseur dans son dos.

Deux jeunes filles, âgées d'une douzaine d'années, portant une blouse par-dessus leur uniforme, étaient en train de peindre en blanc le tronc d'un arbre fruitier. Il s'approcha d'elles prudemment et attira leur attention en toussotant légèrement.

– Excusez-moi, mesdemoiselles, est-ce bien l'annexe Curie ?

– Oui, l'entrée est par là.

Elles pointèrent leurs pinceaux dans la même direction en pouffant d'un rire timide.

– Pourquoi peignez-vous cet arbre en blanc ?

Elles le regardèrent, étonnées.

– On ne sait pas… parce qu'il le faut.

« Probablement pour éviter que les chiens du voisinage viennent pisser par ici », se dit-il en ouvrant la porte du bâtiment.

Il dut attendre un moment avant de pouvoir parler à mademoiselle Kempf. Elle avait encore trois copies à corriger et il lui était difficile de s'interrompre… Alors, s'il voulait bien l'excuser ?

Il l'excusa. Tandis qu'elle terminait son pensum, il resta assis dans un fauteuil derrière son dos et l'observa… C'était une assez forte femme d'un certain âge, à peu près du sien, en fait. Il se demanda si Barboza avait réellement raison de penser qu'elle et Eva Ringmar avaient été amies. La différence d'âge devait être d'au moins quinze ans.

C'était pourtant vrai. Eva Kempf fit chauffer de l'eau pour le thé et commença à expliquer… Non, elles n'avaient pas été amies intimes ; mademoiselle Ringmar n'était pas de celles qui se confiaient facilement. Pourtant, elle avait donné l'impression d'avoir besoin de trouver… une grande sœur. Oui, c'était bien ça. Eva et Eva. Une grande et une petite. Et elles avaient des chambres voisines. Que voulait-il savoir ?

Pour la centième fois, il posa la même question et reçut la même réponse.

Non, elle n'avait jamais remarqué qu'Eva Ringmar fréquentait un homme. Elle-même était lesbienne et ne s'en cachait pas… ou plutôt elle avait été lesbienne, car à présent, elle s'était définitivement retirée des jeux de l'amour. Et c'était bien reposant, le commissaire pouvait en être sûr.

Non, Eva Ringmar n'était absolument pas lesbienne. C'était quelque chose qui vous sautait aux yeux.

Et les hommes ?

Mademoiselle Kempf n'en savait rien. Mais, une fois de plus, elle n'était pas au courant de tout ce qui concernait Eva Ringmar. Pourquoi se tenait-il de cette façon-là ? Avait-il mal au dos ? S'il s'étendait sur son lit, elle pourrait le masser un moment. Parce qu'il avait sûrement d'autres questions à poser, n'est-ce pas ?

Van Veeteren hésita mais pas très longtemps.

Son mal ne pourrait sûrement pas empirer.

– Très bien. Baissez un petit peu votre pantalon, s'il vous plaît. Alors ?

– Oh, ça fait mal ! Racontez, mademoiselle Kempf, racontez !

– Quoi donc, monsieur le commissaire ?

– N'importe quoi. Partait-elle en voyage de temps en temps ? Recevait-elle du courrier ? Ou des coups de téléphone nocturnes… ?

Elle enfonça ses pouces dans la colonne vertébrale.

– Elle recevait des lettres.

– Expédiées par un homme ?

– C'est possible.

– Souvent ?

– Non, pas très souvent. D'une manière générale, elle ne recevait pas beaucoup de courrier.

– Ces lettres venaient d'où ?

– Je n'en sais rien.

– De ce pays ou de l'étranger ?

– Je ne sais pas. Peut-être de l'étranger…

– Pourtant elle recevait plusieurs lettres expédiées par la même personne ?

– Oui… il s'agissait sans doute d'un homme.

– Qu'est ce qui vous fait dire ça ? Aïe !

– Ca se voit.

– Des voyages ?

– Oui… il lui arrivait de voyager. Pour aller voir sa mère. C'était en tout cas ce qu'elle disait.

– Mais ?

– Peut-être qu'elle mentait.

– Est-il pensable que ces lettres aient été écrites

par un homme qu'elle partait retrouver de temps en temps ?

– Oui.

– Quelles sont les probabilités ?

– Je n'en sais rien, monsieur le commissaire. Elle était un peu… secrète, un peu distante… et je ne l'ai jamais questionnée. Tout le monde a le droit d'avoir une vie privée… Croyez-moi, j'ai été lesbienne à partir de dix-sept ans !

– Aie ! Merde, ça fait mal ! Attention… C'est exactement à cet endroit-là…

– Je m'en rends compte, monsieur le commissaire. Dans quel tas de planches avez-vous dormi la nuit dernière ? Et ensuite ?

– Ils étaient fréquents ?

– Ses voyages, vous voulez dire ?

– Oui.

– Deux ou trois fois par trimestre, peut-être, et seulement le week-end… Quelques jours, tout au plus.

– Et les vacances ?

– Je ne pourrais pas vous dire. Je voyage beaucoup moi-même… En tout cas, je ne crois pas qu'elle les passait ici. Je sais qu'elle est partie une fois en voyage organisé, en Grèce, il me semble… Elle aimait voyager, c'est sûr.

– Son mari… Andreas Berger ?

– Il ne s'agissait certainement pas de lui. Elle n'en parlait jamais.

– Il ne peut pas être l'auteur des lettres ?

– Si, bien sûr, mais ça ne me paraît guère vraisemblable…

– Le fils… qui est mort… Est-ce qu'elle vous a parlé de lui ?

– Oui, une seule fois… Je crois qu'on va arrêter là,

monsieur le commissaire. Je commence à avoir des fourmis dans les doigts. Comment vous sentez-vous ?

Van Veeteren retrouva prudemment la position assise. Pas mal. Il se pencha en avant… un peu vers la droite, un peu vers la gauche. Incroyable, la douleur commençait à lâcher prise !

– Très bien ! Je regrette seulement d'avoir à reprendre le volant. Merci, mademoiselle Kempf. Si jamais vous vous retrouvez en prison, il vous suffira de m'appeler pour que je vienne vous libérer.

Elle sourit tout en massant ses doigts.

– Ça ne sera pas nécessaire, monsieur le commissaire. Je saurai me libérer toute seule. Cela dit, j'ai un cours dans dix minutes et je crois qu'il va falloir conclure.

Van Veeteren opina.

– Juste une question. Je constate que vous avez du discernement, mademoiselle Kempf. Je vous demande d'en faire preuve, une fois de plus, et de ne pas me répondre si vous hésitez.

– Je vois.

– Donc… à votre avis, est-il probable que, pendant la période où vous avez fréquenté Eva Ringmar, il y ait eu, dans sa vie, un homme… dont elle ait préféré taire l'existence ?

Eva Kempf enleva ses lunettes de forme ovale et en examina les verres à la lumière. Ensuite elle souffla fortement dessus et, pour finir, elle les essuya en utilisant un pan de sa tunique rouge.

Il comprit qu'il s'agissait d'un rite, d'un cérémonial qui lui permettait d'arriver à une conclusion. « Quel gaspillage que l'amour lesbien ! » se dit-il.

Elle remit les lunettes en place et son regard rencontra celui de Van Veeteren. Puis elle répondit.

– Oui, dit-elle. C'est vraisemblable.
– Merci, dit Van Veeteren.

Il quitta Gimsen vers trois heures et la pluie commença à tomber dès qu'il emprunta la nationale 64. La nuit commençait elle aussi à tomber, mais il renonça à la musique pour se consacrer à ses pensées et à ses suppositions, bercé par le bruit monotone des pneus sur la chaussée mouillée.

Il chercha à se faire une image plus précise d'Eva Ringmar, mais elle se déroba... comme elle semblait l'avoir toujours fait. Il aurait dû essayer d'en savoir un peu plus long en interrogeant Mitter, mais à présent il était trop tard. Peut-être n'aurait-il pas pu lui en apprendre davantage. Mitter l'avait connue pendant six mois. Ensuite, il l'avait épousée, poussé par on ne sait trop quelle impulsion et sans en savoir beaucoup plus sur son passé que ce que Van Veeteren avait lui-même fini par savoir.

C'était évidemment dans son passé que l'assassin se cachait. Il n'y avait plus aucun doute à ce sujet. Il avait été là pendant des années... en tout cas depuis le jeudi de Pâques 1986... mais il n'était pas interdit de penser que tout avait commencé encore plus tôt.

N'est-ce pas ? C'était bien ça ?

Que savait-il, au juste ? Et que valaient, en réalité, toutes ces suppositions ?

Si Eva Ringmar était une figure d'ombre, les contours de l'assassin étaient encore plus flous. L'ombre d'une ombre.

Van Veeteren lâcha un juron et, du coup, cassa son cure-dents. Qu'est-ce qui lui faisait croire qu'il était sur la bonne piste ? N'était-il pas en train d'avancer dans l'obscurité, dans tous les sens du terme ?

Et quel pouvait bien être le motif, nom de Dieu ?

Il recracha les petits morceaux de bois en se demandant ce qu'il allait faire par la suite. Il y avait évidemment une alternative… mais le plus sûr était de placer tous les espoirs en Münster et Reinhart. Avec un peu de chance, on arriverait à resserrer le filet autour du lycée Bunge et à capturer un ou deux poissons suspects qui vaudraient la peine d'être examinés de plus près.

Mais était-ce bien le lieu idéal pour ce genre de pêche ?

On verrait bien. Il existait en tout cas un certain nombre de questions qu'il ne fallait pas négliger… Il supposait que les interrogatoires allaient commencer le lendemain. Sans doute Münster et Reinhart avaient-ils tout juste eu le temps de planter leurs griffes dans le proviseur Suurna et d'établir un plan de bataille. Il jeta un coup d'œil à sa montre en se disant que Münster devait maintenant être rentré chez lui. Par la même occasion, il se rendit compte qu'il n'avait pas la moindre envie de faire encore quatre cents kilomètres de route. Il s'arrêterait au bout d'une heure dans un motel d'où il téléphonerait à Münster avant de s'offrir un bon dîner. Un gros morceau de viande, accompagné d'une sauce crémeuse parfumée à l'ail, par exemple. Plus un vin épais.

Il chercha parmi ses cassettes et finit par en trouver une de Vaughan-Williams. Il l'introduisit dans le radiocassette.

32

Liz Hennan avait peur.

C'est seulement après avoir pris une bonne douche et passé une demi-heure dans le noir sans dormir qu'elle en arriva à cette conclusion.

En fait, c'était un sentiment qu'elle n'éprouvait pas souvent. Tout en restant dans son lit à regarder le réveille-matin cracher les minutes rouges de la nuit, elle essaya de se souvenir.

À quel moment avait-elle récemment eu peur ? Peur à ce point-là ? Sans doute dans un lointain passé. Peut-être au cours de son adolescence. À présent qu'elle était âgée de trente-six ans, elle avait eu bien des occasions d'avoir peur. Mais n'était-ce pas précisément à cause de cela qu'elle avait appris à la maîtriser, la peur ?

Après tout, la vie n'était pas si moche. Elle était peut-être semée d'épines, d'accord, mais il fallait s'y attendre. S'il y avait une vérité que sa mère avait réussi à lui apprendre, c'était bien celle-là.

Il y avait beaucoup de bonshommes. Parfois, on se trompait. Mais il existait toujours un moyen de s'en sortir, c'était ça, l'important. Si on s'enfonçait trop ou si on tombait sur un salaud, il suffisait de remonter la pente. De dire au type d'aller se faire voir ailleurs puis de repartir du bon pied.

Toute sa vie, les choses s'étaient passées ainsi. Il y avait de bons moments et de moins bons. *That's life*, comme Ron avait l'habitude de dire.

Il était zéro heure vingt-quatre. Elle avait du mal à se raisonner cette nuit. Et puis, il y avait cette étrange sensation dans le ventre, dans les seins… et dans le sexe ? Elle effleura la grande lèvre de ses doigts. Sèche comme une croûte… ce qui était tout à fait inhabituel, si peu de temps après…

Donc, elle avait peur.

Ce n'était pas de Ron qu'elle avait peur, encore qu'elle préférerait être à cent lieues de là s'il apprenait l'existence de ce nouveau type. Mais pourquoi donc en saurait-il quelque chose ? Elle avait été plus prudente que jamais et n'en avait parlé à personne, même pas à Johanna. Non, en cet instant précis, Ron lui manquait. Elle aurait voulu qu'il soit là, tout près, l'entourant de son bras protecteur…

Elle avait épousé Ron trois ans auparavant, et ces années-là avaient été de bonnes années. Mais, à présent, il n'était pas là… Il restait encore dix-huit mois à attendre son retour et c'était affreusement long. Il n'aurait pas de permission avant trois semaines et, de toute façon, il la passerait à aller voir ce Heinz à Hambourg au lieu de la rejoindre… Espèce de salaud ! De quel droit pourrait-il lui reprocher de coucher avec un autre type de temps en temps ?

Bien sûr qu'elle avait peur des réactions de Ron s'il apprenait la vérité, mais le sentiment qu'elle éprouvait en ce moment était très différent. Il lui flanquerait peut-être une trempe ou bien il la jetterait peut-être à la rue pendant un moment, mais ça n'avait rien de comparable avec ce qu'elle ressentait…

C'était quelque chose de nouveau. Elle qui croyait avoir déjà connu toutes les saloperies imaginables… Ceci était quelque chose de… d'horrible.

Peur n'était pas le mot qui convenait ? Trop faible ? Pas assez important ?

Était-ce de la terreur ?

Elle tressaillit et s'enveloppa mieux dans la couverture.

C'était bel et bien un sentiment de terreur que le nouveau lui inspirait.

Elle tendit le bras et alluma la lampe, s'assit dans le lit et alluma une cigarette. Mais qu'est-ce qui lui arrivait, bon sang ? Elle tira quelques bouffées profondes et tenta de rassembler ses idées.

Elle l'avait vu pour la troisième fois ce soir et il ne s'était encore rien passé… ce qui était plus que significatif. Il y avait sûrement quelque chose qui ne tournait pas rond.

La première fois, elle avait été indisposée. En y repensant, elle se dit qu'il avait paru presque soulagé.

La deuxième fois, ils étaient allés au cinéma. Il n'avait jamais été question d'autre chose.

La troisième fois aurait dû être la bonne. Ils avaient bu quelques verres en regardant un programme de variétés idiot à la télé. Elle avait mis une robe légère et ample, sans rien dessous, et ils s'étaient installés sur le canapé. Elle lui avait caressé la nuque mais sa seule réaction avait été de se raidir… et de lui poser lourdement la main sur le genou. Et elle était restée là, comme un poisson crevé, pendant qu'il continuait à boire de grande quantités de vin.

Puis il s'était tout d'un coup excusé en disant qu'il

ne se sentait pas bien et était allé aux WC. Peu après onze heures, il l'avait quittée.

Ils se verraient pour la quatrième fois samedi. Il viendrait la chercher directement après le boulot. Ils iraient faire un tour si le temps le permettait puis ils se rendraient chez lui… il insistait beaucoup pour qu'elle y passe la nuit. Une demi-heure après l'avoir quittée, il l'avait appelée au téléphone pour lui parler de ce projet… s'excusant à nouveau de ne pas avoir été en forme. Et elle avait accepté, bien sûr. Elle avait dit oui.

Aussitôt après avoir raccroché, elle l'avait regretté. Pourquoi donc ne pas avoir dit qu'elle était déjà prise samedi ? Pourquoi avoir été assez idiote pour dire oui à un type qu'elle ne voulait pas ? Elle n'apprendrait donc jamais rien ?

Elle éteignit sa cigarette d'un geste irrité et constata que le sentiment de peur commençait à céder la place à la colère. Peut-être était-ce un signe.

Elle s'était peut-être trompée. Il n'y avait sûrement pas de quoi s'en faire ? Vu le nombre de bonshommes qu'elle avait rencontrés dans sa vie, elle était certainement capable d'en affronter encore un. Et d'amener John, comme il prétendait s'appeler, là où elle voulait.

Satisfaite de ces conclusions, elle éteignit la lampe et se tourna sur le côté. Il était grand temps de dormir. Elle devait se lever à sept heures pour être à la boutique à huit heures et demie. Comme d'habitude. Avant de s'endormir, elle eut le temps de prendre deux décisions qu'elle se promit de se rappeler dès son réveil.

Premièrement, elle mettrait Johanna au courant en lui faisant jurer par tous les saints de garder le silence.

Deuxièmement, elle verrait ce type samedi mais, s'il y avait la moindre chose qui clochait, elle tournerait immédiatement les talons pour ne plus jamais le revoir. Et basta.

Après avoir pris ces décisions, Liz Hennan finit par s'endormir. Avant de plonger dans le sommeil, elle pensa à des choses plus terre à terre, comme ces chaussures de jogging un peu chères qu'elle avait l'intention de s'offrir pour arriver à mieux courir et brûler ses calories.

Mais cet achat aurait été un mauvais investissement et une inutile manifestation de vanité puisqu'il ne lui restait plus que trois jours à vivre.

33

– Où est Reinhart ? demanda Van Veeteren en mettant deux cure-dents usagés en croix sur le sous-main.

– Ici ! répondit Reinhart en entrant. J'ai fait un saut rapide à une vente aux enchères de livres. Je suis en retard ?

– Mais, Grand Dieu, qui donc a le temps de lire des bouquins ? dit Rooth.

– Moi, dit Reinhart en s'asseyant près du radiateur. Quel temps de merde ! On se demande comment les gens ont le courage de sortir pour s'entre-tuer.

– Sortir ? dit deBries en éternuant deux fois de suite. La plupart de ceux que je connais s'entre-tuent à l'intérieur.

– C'est précisément parce qu'ils ne peuvent pas sortir qu'ils s'entre-tuent, dit Rooth. Cela finit forcément par les énerver de rester chez eux à regarder tomber la pluie jour après jour.

– Avant-hier, il y a eu une accalmie dans l'après-midi, dit Heinemann.

– Est-ce que nous pouvons commencer ? demanda Van Veeteren. Il compta les hommes : Münster, Reinhart, Rooth, deBries, Jung et Heinemann. Sept en tout, y compris lui-même. Ils étaient sept à s'occuper de la même affaire. Cela n'arrivait pas tous les jours.

Mais on en était encore à la première semaine. Les journaux continuaient à parler de l'assassin de l'asile psychiatrique… du lycée de la mort, et ainsi de suite. Les articles devenaient néanmoins plus courts à chaque nouvelle édition. À partir du lundi suivant, certains de ses hommes pourraient sans doute être affectés à d'autres missions. DeBries, Jung, Heinemann et peut-être aussi Rooth.

Mais, pour le moment, toute l'équipe continuait à être mobilisée. Hiller avait pris certains engagements devant la presse et devant la télévision. Le moment serait bientôt venu de demander de l'argent pour l'année prochaine. Aussi, cela ne gâterait rien si l'assassin était derrière les barreaux avant Noël.

Le véritable assassin, cette fois.

Rooth se moucha. Reinhart avait l'air de vouloir l'imiter mais finit par allumer sa pipe. Van Veeteren bougea prudemment son dos cambré. Le match contre Münster, mardi, avait incontestablement laissé des traces. Il avait mal, surtout en position assise. Il regarda deBries et Heinemann à la dérobée. Ils n'avaient pas l'air d'avoir la forme olympique eux non plus… peut-être à cause d'un rhume ou seulement par manque de sommeil… Pour tout dire, les troupes n'étaient pas bien fraîches.

« Ils ne feraient pas bonne figure dans une émission en direct, se dit-il. Reste à espérer que l'intérieur est en meilleur état que l'enveloppe ! »

– Est-ce qu'on peut commencer ? répéta-t-il.

– On commence par Majorna ?

Van Veeteren fit oui de la tête et deBries sortit un bloc-notes de sa serviette.

– Je n'ai pas grand chose de nouveau, dit-il. Nous

avons parlé à tout ce qui est en vie là-bas, excepté les muets et les plantes vertes… les médecins, les membres du personnel, les patients, en tout cent seize personnes. Environ cent n'ont rien vu du tout, mais la moitié croit le contraire. Beaucoup d'entre eux ont eu des rêves ou des visions… Quelle merde ! Quatre personnes ont reconnu avoir commis le crime.

Il fit une pause et se moucha dans une serviette en papier.

– Nous avons tout de même réussi à brosser un portrait de l'assassin qui doit répondre à la réalité, disons à quatre-vingt-quinze pour cent. L'assassin est donc arrivé à l'accueil un peu près après cinq heures et a demandé ou se trouvait Janek Mitter, en précisant qu'elle était une de ses collègues et qu'elle souhaitait lui rendre visite. Rien d'anormal à ça. Mitter avait déjà reçu plusieurs visites.

– L'assassin a employé le mot collègue ? demanda Van Veeteren.

– Oui, les témoins l'ont certifié… Il y avait deux personnes à l'accueil au moment où elle est arrivée…

– Et toutes les deux ont oublié sa présence ? dit Reinhart. Bravo !

– Seul un des témoins a passé les consignes au personnel de nuit, dit Rooth. Nous avons posé pas mal de questions sur la voix, bien sûr, et tout semble indiquer qu'il s'agissait en réalité d'un homme. Il a été obligé de demander son chemin à plusieurs reprises et tout le monde a remarqué que la voix était étrange.

– Bien, dit Van Veeteren. Nous savions déjà qu'il s'agissait d'un homme. Ensuite !

– En ce qui concerne la cachette, poursuivit deBries, nous ne savons pas grand-chose. Il y a de nombreuses possibilités… seize endroits non fermés à clef, pour être exact… réserve, WC, salle de séjour et toutes sortes de réduits…

– Et moi qui croyais qu'on enfermait tout sauf les patients ! l'interrompit Reinhart.

– Non, ce n'est pas exact, dit Rooth. Quoi qu'il en soit, nulle part nous n'avons trouvé la moindre trace.

– À mon avis, ce n'est pas très important, dit Van Veeteren. Revenons-en plutôt à la lettre !

Rooth jeta un coup d'œil à son bloc-notes.

– Nous avons vérifié l'emploi du temps de Mitter pendant la journée de lundi, depuis son réveil… jusqu'au moment où il a remis la lettre à Ingrun.

– Ingrun ?

– Oui, l'infirmier… celui qui a reçu la lettre exactement à deux heures cinq. Nous avons tenté de découvrir si Mitter avait consulté un annuaire un petit moment avant de commencer à rédiger sa lettre. À cause de l'adresse, bien sûr.

– Parlez-nous de son emploi du temps après l'heure du déjeuner, dit Van Veeteren. Ce sera suffisant.

– Oui, sans doute. Nous avons découvert un détail intéressant qui concerne la matinée, mais nous y reviendrons plus tard… Donc, il existe une cabine téléphonique à chaque étage, réservée aux patients… et, dans chaque cabine, il y a un annuaire du district… Mitter a fini de déjeuner à environ une heure et quart, après quoi il a passé une dizaine de minutes dans le fumoir en compagnie de plusieurs autres patients et de quelques infirmiers. Ensuite, à en croire certains témoins, il est allé aux WC et en est sorti peu après une heure et demie. À partir de là, les témoignages varient quelque peu… Certains prétendent qu'il est retourné un moment dans sa chambre et d'autres qu'il s'est rendu immédiatement au bureau de l'administration pour se faire remettre ce dont il avait besoin pour écrire… et qu'il a attendu quelques minutes. En tout état de cause, Ingrun est arrivé à deux heures moins le quart et s'est chargé de remettre un crayon, du papier et une enveloppe. Ensuite, il l'a accompagné jusqu'à la salle de séjour, préférant rester à l'extérieur pour fumer une cigarette pendant les dix minutes dont Mitter a eu besoin pour rédiger sa lettre. Ingrun revenait de la salle à manger du personnel où il venait de prendre un café…

– Est-ce que Mitter avait un bout de papier à la main ? demanda Münster.

– Non, répondit deBries. Nous avons vraiment cuisiné Ingrun à ce sujet. Ce n'est certainement pas le plus intelligent des témoins, mais nous en sommes aussi sûrs qu'il est possible de l'être. Mitter n'avait aucune feuille de papier, a part celle qu'Ingrun lui avait donnée.

– Est-ce que ce lourdaud a remarqué si Mitter a écrit l'adresse ou la lettre d'abord ? demanda Van Veeteren.

– Malheureusement non, dit Rooth. Il était trop occupé à fumer. Vous l'avez rencontré, je crois, commissaire ?

– Oui, dit Van Veeteren, et je partage votre opinion.

Il fit une pause en regardant le petit tas de cure-dents déchiquetés qui se trouvait devant lui sur la table.

– Donc, la question est de savoir, dit-il, si notre homme a adressé sa lettre au lycée Bunge ou à un autre endroit. Personnellement, je continuerai à supposer qu'il s'agissait bien de Bunge. Libre à vous d'avoir une autre opinion. Mais quel était donc ce détail qui concernait son emploi du temps de la matinée ? Je crois savoir à quoi vous faites allusion, mais autant en informer tout le monde…

Rooth soupira.

– Mitter a utilisé la cabine téléphonique dans la matinée, dit-il, non pas pour y chercher une adresse mais pour donner un coup de fil.

– Très intéressant, dit Van Veeteren. Et à qui, si je puis me permettre ?

– Je crois que vous êtes en mesure de nous le dire, si j'ai bien compris, dit deBries.

– Mmmm…, grommela Van Veeteren. Klempje a avoué.

– Il a avoué quoi ? demanda Reinhart dans un nuage de fumée.

– Le policier qui était de service a reçu une communication de Majorna lundi dernier… C'était Mitter qui avait quelque chose à me dire. Il a demandé à me parler, mais je n'étais pas dans mon bureau… et on a oublié de m'en faire part à mon retour.

– Ce n'est pas croyable, dit Reinhart.

Il y eut quelques secondes de silence.

– Et Klempje ? demanda Jung. Quand avez-vous su que Mitter avait appelé ?

– Hier, dit Van Veeteren. Klempje a été provisoirement muté.

Reinhart opina. DeBries éternua.

– Autre chose de Majorna ? demanda Van Veeteren.

Rooth fit non de la tête.

– Si jamais on découvre un autre cadavre là-bas, dit-il, je suggère que deBries et moi soyons dispensés d'y aller. Ce n'est pas un endroit très sain pour des êtres fragiles comme nous.

– Des questions ? s'enquit Van Veeteren.

– J'en ai une, dit Reinhart. Puisque tout le monde semble avoir oublié l'existence de ce visiteur pendant toute la nuit, ne peut-on pas supposer qu'il est tout simplement parti ? Je veux dire sans qu'on s'en aperçoive… et bien plus tôt ?

– En principe si, dit Rooth. Mais en tout cas pas en passant par l'entrée.

– Mais il a pu partir par un autre chemin ?

– Bien sûr, dit deBries.

Reinhart vida le contenu de sa pipe dans la corbeille à papier.

– Tu es bien sûr qu'il ne restait pas de braise dans ta pipe ? demanda Rooth.

– Non. Mais, s'il y a le feu, je pense qu'on s'en apercevra. Après tout, il y a sept flics dans cette pièce.

Van Veeteren nota quelque chose sur le bloc qui était posé sur la table devant lui.

– Merde, dit-il. On a oublié une chose. Merci, Reinhart.

Reinhart fit un grand geste, bras ouverts.

– Il n'y a pas de quoi, dit-il.

– Allez, on continue ! Commençons par la lettre, si vous le voulez bien !

Münster se redressa.

– Pas de découverte à Bunge, malheureusement, dit-il. Reinhart et moi avons cuisiné aussi bien les deux concierges que mademoiselle Bellevue, mais ce serait certainement trop leur demander de se souvenir d'une petite lettre arrivée il y a une semaine. Il reçoivent près de 300 envois divers par jour, 200 le matin et à peu près la moitié après le déjeuner.

– Qui distribue le courrier ?

– Ce jour-là, c'était mademoiselle Bellevue et l'un des concierges le matin… et l'autre concierge l'après-midi.

Van Veeteren opina.

– Dommage, dit-il. Il n'y a pas d'anicroche ?

– Peut-être, dit Reinhart, mais il faudrait alors chercher la petite bête. J'avais utilisé trois enveloppes… et je savais que deux d'entre elles avaient fait partie du courrier adressé à Bunge la semaine dernière…

– Comment est-ce que tu as pu arranger ce coup-là ? interrompit deBries.

– T'occupe, dit Reinhart. J'ai des contacts.

– Une Portugaise, payée à l'heure, précisa Münster.

– Le fait certain c'est que tous les trois, c'est-à-dire les deux concierges et mademoiselle Bellevue, ont reconnu les deux enveloppes, mais personne ne semblait avoir vu une lettre en provenance de Majorna.

– Qu'est-ce que vous en tirez comme conclusion ? demanda Van Veeteren.

– Je ne sais pas, dit Reinhart. Aucune, probablement. Il est peut-être significatif que tous les trois aient reconnu les enveloppes, même s'ils ne se sont pas souvenus du destinataire… Mais qu'aucun n'ait eu le moindre souvenir de la lettre de Mitter…

– C'est bien maigre, dit deBries.

– D'accord, dit Reinhart.

Van Veeteren soupira en jetant un coup d'œil à sa montre.

– Pourquoi est-ce qu'on nous apporte pas le café ? Rooth, voulez-vous bien… ?

– J'y vais, dit Rooth, qui disparut aussitôt par la porte.

– Continuons ! dit Van Veeteren en prenant un gâteau danois.

– D'accord, dit Münster. Reinhart, Jung, Heinemann et moi avons passé la journée de mardi à interroger quatre-vingt-trois personnes. Sept étaient absentes de leur travail, mais Jung est allé les voir hier… Deux employés sont en congé depuis trois semaines et je crois qu'on peut les oublier… J'ai moi-même rencontré la plupart de ces gens-là au moment de l'enquête effectuée il y a un mois, et je ne peux pas dire que les retrouvailles se soient passées dans la joie… ni dans un camp, ni dans l'autre.

– On ne nous paie pas pour qu'on nous aime, dit Van Veeteren. Alors, vous avez trouvé l'assassin ?

– Non, dit Münster. Pour ma part, je verrais bien certains de ces individus derrière les barreaux… mais personne n'a fait d'aveux…

– Pas le moindre petit soupçon ? demanda Van Veeteren.

– En tout cas pas en ce qui me concerne, dit Münster.

– Moi non plus, dit Heinemann. Pas le moindre.

Jung et Reinhart secouèrent la tête.

– Ça n'a rien d'étonnant, dit Reinhart. C'est facile de ne pas se trahir dans une foule de quatre-vingt-dix personnes !

– Probablement, dit Van Veeteren. Eh bien, on va se concentrer sur les questions essentielles… les alibis et les dates d'engagement.

– Qu'est-ce que les dates d'engagement viennent faire là-dedans ? demanda Rooth.

– Je pars du principe que l'assassin travaille au lycée Bunge depuis relativement peu de temps, dit Van Veeteren.

– Pourquoi ?

– C'est simplement une intuition, par conséquent rien de rationnel qui puisse convaincre la Cour. Continuons !

Jung tendit à Münster quelques feuilles de papier.

– Bien, dit Münster, on va parler chiffres et, si on arrive à éliminer quatre-vingt-neuf personnes sur quatre-vingt-dix, il ne nous restera sans doute plus qu'à aller cueillir l'assassin.

– À propos de preuves qui puissent convaincre une Cour, dit Rooth.

– Tous, c'est-à-dire quatre-vingt-dix personnes, se déclarent innocents, commença Münster.

– Sans blague ? dit deBries.

– Quatre-vingt-deux ont un alibi pour la nuit de jeudi où Mitter a été assassiné, et les huit qui restent sont rentrés directement à la maison après l'école, seuls.

Van Veeteren prit des notes.

– Nous avons contrôlé soixante et un alibis sur quatre-vingt-deux. Sur les vingt et un qui restent, nous pouvons probablement en éliminer quinze. Ça nous laisse huit personnes plus environ six qui n'ont pas d'alibi ou pas d'alibi assez solide. Autrement dit, il reste quatorze personnes… éventuellement une ou deux de plus… qui, théoriquement, auraient pu avoir l'occasion d'assassiner Mitter.

Münster fit une pause. Rooth se leva et servit du café à la ronde… DeBries se racla la gorge… Reinhart enleva sa pipe de sa bouche et se pencha en avant. Utilisant un crayon, Van Veeteren débarrassa ses dents de quelques miettes de gâteau…

– Quatorze, dit-il, pensif. Vous avez une liste de tous ces noms, Münster ?

Jung présenta encore une feuille de papier.

– Oui, répondit Münster.

– Vous avez vérifié les alibis des uns et des autres au moment du premier meurtre ?

– Oui, dit Münster. Six sont absolument inattaquables lors de la nuit où Eva Ringmar a été tuée.

– Ça me paraît beaucoup, l'interrompit deBries. Après tout, il aurait suffi d'une demi-heure… ou peut-être de quarante-cinq minutes… au milieu de la nuit…

– Quatre d'entre eux assistaient à la même conférence, à quatre cents kilomètres d'ici, précisa Reinhart.

– Et les deux autres se trouvaient respectivement à Rome et à Londres, compléta Münster.

– Il nous en reste huit, dit Van Veeteren. Combien de femmes parmi ces gens ?

– Cinq, dit Münster.

– Ca nous en laisse trois. Exact ?

– Absolument, dit Münster. Dans tout le lycée Bunge, seuls trois hommes n'ont pas d'alibi pour les deux meurtres.

Rooth sortit un mouchoir de sa poche mais le garda à la main.

– Parfait, dit Van Veeteren. Est-ce qu'il y en a un des trois qui aurait été engagé récemment ?

Münster attendit trois secondes avant de répondre.

– Aucun, dit-il. Le dernier arrivé travaille au lycée depuis quatorze ans.

– Et merde ! dit Van Veeteren.

34

– Il y a quelque chose qui ne colle pas.

– Pas mal de choses, à mon avis, dit Münster.

Venant de Münster, il s'agissait sans aucun doute d'une impertinence, mais Van Veeteren n'y fit pas attention. Soudain, il se sentit très fatigué… aussi fatigué qu'un bœuf en train de s'enfoncer dans un marécage.

D'où pouvaient venir toutes ces images ? Certainement d'un livre qu'il avait lu dans le temps. Sans enthousiasme, il jeta un coup d'œil à ses notes… Qu'est-ce qui clochait, bon sang ?

Pas mal de choses, comme Münster l'avait dit ?

Ou simplement un détail ?

Münster soupira et regarda l'heure.

– Qu'est-ce qu'on va faire maintenant ? demanda-t-il. Revérifier les alibis ?

– Non, dit Van Veeteren. On arriverait sans doute à en démolir un ou deux, mais il ne faut plus déranger les gens de Bunge… Ce sont les ordres. L'Association des parents d'élèves s'arrangera pour ne pas laisser les élèves retourner au lycée si nous montrons le bout du nez. Suurna a appelé Hiller dix-sept fois.

– Bien, dit Münster. Alors, je ne sais pas…

– Allez me chercher Rooth ! dit Van Veeteren.

Münster se leva.

– Ou plutôt, laissez-moi tranquille une demi-heure tout d'abord.

Münster ouvrit la bouche pour dire quelque chose mais le commissaire fit pivoter sa chaise de bureau et lui tourna le dos.

Dans dix-neuf cas, il était sûr. Dans le vingtième…

Sous les nombreux cure-dents cassés et déchiquetés se trouvait un calendrier. Il se mit à l'étudier avec intérêt.

« Noël est dans vingt-six jours », constata-t-il.

« Dix-neuf des jeunes filles mirent le lieutenant à leurs pieds… »

Combien d'heures supplémentaires lui restait-il à récupérer ?

« La vingtième refusa de l'épouser… »

Sans doute suffisamment pour prendre un congé jusqu'à la fin de l'année ?

« La vingt et unième le tua… »

Mais qu'est-ce qu'il était en train de faire ? Qu'est-ce qui bourdonnait dans son vieux cerveau fatigué ? Était-il sur le point d'abandonner ? Est-ce qu'il avait l'intention de…

Ce n'était pas la peine. Il n'arriverait pas à se débarrasser de cette image… Autant le reconnaître… L'image d'une chaise longue sur une terrasse à… Casablanca. Dans quelques jours, il pourrait y être ! Une brise tiède, un livre et un verre de vin blanc… Pourquoi essayer de se persuader que ce jeu prétentieux de suppositions servait à quelque chose ?

Mais ne devrait-il pas… ? Vis-à-vis de Mitter, n'avait-il pas le devoir de terminer l'enquête ? Quelle pouvait bien être la température moyenne en Afrique du Nord en décembre ? Pas très élevée, probablement… un vent froid venant du Sahara et ainsi de suite…

Dans le vingt-et-unième cas, il se trompait !

Ne vaudrait-il pas mieux laisser quelqu'un d'autre terminer le travail ?

L'Australie ! Il avait trouvé ! Qu'est-ce que Caen avait dit déjà ?

Vingt-cinq degrés… Fleurs de citronnier ? L'Australie…

Il composa le numéro de Hiller.

– J'ai l'intention de confier cette enquête à Münster, dit-il. Je suis dans l'impasse.

– Pas question, dit Hiller.

– Je suis vieux et fatigué, dit Van Veeteren.

– Arrêtez de dire des bêtises !

– J'ai mal au dos.

– C'est votre cerveau qui doit travailler, pas votre dos. En plus, vous avez six hommes sous vos ordres !

– J'avais pensé aller en Australie.

Il y eut un moment de silence.

– D'accord, dit Hiller, faites-le. Quand vous aurez mis la main sur cet individu, vous pourrez prendre un mois de vacances… Disons que vous avez six jours pour y arriver ! J'ai déclaré à la télévision que nous avions besoin de deux semaines pour résoudre le problème. Il y a un vol direct pour Sydney tous les jeudis.

Van Veeteren réfléchit puis il posa le combiné et jeta à nouveau un coup d'œil sur le calendrier.

– Vous êtes toujours là ?

– Et comment ! dit Van Veeteren.

– Alors ?

– D'accord, soupira Van Veeteren. Mais si je n'ai pas tout terminé mercredi, je vous enverrai ma démission. Cette fois, c'est sérieux. Demain, j'irai acheter mon billet.

Il raccrocha pour empêcher Hiller d'avoir le dernier mot. Ensuite, il relut soigneusement ses notes avant de les jeter dans la corbeille à papier.

Encore six jours, se dit-il.

Rooth s'assit sur la chaise qu'il avait occupée une demi-heure auparavant.

– Qu'est-ce que vous avez eu le temps de faire à part la visite à Majorna ? demanda Van Veeteren.

– Voir Bendiksen.

– Un probable assassin ?

– Jamais de la vie.

– A-t-il reçu une lettre ?

– Non.

– Continuez !

– L'ex-femme. Les enfants. Pas de lettres...

– Des tuyaux ?

– Non. L'ex-femme paraissait choquée.

– À exclure en tant que coupables, je suppose. D'autres ?

– Marcus Greijer et Uwe Borgmann.

Respectivement beau-frère et... voisin ?

– Exact. Rien de ce côté-là.

– Des alibis ?

– Oui. Potables.

– Depuis combien de temps habitent-ils ici ?

– Greijer depuis dix ans et Borgmann depuis toujours.

– Bon. Autre chose ?

Rooth secoua la tête. Van Veeteren sortit une feuille de papier du tiroir de son bureau.

– J'ai ici une liste de vingt-huit noms... Ce sont les

personnes qui, d'après Mitter, auraient pu tuer Eva Ringmar. Je crois que nous n'avons pas enquêté sur tous ces gens-là.

Il tendit la feuille de papier à Rooth.

– Je voudrais que vous et deBries les examiniez de plus près.

– Pour vérifier quoi ?

– Leur alibi, bien sûr. Et leur passé. Il faut vous intéresser surtout à ceux qui habitent ici depuis relativement peu de temps. Faites preuve d'imagination, bon sang !

Rooth se moucha bruyamment.

– Il faut que ce soit terminé pour quand ?

Van Veeteren jeta un coup d'œil à son calendrier.

– Disons pour lundi. Mais, si vous découvrez l'assassin, je vous autorise à donner de vos nouvelles.

– Avec plaisir, dit Rooth. Et bon week-end !

Il plia la feuille de papier en quatre et la glissa dans une poche intérieure avant d'ajouter :

– On le trouvera. Ne vous inquiétez pas commissaire !

– Foutez-moi le camp ! dit Van Veeteren.

– Et nous, alors ? demanda Münster dès qu'ils furent à nouveau seuls.

Van Veeteren déchira encore quelques feuilles de notes pendant qu'il réfléchissait.

– Vous et Reinhart, vous ferez ce que vous voudrez, dit-il enfin. Celui qui résoudra l'énigme aura une bouteille de cognac.

– Une cinq étoiles ? demanda Münster.

– Non, quatre, dit Van Veeteren. Vous voulez des tuyaux ?

Münster fit oui de la tête.

– Occupez-vous de ceux qui travaillent à Bunge depuis relativement peu de temps. Je parie gros que notre homme se trouve parmi eux. Mais surtout pas de visites, Bon Dieu !

– Nous avons les noms de tous ceux qui ont été engagés après l'arrivée d'Eva Ringmar, dit Münster.

– Ils sont combien ?

Münster sortit son bloc-notes et le feuilleta.

– Les hommes ?

– Oui, uniquement les hommes, bien sûr.

– Onze.

– Tant que ça ?

– Oui, il y a malgré tout un certain mouvement dans le lycée, ce qui n'a d'ailleurs rien d'étonnant.

– Combien d'entre eux ont donc un alibi pour le premier meurtre ?

– Uniquement pour le premier ?

– Oui.

Münster chercha dans ses notes.

– Un, dit-il.

– Un seul ?

– Oui.

– Restent dix. Est-ce que certains d'entre eux figurent sur la liste de Mitter ?

– Vous venez de la donner à Rooth.

Van Veeteren sortit encore une feuille de papier du tiroir de son bureau.

– Vous savez ce qu'est un duplicata, inspecteur ?

Münster prit la liste et commença à comparer les noms. Van Veeteren se leva et alla se poster devant la fenêtre, les mains dans le dos, regardant la pluie qui tombait.

– Il y en a deux, dit Münster. Tom Weiss et Erich Volker.

– Weiss est donc un nouveau venu ?

– Oui… il a été engagé à la même époque qu'Eva Ringmar.

– Bien… bien. Erich Volker… qui est-ce ?

– Professeur de chimie et de physique, dit Münster. A été engagé en septembre 1991.

– Intéressant, dit Van Veeteren. Si j'étais à votre place, je le cuisinerais un tout petit peu plus… Les autres aussi, bien sûr… tout comme Weiss. Faites-moi donc voir la liste des nouveaux venus !

Münster la tendit à Van Veeteren qui l'examina pendant un moment, tout en se balançant d'avant en arrière.

– Oui, oui, oui, dit-il. Peut-être… et peut-être pas. On ne sait jamais…

Münster attendit une explication qui ne vint pas.

– Autre chose ? demanda-t-il au bout d'un moment.

– Le jeudi de Pâques 1986, dit Van Veeteren.

– Qu'est-ce que ça signifie ?

– Le jeudi de Pâques 1986. Si l'intéressé se trouvait, à l'heure du déjeuner, dans une voiture à Karpatz… il s'agit bien de notre homme. En compagnie d'Eva Ringmar, évidemment…

Münster avait l'air d'avoir mangé quelque chose qui ne passait pas. Cependant, il opina et prit note. Il n'était pas né de la dernière pluie.

– Encore autre chose ? demanda-t-il.

– Il est question des mois d'avril et de mai 1986 à Karpatz, dit Van Veeteren, mais faites gaffe de ne pas aller droit au but ! S'il se méfie, vous n'en tirerez rien.

Münster continua à prendre des notes.

– C'est tout ?

Van Veeteren fit oui de la tête. Münster glissa le bloc-notes dans la poche de sa veste.

– Alors, à lundi ?
– À lundi, dit Van Veeteren.
– Et vous-même, qu'est-ce que vous allez faire commissaire ? demanda Münster, une fois dans l'entrebâillement de la porte.
Van Veeteren haussa les épaules.
– On verra, dit-il. Je m'occuperai peut-être de Beate Lingen pour commencer.

Münster referma la porte derrière lui.
Beate Lingen ? Qui ça peut bien être ? se demanda-t-il. Peu importait, du reste. En tout cas, il allait devoir attendre avant de jouer au badminton… et, s'il travaillait toute la journée du vendredi, peut-être aurait-il un week-end tranquille.
Le téléphone sonna quand il entra dans son bureau.
– Encore un chose, dit Van Veeteren. Le premier juin est aussi une date intéressante… de l'année 1986, bien sûr. Un samedi après-midi sur les bords du lac Maaren… mais ce n'est qu'une idée et il faut que vous soyez très prudent. Vous avez compris ?
– Non, dit Münster.
– C'est bien, dit Van Veeteren en raccrochant.

35

Le vendredi, il resta chez lui.

Il se réveilla vers neuf heures et brancha le téléphone.

Ensuite, il ouvrit l'annuaire à la rubrique *Agences de voyages* et put faire sa réservation sans même avoir besoin de quitter son lit. Départ le jeudi 5 décembre à 7 h 30 par la compagnie *Australian Airways*. Retour ouvert.

Il débrancha le téléphone et se leva pour prendre son petit déjeuner.

Assis à la table de cuisine, le journal du jour étalé devant lui, il écouta tomber la pluie en mangeant une grosse tranche de pain complet garnie de fromage et de cornichons. Et, soudain, il fut envahi par un sentiment nouveau.

C'était un sentiment de bien-être qu'il essaya en vain de réprimer mais qui restait bien présent… chaleureux, obstiné et irréfutable. Une sensation de gratitude devant l'immense richesse de l'existence.

Quoi qu'il arrivât… dans sept jours, il serait en train de prendre son petit déjeuner sur le balcon d'un hôtel de Sydney, feuilletant distraitement un guide du *great Barrier Reef*, la cigarette allumée, le visage au soleil.

D'ici là, il aurait, soit arrêté l'assassin, soit donné sa démission.

C'était un jeu où il n'y avait que des gagnants. Un matin riche en liberté. Plus de chien qui vomissait sur le carrelage devant le réfrigérateur. Pas de femme qui envisageait de rentrer au bercail. La porte fermée à clef. Le téléphone débranché.

Il se rappela Ferrati et le slip en dentelles. Sacré nom d'une pipe ! La vie était une symphonie.

Il pensa à Mitter. Et à Eva Ringmar qu'il n'avait jamais vue vivante. C'était son histoire.

Et il comprit que la symphonie était en mineur.

À onze heures, il avait fini de lire le journal. Il se prépara un bain moussant, brancha le magnétophone pour écouter les suites pour violoncelle de Bach, alluma une bougie placée sur le couvercle des WC et entra dans l'eau.

Vingt minutes plus tard, il n'avait pas encore bougé le petit doigt mais une idée était remontée à la surface.

La chaleur de l'eau, la lumière de la bougie et le son rauque du violoncelle avaient contribué à faire naître une idée.

C'était une idée horrible. Une possibilité qu'il aurait préféré écarter, noyer, éteindre, arrêter. Il s'agissait de l'image d'un assassin.

Non, il ne l'avait pas encore trouvé, mais il avait une piste.

Une piste qu'il suffisait de suivre jusqu'au bout. Aller aussi loin que possible pour voir ce qui se cachait au-delà.

Il passa l'après-midi étendu sur le canapé à écouter du Bach, encore et toujours. Il dormit un moment et se réveilla dans l'obscurité.

Il se leva et arrêta le magnétophone, puis brancha le téléphone.

Il avait deux coups de fil à donner.

Le premier était pour Beate Lingen. Elle se souvenait de lui, elle le dit, et sa voix l'indiquait clairement. Il réussit à se faire inviter à prendre le thé chez elle le samedi après-midi. Elle avait une heure libre. Serait-ce suffisant ?

Il répondit par l'affirmative. De toute façon, ce n'était qu'une halte.

Le deuxième coup de fil était pour Andreas Berger. Il eut de la chance une fois de plus. Berger répondit lui-même. Leila était sortie avec les enfants. Il se montra d'humeur bavarde, ce qui était une condition *sine qua non*.

– J'ai une question très personnelle à vous poser. Je crois qu'elle peut nous fournir la clef de cette tragédie. Vous n'êtes pas obligé d'y répondre si vous ne le souhaitez pas.

– Je comprends.

Il fit une pause en cherchant ses mots.

– Eva était-elle… une bonne maîtresse ?

Il y eut un moment de silence. Mais il pouvait deviner la réponse.

– Est-ce que vous allez… utiliser d'une façon ou d'une autre ce que je dirai ? Je veux dire…

– Non, répondit-il. Vous avez ma parole.

Berger se racla la gorge.

– Elle était… commença-t-il prudemment… Eva savait aimer comme aucune autre. Je n'ai pas connu beaucoup de femmes, mais je crois quand même pouvoir l'affirmer… Elle était… je ne sais pas, les mots ne veulent rien dire… Elle était à la fois ange et putain, femme et mère… et amie. Elle savait tout satisfaire… tout.

– Merci. Ceci explique bien des choses. Je ne trahirai pas votre confidence.

Le samedi, le ciel était pâle avec de petits nuages passagers. Le soleil paraissait froid et distant et le vent venait de la mer. Il sortit dans la matinée et se promena le long des canaux, constatant à sa grande surprise qu'il pouvait respirer. Il y avait une odeur d'hiver dans l'air.

Vers deux heures, il prit le tramway pour Leimaar. Beate Lingen habitait l'un des immeubles qui avaient été récemment construits sur la colline, au sixième étage avec vue sur toute la ville… sur la plaine et le fleuve qui serpentait en direction de la côte.

Elle avait une véranda, chauffée par infrarouge, où poussaient des plants de tomate. Ils y passèrent un long moment à boire du thé russe et à manger des biscuits de Kremmen accompagnés de marmelade.

– Je passe presque tout mon temps libre ici, dit-elle. S'il y avait suffisamment de place, j'y installerais probablement mon lit.

Van Veeteren fit oui de la tête. C'était un curieux endroit. On avait l'impression de se trouver dans une cage en verre chauffée, suspendue au-dessus du reste du monde. On avait vue sur tout, en même temps qu'on était séparé de tout.

« C'est ainsi que je commencerai mes mémoires », songea-t-il.

– Qu'est-ce que vous voulez savoir, monsieur le commissaire ?

À contrecœur il se laissa ramener à la réalité.

– Mademoiselle Lingen, commença-t-il, si je me

souviens bien, vous avez connu Eva Ringmar au lycée ? C'est cette période-là qui m'intéresse. Voyons… c'était…

– À Mühlboden.

– Vous étiez dans la même classe ?

– Oui. Entre 1970 et 1973. Nous avons passé le bachot au mois de mai…

– Vous êtes née à Mühlboden ?

– Non, dans un petit village des environs… Je prenais le car pour aller au lycée.

– Et Eva Ringmar ?

– C'était pareil. Elle habitait à Leuwen. Je ne sais pas si vous connaissez…

– J'y suis allé, dit Van Veeteren.

– Nous fort étions nombreux à habiter dans les environs. C'est le seul grand lycée de tout le district, je crois.

– Est-ce que vous la connaissiez bien ?

– Non, pas vraiment… on se voyait peu. Nous ne faisions pas partie des même cercles… Vous savez sûrement ce que c'est. On est dans la même classe, on partage la même salle tous les jours, mais on ne sait pas grand-chose sur la plupart des camarades.

– Savez-vous si… si Eva avait un petit ami à l'époque… quelqu'un qui était son chevalier servant ?

« Quelle expression ridicule ! » se dit-il.

– J'y ai réfléchi, dit Beate Lingen. Je me suis souvenue de quelque chose qui s'est déroulé au cours de la dernière année… à l'automne… un garçon qui a eu un accident. Il n'était pas dans notre classe, je crois qu'il était un peu plus âgé que nous ; j'ai toutefois l'impression qu'Eva était mêlée à cette histoire d'une façon ou d'une autre.

– Comment ça ?

– Je ne sais plus… Mais je crois que ça s'est passé lors d'une fête… Quelques-unes des filles de ma classe y ont participé et il y a eu un accident.

– Quel genre d'accident ?

– Le garçon en question est mort. Il est tombé dans un précipice… La fête avait lieu dans une maison d'été à Kerran… On a découvert son corps le lendemain matin. Je crois qu'ils avaient tous bu pas mal d'alcool.

– Mais vous ne savez pas si Eva était ou non présente à cette fête ?

– Je crois qu'elle y était… À mon avis, on a cherché à étouffer toute l'affaire. Personne ne voulait parler. C'était comme si… comme s'il s'était agi de quelque chose de honteux.

– Et c'était un accident ?

– Comment ? Oui… bien sûr.

– Il n'y a jamais eu de… soupçons ?

– De soupçons ? Non, pourquoi ?

– Passons, dit Van Veeteren. Mademoiselle Lingen, avez-vous parlé avec Eva Ringmar de cet incident… Je veux dire plus tard ? Soit à Karpatz, soit lorsque vous vous rencontriez ici ?

– Non, jamais. On s'est très peu vues à Karpatz. Une ou deux fois peut-être, en tant qu'anciennes camarades de classe. C'était presque comme un devoir… Elle avait déjà quelqu'un dans sa vie, il me semble… Moi aussi d'ailleurs.

– Et à Maardam ? Aviez-vous l'habitude d'évoquer des souvenirs de lycée ?

– Non, franchement pas. Il nous arrivait peut-être de parler de l'un de nos anciens professeurs… mais, comme je le disais… nous avions chacune notre cercle. Il n'y avait pas grand-chose à en dire.

– Avez-vous eu l'impression qu'Eva Ringmar évitait de parler du passé ?

Elle hésita un instant.

– Oui…, dit-elle enfin, je crois qu'on peut le dire…

Van Veeteren se tut.

– Mademoiselle Lingen, reprit-il, j'ai besoin d'en savoir un peu plus long sur cette période… celle où vous étiez au lycée de Mühlboden. Vous serait-il possible de me donner les noms de quelques-unes de ses amies intimes qui seraient susceptibles d'en savoir un peu plus sur Eva Ringmar ?

Beate Lingen réfléchit.

– Il y avait Grete Wojdat, dit-elle au bout d'un moment. Grete Wojdat et Ulrike deMaas. Elles étaient très liées… Je crois qu'Ulrike était aussi originaire de Leuwen… En tout cas, elles prenaient le même car scolaire.

Van Veeteren nota ces deux noms.

– Savez-vous où elles se trouvent maintenant ? demanda-t-il. Entre autres, si elles ont changé de nom en se mariant ?

Beate Lingen réfléchit.

– Je ne sais rien au sujet de Grete Wojdat, dit-elle. Mais Ulrike… Ulrike deMaas, je l'ai rencontrée il y a quelques années. Elle habitait à Friesen à l'époque, elle était mariée… Mais je crois qu'elle avait gardé son nom de jeune fille.

– Ulrike deMaas, répéta Van Veeteren en soulignant ce nom de deux traits. Friesen… Vous pensez que ça vaudrait le coup d'essayer ?

– Comment voulez-vous que je le sache, monsieur le commissaire ? Elle le regarda, étonnée. Je ne sais même pas ce que vous cherchez.

« Et c'est tant mieux pour vous, mademoiselle Lingen », pensa Van Veeteren.

Dehors, il faisait nuit et le vent soufflait plus fort. À l'arrêt du tramway, une bande de supporters de l'équipe de football, portant casquettes et écharpes rouges et blanches, criaient à tue-tête. Van Veeteren décida de rentrer à pied.

Il traversa les quartiers de Deijkstraa, ensuite le Pampas, cette zone qui bordait la forêt où, il y avait un certain temps, il avait commencé sa carrière de policier. Au coin de Burgerlaan et de Zwille, il s'arrêta un instant et regarda l'immeuble délabré, voisin de la brasserie Ritmeeter.

L'immeuble était tel que dans son souvenir : la façade lézardée qui menaçait ruine, le crépi écaillé. Même les graffitis obscènes du rez-de-chaussée paraissaient dater d'une autre décennie.

La lumière était éteinte aux deux fenêtres du troisième étage, exactement comme lors de cette douce soirée estivale d'il y a vingt-neuf ans lorsque Van Veeteren et l'inspecteur Munck avaient pénétré dans l'appartement à la suite d'un coup de téléphone hystérique. Munck, qui était entré, avait reçu dans le ventre une giclée de balles tirées par le dénommé Ocker. Alors Van Veeteren, assis par terre dans l'entrée, lui avait soutenu la tête pendant qu'il perdait tout son sang. Ocker se trouvait à trois mètres de là, une balle tirée par Van Veeteren lui avait traversé le cou.

C'étaient les ambulanciers qui avaient découvert madame Ocker et sa fille de quatre ans, étranglées et cachées dans un placard de la chambre à coucher.

Il essaya de se rappeler quand il avait eu des nouvelles d'Elisabeth Munck pour la dernière fois. Il y avait certainement plusieurs années. Pourtant, il avait failli devenir son amant dans une tentative désespérée de se faire pardonner et pour venir à bout de ses propres complexes de culpabilité.

Il traversa lentement le pont Alexander en se demandant ce qui avait bien pu le pousser à choisir cet itinéraire. Le souvenir de Burgerlaan 35 ne risquait pas de s'effacer.

Il était cinq heures et demie passées de quelques minutes lorsqu'il entra dans son bureau du quatrième étage et, un quart d'heure plus tard, il avait réussi à joindre Ulrike deMaas. Il avait même obtenu un rendez-vous avec elle pour le lendemain.

Il appela le garage et demanda la même voiture qu'il avait utilisée le dimanche précédent. Ensuite, il éteignit la lumière et resta un moment dans l'obscurité, les mains jointes derrière la nuque.

Tout semblait soudainement lui réussir.

C'était comme si quelqu'un tirait les ficelles.

Cette pensée n'était pas nouvelle et, comme d'habitude, il la repoussa.

36

C'est un propriétaire de chien particulièrement matinal qui découvrit le corps d'Elizabeth Karen Hennan dans le parc Leisner à Maardam. La victime reposait nue derrière un buisson d'aubépine, à quelques mètres seulement de la piste cyclable et cavalière qui traverse le parc. Il y avait de bonnes raisons de supposer que l'assassin l'avait transportée là en voiture.

On n'avait pas cherché à cacher le corps ; monsieur Moussère l'aperçut avant que son berger allemand n'eût le temps d'atteindre le buisson, mais les efforts qu'il fit pour freiner les instincts naturels du chien restèrent vains.

La police fut appelée d'une cabine téléphonique, appel qui fut enregistré à 6 h 52. Quelques minutes plus tard, la voiture n° 26 arriva ; à bord se trouvaient les inspecteurs Rodin et Markovi qui interdirent aussitôt le secteur au public et enregistrèrent la déposition de monsieur Moussère.

À 7 h 25 arriva l'inspecteur de la criminelle Reinhart, en compagnie de l'inspecteur Heinemann et de deux techniciens de la police. L'équipe médicale arriva vingt minutes plus tard, et le premier journaliste, Aaron Cohen de l'*Allgemejne*, ne se présenta que vers 8 h 30. Selon lui, le journaliste qui était censé rester à l'écoute de la radio de la police avait dû s'endormir. Mais ce n'était en tout cas pas lui.

À cette heure-là, tout était terminé ou presque et, pour une fois, Reinhart fut en mesure de donner une version réfléchie et quasi définitive de la situation.

Tout semblait indiquer que la victime était une certaine Elisabeth K. Hennan, âgée de 36 ans, domiciliée à Maardam, employée à la boutique de souvenirs Gloss sur la place Karl. Malgré la nudité du corps, l'identification n'avait pas posé de problème, car les affaires de la victime avaient été découvertes à proximité. Il y avait là ses vêtements, à l'exception de son slip, son sac à main contenant de l'argent, ses clefs et ses papiers d'identité.

L'heure du décès n'avait pas encore été déterminée, mais le docteur Meusse, le légiste, avait fait une approximation. À en juger par la température du corps et le degré de rigidité cadavérique, le décès avait dû se produire entre une heure et trois heures du matin.

La cause du décès ne faisait pas de doute. Elisabeth Hennan était morte étranglée, vraisemblablement dans un autre lieu, et avait ensuite été transportée jusque dans le parc. Rien ne semblait indiquer qu'elle avait essayé de résister à son agresseur, ce qui s'expliquait par le fait qu'elle avait perdu connaissance après avoir été frappée à la tempe avec un objet contondant.

Entre autres détails que ne mentionnait pas le compte rendu de Reinhart, il y avait certaines violences sexuelles subies par la victime, aussi bien avant qu'après la mort.

Le chef de la police, Edmund Hiller, fut mis au courant du meurtre vers dix heures du matin, alors qu'il était en train de prendre un café chez lui, et il chargea aussitôt l'inspecteur de la brigade criminelle Reinhart de poursuivre l'enquête. Les inspecteurs Rooth et Heinemann, jusque-là occupés par l'affaire dite de l'assassinat du professeur de lycée, furent mis à la disposition de Reinhart.

À ce stade, ni Hiller, ni les autres n'avaient de raison de soupçonner qu'un lien puisse exister entre ces deux affaires.

Lorsque, ce matin-là, le commissaire Van Veeteren vint chercher la Toyota rouge au garage de l'hôtel de police, il ignorait tout de ce qui s'était passé pendant la nuit. Il n'y avait cependant aucune raison de penser que le cours des événements à venir aurait été modifié s'il avait été au courant de ce nouveau meurtre.

III

Dimanche 1er décembre – jeudi 5 décembre

37

La ville de Friensen ne semblait pas avoir pris la peine de se lever en ce dimanche brumeux et gris de décembre. À deux heures et demie précises, il rangea sa voiture devant la gare et ne mit que quelques minutes à trouver le restaurant *Poséidon* qui était installé au sous-sol, du côté nord de la place du marché.

La salle était déserte, mais il prit quand même la précaution de choisir un box dans le coin le plus reculé. Il s'assit dans l'obscurité et commanda une bière. Le garçon, qui était corpulent et complètement chauve, lui rappelait un gangster de cinéma qu'il avait vu bien des années auparavant, sans doute dans toute une série de films. Il ne réussit cependant pas à retrouver son nom, pas plus à la ville qu'à l'écran.

Tandis qu'il restait à attendre l'arrivée d'Ulrike deMaas, il eut soudain l'impression de se trouver exactement au bon endroit.

Il se dit qu'il aurait dû venir ici il y a longtemps pour bavarder avec cette ancienne amie. Quelque chose dans l'atmosphère et le vide de ce lieu lui dit qu'il avait raison. C'était comme si ce restaurant et ce dimanche après-midi l'avaient attendu. S'il s'était agi d'un film, la scène qui allait suivre aurait été capitale, celle que l'on aurait pu découper pour l'utiliser plusieurs fois sous forme de flashes tout au long de l'histoire… Tout était parfaitement clair et c'était pourtant ce genre de certitude qu'il cherchait à écarter la plupart du temps. Une forme d'intuition qui s'emparait de lui, l'amenant presque à croire qu'il représentait une justice supérieure, qu'il était l'instrument qui ne se trompait jamais, même dans le vingt et unième cas…

N'importe comment, il n'y avait pas de quoi se vanter. Il se souvint avoir démasqué un violeur après avoir passé une demi-heure enfermé dans son bureau à faire des réussites… Un exemple qu'il pouvait difficilement citer au cours de ses conférences devant les jeunes recrues de la police.

Il but sa bière lentement en attendant, trônant tel un parrain dans la lumière jaunâtre qui inondait la table. Le crâne chauve était venu allumer une bougie chauffante pour montrer que l'endroit était occupé, puis il s'était retiré quelque part dans l'obscurité où il attendait, tout comme Van Veeteren, l'arrivée d'Ulrike deMaas.

Elle arriva peu après trois heures, ainsi qu'elle l'avait promis. C'était une femme élancée aux cheveux bruns, vêtue d'un duffle-coat et d'un châle couleur rouille. Elle avait fini son travail au musée, situé de l'autre côté de la place, à trois heures, et quelques minutes lui avaient suffi pour éteindre les lumières et fermer à clef… Van Veeteren se dit que le nombre de visiteurs avait dû égaler celui du *Poséidon* : c'était le premier dimanche de l'Avent et il faut croire que les gens avaient mieux à faire que d'aller au musée ou au restaurant.

– Monsieur le commissaire Veeteren ?

– Van Veeteren… Asseyez-vous, je vous en prie. Ulrike deMaas, je présume ?

Elle fit oui de la tête et accrocha son duffle-coat au dossier de la chaise.

– J'espère que vous voudrez bien m'excuser de ne pas vous avoir proposé de venir chez moi mais, en ce moment, ma maison est sens dessus dessous… et vous souhaitiez me parler en toute tranquillité, m'avez-vous dit.

Elle sourit timidement.

– Je peux difficilement imaginer un endroit mieux approprié que celui-ci, dit Van Veeteren. Qu'est-ce que vous prendrez ?

Le crâne chauve avait surgi de la pénombre.

– À manger ? dit Ulrike deMaas, un peu hésitante.

– Exactement, dit Van Veeteren. Je viens de faire deux heures de route et j'en ferai encore deux au retour. Un pot-au-feu substantiel me paraît tout à fait indiqué par un temps pareil. Vous pouvez choisir ce que vous voudrez, c'est l'État qui paie.

Elle sourit à nouveau, moins timidement cette fois et, dénouant un ruban, libéra une cascade de cheveux châtains. Van Veeteren ne se fit pas faute de se rappeler qu'il était un vieux flic qui serait à la retraite dans dix ans.

Elle alluma une cigarette.

– Vous savez, monsieur le commissaire, quand j'ai appris sa mort dans la presse, c'était comme si… non, pas vraiment comme si je m'y étais attendue, mais je ne me suis sentie ni choquée ni épouvantée, comme la plupart des gens doivent l'être dans ces cas-là. N'est-ce pas curieux ?

– Peut-être. Pouvez-vous m'expliquer un peu mieux ?

Elle hésita un instant.

– Eva… Elle était ce genre de personne… qui vivait dangereusement… C'est peut-être beaucoup dire, mais il y avait en tout cas un côté dramatique chez elle.

– Vous la connaissiez bien ?

– Oui, aussi bien qu'une autre, je crois. À cette époque-là, je veux dire. Nous ne nous sommes jamais revues plus tard. Nous avons été camarades de classe pendant six ans… trois ans à Leuwen et trois à Mühlboden. Au cours des dernières années de lycée, nous nous fréquentions beaucoup. Nous étions une bande de quatre ou cinq élèves.

– Une bande de filles ?

– Oui, c'est ça. La plupart du temps, nous étions peut-être seulement deux ou trois à sortir ensemble… Les autres sortaient avec des garçons… Mais c'était variable.

– Je comprends. Est-ce qu'Eva fréquentait beaucoup de garçons pendant cette période ?

– Non, elle était certainement la plus prudente d'entre nous toutes, mais…

– Oui ?

– Aussi bizarre que cela puisse paraître, elle avait plus de raisons que nous toutes d'être prudente. Elle… comment dire ?… elle s'engageait toujours à fond… et c'est pour ça qu'elle devait faire attention de ne pas se blesser. Elle était à la fois forte et fragile, si vous voyez ce que je veux dire.

– Non, pas vraiment, reconnut Van Veeteren.

– Elle a beaucoup changé au cours des dernières années au lycée… Lorsque nous étions en classe à Leuwen, c'est à peine si je la connaissais. Elle et son frère

Rolf… étaient jumeaux… très liés. Je crois que c'est à cette époque-là que son père est mort… et c'était tant mieux parce qu'il buvait. Il devait probablement les battre… tout comme leur mère, d'ailleurs.

– En quoi Eva a-t-elle changé au cours de ces années-là ?

– Elle était devenue… plus ouverte ; elle a commencé à avoir des amis… et à vivre, si l'on peut dire.

– Grâce à la disparition du père ?

– Oui, je le crois. Les liens avec Rolf étaient aussi devenus moins forts, apparemment. Je suppose qu'ils avaient surtout eu besoin l'un de l'autre pour se protéger contre le père.

– Rolf est parti par la suite, n'est-ce pas ?

– Oui, il a interrompu ses études pour s'engager comme matelot… Il me semble qu'il a fini par s'installer aux États-Unis.

Van Veeteren confirma.

– Vous souvenez-vous des noms de quelques-uns des garçons qu'Eva fréquentait à l'époque ?

– Oui… J'y ai beaucoup réfléchi depuis que vous m'avez téléphoné… Mais je me souviens seulement de deux… surtout de Richard Antoni qui était dans notre classe. Je ne crois pas qu'ils soient restés longtemps ensemble, si vous voyez ce que je veux dire, quelques semaines tout au plus. Elle l'avait en tout cas quitté quand elle est rentrée à l'université, l'automne suivant, et lui sortait déjà avec une fille qui s'appclait Kristine Reger, une amie à moi. Ils se sont d'ailleurs mariés plus tard.

– Et qui était l'autre ?

– L'autre ?

– Oui, vous venez de me dire que vous vous souveniez de deux garçons qui avaient fréquenté Eva.

– Paul Bejsen, bien sûr. Celui qui est mort.

– Pouvez-vous m'en parler ?

Elle poussa un profond soupir, alluma encore un cigarette et resta un moment immobile, la tête appuyée dans une main.

« Elle fait une pause pour rassembler ses forces, se dit-il. Pour vaincre une résistance. »

– Ça s'est passé au cours du week-end de la Toussaint, commença-t-elle. L'un des garçons de notre classe, Erwin Lange, avait une maison d'été… Ses parents avaient une maison, devrais-je dire… près de Kerran, dans un paysage assez sauvage de landes, de rochers et de ravins. Je ne sais pas si vous connaissez cet endroit ?

Van Veeteren fit non de la tête.

– Nous y avons organisé une fête… Nous devions être une vingtaine dont la plupart étaient de notre classe. Eva sortait depuis quelques mois avec ce Paul Bejsen qui était un peu plus âgé que nous. Il venait de passer son bachot cette année-là. En tout cas, ils étaient vraiment ensemble, si vous voyez ce que je veux dire.

– Il était son premier amant ?

Ulrike deMaas hésita un instant.

– Oui, je ne vois pas qui aurait pu l'être avant lui… Pourtant…

– Pourtant, on avait l'impression qu'elle… que c'était quelqu'un qui avait déjà de l'expérience.

– Pourquoi cette impression ?

– Je ne sais pas. On remarque ces choses-là… Nous, les femmes, je veux dire… Ça se voit si une fille a couché avec un garçon ou non…

Van Veeteren opina. C'était peut-être vrai.

– Et que s'est-il passé ce soir là ?

– Il y avait pas mal d'alcool qui circulait, un peu de

hasch aussi, je crois, mais personne n'a vraiment perdu les pédales. Nous nous sommes franchement beaucoup amusés. Nous avons passé toute la soirée devant un grand feu allumé dans la cour, nous avons fait rôtir un cochon entier, nous avons bu et chanté… et ainsi de suite. De temps en temps, un couple disparaissait… à l'intérieur de la maison ou bien en direction des landes… Je connais au moins deux filles qui ont perdu leur virginité cette nuit-là…

Elle fit une pause.

– … J'étais l'une d'elles.

Van Veeteren troqua le cure-dents contre une cigarette.

– J'avais dix-huit ans, que diable ! Il était grand temps… Le lendemain matin, nous avons appris ce qui s'était passé. Ce n'était pas un lendemain qui chante, comme vous pouvez certainement l'imaginer, monsieur le commissaire. Nous avons été réveillés par un policier à sept heures et demie du matin… Vingt jeunes qui avaient la gueule de bois et seulement quelques heures de sommeil… Un policier est venu, accompagné d'un voisin. On venait de découvrir un cadavre dans un ravin… Je crois… je crois que c'est ce matin-là que beaucoup d'entre nous sont devenus adultes.

Elle se tut quelques secondes.

– Moi, la première. Au cours de cette nuit-là, j'ai perdu ma virginité et aussi un ami…

– Étiez-vous très liée avec Paul Bejsen ?

– Non, pas très, mais je le connaissais bien. C'était un garçon sympathique et doué… Tout le monde l'aimait bien. Plusieurs filles étaient amoureuses de lui…

– Vous aussi ?

– Non… pas à ce moment-là, en tout cas. Je l'avais peut-être été…

– Que s'était-il passé ?

Ulrike remonta les épaules, comme si elle avait eu froid tout d'un coup.

– Lui et Eva s'étaient promenés sur la lande… et elle avait rompu avec lui, comme ça… en le plantant là. Je ne sais pas, mais j'imagine qu'il devait être assez ivre… même si, plus tard, on l'a passé sous silence… Toujours est-il qu'il s'est tué en se jetant d'un rocher. Chose assez macabre, il avait choisi un endroit connu sous le nom de Vejme Klint, un précipice qui, selon la tradition populaire, était utilisé par les vieux qui sentaient que leur fin était proche et préféraient en finir pour éviter d'être à charge.

Elle secoua la tête.

– C'était une horrible histoire, monsieur le commissaire. Et jamais on n'a posé un couvercle plus lourd sur quelque chose qui bouillait aussi fort. Les parents, qui étaient très croyants, faisaient partie de la *Reformerde Kirk*, et Paul était enfant unique… Vous comprenez certainement, monsieur le commissaire. Mühlboden est une petite ville.

Van Veeteren opina.

– Et l'enquête ? Je suppose que vous avez tous été interrogés ?

– Oui, nous avons tous été convoqués au commissariat pour raconter ce que nous savions. Ça a duré quelques jours : on nous a autorisés à quitter les cours. En fait, il n'y avait pas grand-chose à ajouter.

– Il n'a pas laissé de lettre ?

– Non.

– Quelle a été la réaction d'Eva Ringmar ?

– Elle a été très secouée. Si je me souviens bien,

elle n'est plus venue au lycée pendant le reste du trimestre… ou presque. Elle a en tout cas assisté à la distribution des prix. Je m'en souviens parce que nous faisions toutes les deux partie de la chorale. Elle n'avait pas participé aux répétitions, mais c'était sans importance. On chantait toujours les même vieilles chansons…

Elle fit une pause à nouveau.

– Aujourd'hui, c'est le premier dimanche de l'Avent… Ce que je viens de vous raconter s'est passé il y a vingt ans. Je n'y avais pas pensé. Est-ce que je peux… vous poser une question, monsieur le commissaire ?

– Bien sûr.

– Pourquoi vous intéressez-vous à ces vieilles histoires… vous ne pensez tout de même pas qu'elles ont un rapport avec… ?

– Avec quoi, mademoiselle deMaas… ou bien peut-être madame ?

– Ni l'un, ni l'autre, pour être exacte… oui, un rapport avec le meurtre d'Eva et de son mari ?

– Mademoiselle deMaas, dit Van Veeteren, si j'ai appris une chose dans ce métier, c'est qu'il y a plus de liens divers dans notre existence que de particules dans l'univers.

Il attendit un instant pendant que ses yeux verts l'observaient.

– Le plus difficile, c'est de trouver ceux qui sont bons, ajouta-t-il.

– Est-ce que vous les avez trouvés ? avait-elle demandé au moment où ils allaient se quitter sur la place du Marché. Avez-vous trouvé les liens qu'il vous fallait ?

– Je crois que oui, avait-il répondu. Mais, avant d'en être tout à fait sûr, il faut que j'examine les différents éléments de plus près.

Au moment de prononcer cette phrase, il n'avait pas su exactement ce qu'il avait voulu dire par là… Il n'avait vu que ses grands yeux graves et la tournure de la phrase ne lui avait pas paru bête… D'ailleurs, où était-il écrit que la pensée devait nécessairement précéder l'expression ? N'avait-il pas appris, au fil des ans, que le contraire se produisait bien souvent ?

« Laissons venir les mots, ils cachent toujours quelque chose », disait souvent Reinhart.

Elle l'avait embrassé, en remerciant l'État pour le bon déjeuner, et il s'était rendu compte qu'elle était la deuxième femme rencontrée au cours de cette enquête qui aurait pu le séduire.

À condition, bien sûr, d'avoir l'âge requis et de se laisser facilement séduire.

Ce fut seulement au bout d'une demi-heure de route qu'il réussit à chasser ce sentiment inhabituel, ce qui lui laissa néanmoins le loisir de réfléchir à ce qu'il venait d'apprendre puis d'envisager l'étape suivante.

Il sentait qu'il approchait de la fin. Encore une ou deux interviews, quelques questions précises à des personnes précises et tout l'arrière-plan deviendrait net.

Après, il ne resterait plus qu'à retrouver l'acteur principal de ce drame. Le tout premier rôle…

L'assassin.

Il soupira en sentant le dégoût l'envahir.

La répugnance et le désespoir.

Il y en avait combien, en fin de compte ? Combien d'êtres humains avaient perdu la vie à cause de cette obsession, de cette perversion ?

Il ne le savait pas.

En tout cas deux.

Probablement trois.

Peut-être quatre.

Ou davantage ?

Il n'en serait pas surpris. Après toutes ces années passées dans l'ombre de la société, il n'y avait plus grand-chose qui puisse le surprendre.

Et s'il n'avouait pas ?

S'il était endurci au point de tout nier quand Van Veeteren le confondrait.

C'était peu vraisemblable mais pas absolument exclu… et, dans cette hypothèse, il faudrait pouvoir tout prouver. Merde !

Après avoir lâché un juron, il accéléra… puis se souvint de quelque chose.

Des preuves ?

Elles ne le concernaient pas. C'était à Münster, Reinhart et Rooth de s'en occuper pendant qu'il se prélasserait sous les palmiers à Brisbane…

Est-ce qu'il y avait des palmiers à Brisbane ?

Il se mit à écouter du Haendel et accéléra.

38

Münster regarda ses listes. Puis il regarda Jung qui somnolait sous le portrait du ministre de la Justice.

« Le maître et l'esclave », pensa Münster. Le ministre aux yeux de faucon se tenait debout et bien droit sur un fond bleu pâle, flanqué, d'un côté, du drapeau et du lion et, de l'autre, d'un meuble où étaient posés le code civil et le marteau.

Jung, de son côté, faisait plus penser à un criminel… affaissé, portant un pantalon de velours côtelé d'une propreté douteuse et une chemise tachée de café, mal rasé, des poches noires sous les yeux, conséquence de plusieurs jours de travail.

– Eh bien, voilà, dit Münster en se raclant la gorge. Pour autant que je puisse en juger, c'est terminé.

– Hrrrmmm ? dit Jung.

– Il n'en reste qu'un. Donc, c'est lui.

– Qu'est-ce que tu racontes ? dit Jung en se frottant les yeux avec les poings. Est-ce qu'il y a encore du café ?

Münster remplit deux tasses.

– Assieds-toi et refais un contrôle. Je vais tout reprendre depuis le début.

Jung abandonna le ministre et vint s'asseoir derrière le bureau.

– Nous avons ici les noms de ceux qui n'ont pas d'alibi pour le meurtre d'Eva, dit Münster en poussant une feuille de papier vers son collègue. Ils sont assez nombreux…

– Il s'agit de la population de la planète ou seulement de celle de l'Europe ? demanda Jung.

– De quelques personnes de Bunge et de certaines autres vieilles connaissances, dit Münster.

Jung opina et goûta au café.

– Et voici ceux qui habitent cette ville depuis au maximum deux ans, continua Münster en présentant une autre feuille de papier.

– Ici, tu as ceux qui ont un alibi… un peu tardif pour le meurtre de Mitter.

– Ceux qui ont pu entrer et sortir au bout d'un moment, dit Jung.

– Et qui ont pu revenir pour le tuer, dit Münster.

– En le poignardant, dit Jung.

– Non, en se servant d'une hache, dit Münster. Je viens de recevoir un rapport de deBries. D'après lui, il paraît vraisemblable que la fameuse gouttière ait été utilisée plus d'une fois.

– Comment en est-il arrivé à cette conclusion ?

Münster sourit.

– Lui et Moss ont fait de la grimpette, dit-il. C'est-à-dire que c'était Moss qui grimpait et que c'était deBries qui prenait des notes. Ils ont testé huit gouttières différentes, entre le sol et le troisième étage. Toutes ont fort bien supporté la première tentative… tandis que seulement trois ont tenu le coup après quatre tentatives…

– Moss pèse combien ? demanda Jung.

– Environ quatre-vingt-dix kilos, je pense, dit Münster. Selon deBries, il envisage maintenant de quitter la police, mais aussi bien les patients que les médecins semblent avoir passé un très bon après-midi en le voyant grimper… Maintenant, regarde bien les noms et compare les listes ! Combien de noms trouves-tu sur les trois ?

Jung examina les feuilles de papier un instant.

– Un seul, dit-il.

– Exact, dit Münster. C'est bien lui. Il y a encore un détail, tu l'as remarqué ?

– La lettre ? dit Jung.

– En effet, dit Münster. Si c'est bien lui, l'histoire de la lettre colle parfaitement aussi. On s'en va ?

Jung jeta un coup d'œil sur sa montre.

– Où ça ? demanda-t-il.

– Chez nous, bien sûr, dit Münster. Je passerai un coup de fil à Van Veeteren demain matin.

– Dis-moi, Münster, dit Jung alors qu'ils se trouvaient déjà dans l'ascenseur, qu'est-ce qu'il y a derrière tout ça ? Je veux dire quel est le mobile ?

– Aucune idée, dit Münster.

– Ici Reinhart.

– T'es fou, dit Van Veeteren. Tu sais quelle heure il est ?

– Quatre heures et demie, dit Reinhart. Tu dormais ?

– Va te faire foutre, dit Van Veeteren. Qu'est-ce que tu veux ?

– Est-ce que tu as entendu parler de la femme assassinée dans le parc de Leisner ?

– Oui… vaguement. Qu'est-ce qui se passe ? Elle s'est réveillée ?

– Je crois qu'il existe un lien.

– Un lien ?

– Oui, un lien.

– Avec quoi ?

– Avec ton assassin, bien entendu. Est-ce que je n'ai pas l'honneur de parler au très perspicace commissaire Van Veeteren ?

– Non, à ses héritiers, dit Van Veeteren. Explique vite où tu veux en venir, nom de Dieu, sinon il y aura encore une enquête !

– J'ai interrogé un certain nombre de personnes…

– Je l'espère bien…

– Entre autres une amie… elle s'appelle Johanna Goertz. De toute évidence, Liz Hennan lui avait fait certaines confidences.

– Hennan ? C'est le nom de la victime ?

– Oui. Liz Hennan, donc, a raconté à Johanna Goertz… jeudi dernier… qu'elle venait de rencontrer un type avec qui elle avait rendez-vous samedi… samedi dernier, par conséquent… et qu'elle avait peur. Elle a un peu parlé de lui… pas beaucoup parce qu'elle ne savait même pas son nom. Il prétendait s'appeler John, mais elle était persuadée que ce n'était pas son vrai nom… Est-ce que tu me suis ?

– Oui, dit Van Veeteren. Alors, au fait, Reinhart.

– Attends deux secondes, dit Reinhart. Quoi qu'il en soit, le type en question avait raconté un truc à Liz Hennan, en passant… Il lui avait dit qu'un jour, il avait surpris l'assistant social avec une élève.

– Quoi ?

– En flagrant délit. L'assistant social et une élève… À quoi ça te fais penser ?

Van Veeteren resta silencieux quelques secondes.

– À une école, dit-il enfin.

– C'est aussi mon avis, dit Reinhart. Mais je commence à être quelque peu fatigué… Je crois que je vais me coucher après avoir débranché le téléphone. Appelle-moi vers neuf heures !

– Attends un instant ! dit Van Veeteren, mais il était trop tard.

À la dernière page, il écrivit le sixième nom, puis il contempla la liste pendant un moment. Trois femmes et trois hommes. Il y avait un équilibre, même si l'un des hommes n'avait été qu'un enfant.

Il nota également les dates. Il essaya de découvrir certaines similitudes mais n'en trouva pas… Les dates étaient étalées sur des mois et des années ; la seule tendance marquante était que les intervalles diminuaient… huit ans… six ans… à nouveau six ans… sept semaines… dix jours…

Il referma le cahier et le glissa dans la poche extérieure de sa valise, puis jeta un coup d'œil à sa montre. Il était cinq heures du matin passées de quelques minutes. Et il faisait encore nuit noire. Ses bagages étaient prêts, alignés sur le lit. Il n'y avait plus de raison d'attendre. Il était temps de partir.

Partir et tout laisser derrière soi encore une fois.

La fatigue le taraudait et il se promit de ne pas conduire trop longtemps. Il ne ferait pas plus de deux ou trois cents kilomètres. Ensuite, un motel et un lit.

Ce qui importait c'était de partir. Loin.

Après avoir dormi, il serait prêt, dès le lendemain matin, à organiser son existence. À tout recommencer cette fois.

Sans le passé qui était derrière lui. Il comprit qu'il en avait enfin fini.

Demain. Un nouvel endroit.

39

– Qu'est-ce que vous foutez là ? demanda Suurna.

– Je rends visite à mon ancien lycée, dit Van Veeteren. Depuis quand les proviseurs disent-ils des gros mots ?

– Nous sommes venus afin de chercher un assassin, dit Reinhart.

Suurna ouvrit et referma la bouche plusieurs fois, mais aucun son n'en sortit. Il resta appuyé à son bureau et, une fois de plus, Münster eut l'impression qu'il allait s'évanouir.

– Vous pouvez vous asseoir, monsieur le proviseur, dit-il.

– Il s'agit de Carl Ferger, dit Van Veeteren. Savez-vous où il se trouve en ce moment ?

– Le concierge ? dit Suurna. Êtes-vous sûr que… ?

– Tout à fait, dit Reinhart. Avez-vous un moyen de savoir où il se trouve ?

– Bien… bien sûr, dit Suurna. Je peux demander à mademoiselle Bellevue…

Il appuya sur le bouton du téléphone interne.

– Demandez simplement à mademoiselle Bellevue de venir, dit Van Veeteren. Nous ne souhaitons pas éveiller la méfiance de celui que nous cherchons.

Trente secondes plus tard, mademoiselle Bellevue

arriva, en ouvrant des yeux ronds ; ses grandes boucles d'oreilles se balançaient d'avant en arrière.

– Ces messieurs cherchent Carl Ferger, dit Suurna. Est-ce que vous savez où il se trouve ?

– Il n'est pas encore arrivé, dit mademoiselle Bellevue en faisant bouger ses boucles d'oreille.

– Pas encore arrivé ? dit Suurna. Pourquoi…

– Il devait commencer à quelle heure ? l'interrompit Van Veeteren.

– À sept heures et demie, dit mademoiselle Bellevue. Il ne s'est pas fait porter malade, en tout cas… Je ne sais pas ce qui a pu se passer. Mattisen m'a demandé plusieurs fois s'il n'était pas arrivé. C'est aujourd'hui qu'ils devaient déplacer le piano à queue, en principe…

– Merde ! s'écria Van Veeteren.

– Est-ce que quelqu'un a téléphoné chez lui ? demanda Reinhart.

– Oui, Mattisen, mais il n'y avait pas de réponse. Il a peut-être eu une panne de voiture ou quelque chose comme ça.

– Pendant plus de deux heures ? dit Suurna. Il habite à dix minutes d'ici, non ?

– Merde ! s'écria à nouveau Van Veeteren. Donnez-moi vite son adresse, monsieur le proviseur… On y va, Münster. Reinhart, occupe-toi de l'assistant social !

– Avec plaisir ! dit Reinhart.

Il frappa à la porte puis entra.

L'assistant social avait la quarantaine. Il était barbu et portait des sandales et un anneau dans l'oreille.

– Qui est-ce qui vous a permis…, commença-t-il.

– Je n'ai pas beaucoup de temps, dit Reinhart. Je

suggère que vous vous occupiez de ce garçon un peu plus tard.

Le garçon qui était assis sur le canapé se leva à contrecœur.

– Tu veux bien attendre dehors un moment ? dit l'assistant social. Et vous, qu'est-ce qui vous prend de venir ici et…

Reinhart attendit que le garçon eût refermé la porte derrière lui.

– Je suis horriblement pressé, pour parler franchement, dit-il. C'est pour ça que j'ai l'intention de vous donner une chance de vous en tirer à bon compte.

– Je ne comprends pas de quoi vous voulez parler. Et qui êtes-vous d'abord ?

– Je suis flic, dit Reinhart. Si vous reconnaissez les faits immédiatement, je vous promets de fermer les yeux… pour cette fois. Mais, si vous faites des histoires, j'ai comme l'impression que vous risquez de perdre votre place.

L'assistant social ne dit rien. Il se contenta de s'asseoir prudemment sur un coin de son bureau.

– Avez-vous eu, oui ou non, des rapports sexuels avec l'une des élèves de cet établissement au cours de l'année ? Vous l'avez peut-être même baisée ici…

Il n'y eut pas de réponse. L'assistant social déglutit plusieurs fois en tirant sur sa barbe.

– Ce n'est pas vous qui êtes en cause, nom de Dieu, dit Reinhart. Il s'agit d'un type bien plus merdeux ! Je vous donne dix secondes pour répondre. Après, je vous emmène au commissariat !

L'assistant social cessa de tirer sur sa barbe et essaya de regarder Reinhart dans les yeux.

– Oui, dit-il. C'est…

– Merci, dit Reinhart. Ça suffit…

Il sortit en claquant la porte derrière lui. Le bruit se répandit comme un écho dans le corridor.

– Enfoncez la porte ! ordonna Van Veeteren.

– Nous avons des gars qui peuvent crocheter une serrure, dit Münster.

– Pas le temps, dit Van Veeteren.

– Il existe généralement un gérant, dit Münster.

– Enfoncez la porte, je vous dis ! Est-ce qu'il faut que je le fasse moi-même ?

Münster prit son élan. La porte se trouvait à huit mètres de l'escalier. Une distance parfaite. Van Veeteren s'écarta légèrement.

– Allez-y !

Münster s'élança contre la porte, l'épaule en avant. Il y eut comme un craquement et dans la porte et dans l'épaule de Münster, mais ce fut tout.

– Encore une fois ! ordonna Van Veeteren.

Münster s'élança une deuxième fois mais avec le même résultat.

– Allez me chercher le gérant ! dit Van Veeteren. J'attends ici.

Dix minutes plus tard, Münster revint, accompagné d'un petit bonhomme portant bleu de travail et casquette.

– Monsieur Gobowsky, expliqua-t-il.

Autour de Van Veeteren il y avait un cercle de cure-dents déchiquetés que monsieur Gobowsky regarda d'un air réprobateur. Ensuite, il demanda à voir les papiers d'identité de Van Veeteren.

Il avait déjà vu des films policiers que diable.

L'appartement comprenait deux petites pièces et une minuscule cuisine. Il suffit de cinq secondes pour constater que le locataire s'était envolé. Van Veeteren se laissa tomber dans un fauteuil en cuir synthétique.

– Il s'est taillé, dit-il. Il faut donner l'alerte générale. Il en a occasionné des frais, ce con-là... Münster, vous restez ici pour fouiller partout ! Je vais envoyer quelqu'un pour vous aider.

Münster opina. Le commissaire se tourna vers le gérant qui s'était attardé par curiosité.

– Est-ce qu'il avait une voiture ? demanda Van Veeteren.

– Oui, une Fiat bleue, répondit monsieur Gobowsky. Une 326, je crois.

– Il la garait où ?

– Sur le parking. Monsieur Gobowsky fit un signe en direction de la cour.

– Voulez-vous venir avec moi pour voir si elle y est ? dit Van Veeteren. L'inspecteur restera ici.

– Attendez ! cria Münster au moment où les deux hommes s'apprêtaient à sortir. Regardez ça !

Il tenait à la main une petite photo encadrée. Van Veeteren la prit et la regarda.

– Eva Ringmar, dit-il. Nettement plus jeune, mais c'est bien elle.

– Plus aucun doute, alors ? dit Münster.

– Est-ce qu'il m'est arrivé de douter ? dit Van Veeteren en plantant là son inspecteur.

– Carl Ferger, dit Reinhart, est probablement arrivé ici en 1986, ou peut-être un peu plus tôt... Et envoyez-moi ce fax immédiatement ! Et dites-leur bien de se manifester dès qu'ils auront mis la main dessus ! Utilisez au besoin des étiquettes rouges ou la mention *express* ou *Interpol* ou ce que vous voudrez... Et n'oubliez pas de m'avertir aussitôt que nous aurons une réponse ! C'est compris ?

Widmar Krause fit oui de la tête.

– Il faut en envoyer un au Bureau des Immigrants… et un deuxième de l'autre côté, répéta Reinhart. On verra bien qui répondra en premier.

Krause sortit. Reinhart jeta un coup d'œil à sa montre. Midi et quart. Puis il regarda Van Veeteren, à moitié affalé sur son bureau.

« Il a l'air empaillé », pensa Reinhart.

– Où peut-il être à ton avis ? dit-il.

– Probablement en train de roupiller dans un motel quelque part, dit Van Veeteren. Ce n'est pas une mauvaise idée d'ailleurs. Tu sais qu'un emmerdeur m'a réveillé à quatre heures et demie, ce matin ? On va déjeuner ?

– Sûrement, dit Reinhart. Mais pas à la cantine.

– Évidemment pas, dit Van Veeteren. Puisqu'il faut attendre, autant le faire dans un endroit plus chic.

– D'accord, dit Reinhart. Allons à *La Canaille*. On laissera le numéro de téléphone à celui qui est de garde… à condition que ce ne soit pas Klempje, bien sûr.

– Aucun risque ! dit Van Veeteren. Il est toujours au vert.

40

Le coup de théâtre se produisit au moment des informations de midi.

Il venait de dormir trois heures sur un parking, couché au-dessous d'une couverture sur le siège arrière, et il s'était réveillé parce qu'il avait froid. Avant de repartir, il avait ouvert la radio et, au milieu du bulletin d'informations, avait appris qu'il était recherché.

Alerte générale. Carl Ferger. Soupçonné d'avoir commis trois meurtres. Voyage dans un Fiat bleue 326 dont le numéro d'immatriculation est…

Il ferma le poste. Pendant quelques secondes, le monde et le temps s'arrêtèrent. Il sentit son sang battre dans ses tempes. Ses mains serrèrent le volant si fort que les jointures en devinrent blanches.

Il était démasqué. Recherché.

Pourchassé.

Une proie.

Il lui fallut un moment pour le réaliser.

Trois meurtres ?

Il eut un rire bref.

« Lesquels ? » pouvait-il leur demander. Oui, s'il était pris, il leur poserait cette question. « Excusez-moi, monsieur le flic, dirait-il. J'ai commis six meurtres.

Quels sont ceux d'entre eux pour lesquels on me soupçonne ? »

Son haleine avait produit de la buée sur les vitres qu'il essuya avec son écharpe. Il ouvrit prudemment une vitre et regarda dehors. Le parking était vide à l'exception d'un camion qui se trouvait à cinquante mètres devant lui.

Une Fiat bleue… Bon Dieu, pourquoi avait-il fermé la radio ? Il l'ouvrit à nouveau mais n'entendit que de la musique.

Que savaient-ils de plus ?

Où pensaient-ils qu'il se trouvait ?

Alerte générale ? Qu'est-ce que cela signifiait ? Des barrages sur les routes ?

C'était peu vraisemblable. Il avait fait plus de trois cents kilomètres après avoir quitté Maardam… S'ils savaient à peu près à quel moment il était parti, ils devaient se rendre compte qu'il pouvait à présent se trouver n'importe où…

Et comment… ?

Comment avaient-ils fait pour le démasquer ?

Il démarra, dépassa lentement le camion puis s'engagea sur l'autoroute.

C'était sûrement à cause de Liz. Cette pute ! Quelque chose avait raté. Toutefois il ne comprenait pas comment ils avaient réussi à trouver un lien entre elle et les autres… La salope ! la garce ! Si seulement il avait écouté sa voix intérieure depuis le début… cette voix qui l'avait mis en garde en lui disant de ne pas s'approcher de… de cette traînée. Ce gros morceau de chair…

Ce morceau de chair répugnant.

Il ne commettrait pas une telle erreur une deuxième fois. Et d'ailleurs, les flics devraient bien reconnaître qu'il avait rendu un fier service à la société en la débarrassant de Liz Hennan. Dans ce cas bien précis, il n'avait rien à se reprocher… Il n'en était pas de même en ce qui concernait les autres… Là, il s'était plutôt agi d'une nécessité… De toute façon, ce n'était pas le moment d'examiner le problème à fond.

Pour l'heure, il fallait passer à l'action. Quelque chose avait raté, donc… Ne l'avait-il pas pressenti ? N'était-ce pas son intuition qui l'avait sauvé encore une fois… Sinon pourquoi serait-il parti ? Cela s'était produit de la même façon avec Ellen…

Ellen. C'était il y a douze ans. Elle aussi était une putain. Aucun doute là-dessus. Une pute répugnante, comme Liz. Il les voyait encore, toutes les deux… aussi lascives, aussi ouvertes, aussi…

Il accéléra et constata en regardant le compteur qu'il serait bientôt obligé de faire le plein. Pourquoi les revoyait-il sans cesse ? Leurs corps nus, leurs sexes… Il n'avait pas le temps de s'intéresser à elles maintenant… Il fallait tourner ses pensées vers l'essentiel et oublier ces choses répugnantes. Il devait garder la tête froide. Rester vigilant et prendre les bonnes décisions. Le temps pressait.

Recherché.

Il jeta un coup d'œil à sa montre. Midi et quart.

Venait-il d'entendre le premier avis de recherche ou y en avait-il eu d'autres, plus tôt dans la matinée ? Il fallait en tout cas laisser la radio branchée pour être sûr de ne rien manquer.

Il ouvrit la radio et alluma une cigarette. Il avait presque fini son paquet.

Première chose à faire : acheter des cigarettes et faire le plein.

Ensuite ?

« La radio ? se dit-il. La télévision ? Les journaux ? Est-ce qu'ils possédaient une photo de lui ?

Serait-il déjà aussi célèbre que le président quand il entrerait dans la station-service ? »

Quant à la télévision, le risque n'était pas bien grand. Personne ne regardait la télé dans la matinée. La presse était davantage à redouter… Mais il n'y avait rien eu dans les journaux du matin, en tout cas pas dans celui qu'il avait acheté. On y parlait du meurtre, bien sûr, mais pas d'un Carl Ferger qui conduisait une Fiat bleue.

Les journaux du soir en parleraient, bien sûr. Il y aurait peut-être sa photo sur les affichettes… Comme cela avait été le cas pour l'assassin de ce ministre, quelques années auparavant.

Il ne put s'empêcher de sourire. À quel moment sortait la première édition ?

À deux heures ? À deux heures et demie ?

Il lui fallait devenir quelqu'un d'autre d'ici là.

C'était aussi simple que ça. Il fallait atteindre une ville le plus vite possible… et trouver un déguisement. Il avait eu tort de jeter la perruque, mais ils devaient être au courant de ce détail maintenant. Quoi d'autre ?

La voiture ?

Fallait-il s'en débarrasser et en louer une autre ?

Il était contre cette solution qui comportait un risque évident… Il décida par conséquent de tenter sa chance et de poursuivre sa route. Il lui suffirait de se garer un peu à l'écart… Peut-être de salir un peu les plaques minéralogiques… Il existait des milliers de Fiat bleues dans ce pays ?

Et ensuite ?

Cette question lui tomba dessus comme la foudre et

le retint prisonnier quelques secondes comme dans un étau. Que ferait-il ensuite, nom de Dieu ?

Ce soir ? La nuit prochaine. Demain ?

Il avala sa salive et accéléra, repoussant ces questions. Il fallait procéder par ordre… Et d'abord s'occuper de son apparence et voir ensuite comment les choses évolueraient. C'était justement cela sa force. Son intuition, sa capacité de faire le bon choix au bon moment. Par exemple, pour l'argent… Il avait vidé son compte en banque samedi dernier déjà… À présent, son compte était certainement bloqué, mais il possédait en tout cas assez d'argent pour plusieurs semaines.

Agir sans précipitation. Il avait la situation bien en main. Ils ne l'auraient pas non plus cette fois, ces salauds… L'idée de s'installer pour quelques jours dans un petit hôtel, situé loin de tout, le fit sourire à nouveau. Il suivrait la chasse à l'homme dans les journaux et verrait l'avis de recherche le concernant tous les soirs au moment du journal parlé…

Prochaine sortie Malbork… à 1 000 mètres, indiquait un panneau. C'était parfait.

Il commença à cligner des yeux et ses doigts se mirent à tambouriner sur le volant.

41

– Quelle heure est-il ? grommela Van Veeteren. Et qu'est-ce qu'elle fout, l'opinion publique, réputée si bon détective ? Pourquoi ne l'a-t-on pas retrouvé ?

– Il est huit heures et demie, dit Münster. Il doit se cacher quelque part, je suppose.

– Sans blague ?

– Il a quand même dû réaliser qu'il était recherché... La télé va d'ailleurs repasser l'avis de recherche à neuf heures.

– Je ne suis pas complètement idiot, dit Van Veeteren. Pourquoi n'obtient-on pas de réponses à nos fax ? Pouvez-vous m'expliquer ça aussi, inspecteur ?

– Le bureau de l'Immigration a un problème d'ordinateur qui ne sera pas résolu avant demain matin. En ce qui concerne les autres, ce serait plutôt une histoire de décalage horaire. On peut s'attendre sans doute à avoir une réponse vers minuit ou une heure du matin.

Van Veeteren examina son cure-dents.

– Est-ce que je peux vous poser une question ? poursuivit Münster.

– Allez-y ! dit Van Veeteren. Je vous promets de ne pas répondre.

– Qui est Carl Ferger ?

– Vous ne l'avez pas encore compris, Münster ?

Münster rougit et se racla la gorge.

– C'est parce que je n'ai pas accès à toutes les informations, répondit-il. Pour être tout à fait franc, je ne vois pas pourquoi vous auriez le droit de garder pour vous des détails importants… des éléments essentiels pour l'aboutissement de l'enquête, je veux dire…

Il rougit à nouveau, cette fois à cause de sa propre audace.

Cependant, le commissaire ne réagit pas. Immobile, le menton dans les mains, il regardait Münster, les yeux mi-clos. Il prit tout son temps.

– Münster, dit-il enfin, vous ne saisissez pas ce que sont les exigences d'un emploi du temps. Si vous voulez bien m'écouter un moment, je vais vous expliquer une chose ou deux. Vous ne comprendrez probablement rien, mais je suis quand même prêt à vous consacrer quelques minutes.

– Merci, dit Münster. Vous êtes bien aimable.

– Il y a des choses qui sont liées entre elles, voyez-vous… Il existe des lois supérieures comme il existe des lois définies par la Constitution. Nous évoluons, nous bougeons, nous pensons, nous vivons en conformité avec ces lois. Il ne s'agit que de subtilités difficiles à découvrir, mais il faut rester à l'écoute, essayer de les découvrir et manœuvrer d'une main légère pour trouver le bon chemin. Savez-vous ce qu'est la déterminante ?

– La déterminante ?

– Oui.

– Aucune idée, dit Münster.

– Moi non plus, dit Van Veeteren. Toutefois je suis sur sa trace. C'est elle qui nous guide et qui constitue le principe rassembleur… qui décide de notre façon d'avancer, d'agir, de choisir notre voie. Je suppose que vous serez d'accord avec moi pour penser qu'il faut de l'action dans un livre ?

– Bien sûr.

– Ou une intrigue, ou du moins un fil rouge dans un film ou une pièce ?

– Oui…

– Un roman, une pièce ou un film, Münster, ce n'est rien d'autre que la vie encadrée. De la vie capturée et encadrée pour que nous puissions facilement la contempler en sortant du présent et en la regardant à distance… Vous êtes d'accord avec moi ?

– Oui, dit Münster, peut-être bien…

– S'il faut des intrigues et des fils rouges pour maintenir la vie encadrée, fabriquée, c'est exactement la même chose en ce qui concerne la réalité, la vie. C'est bien ça, le clou.

– Le clou ?

– Oui, le clou. Vous pouvez évidemment choisir de vivre sans. De regarder le film en commençant par la fin, ou de tenir le livre à l'envers en le lisant… mais il ne faut surtout pas croire que vous y avez compris quelque chose, car il existe, non pas un seul, mais des milliers de clous… de lois… de déterminantes. Jeudi prochain, je pars pour l'Australie, Münster, et je peux vous garantir qu'il ne s'agit pas d'un hasard. C'est le bon choix. Vous ne croyez pas ?

Pendant un cours instant, Münster se rappela son rêve de lagon… Synn et les enfants, deux semaines au bord de la grande bleue…

– Si nous étions dans un film, vous et moi, poursuivit Van Veeteren en cassant un cure-dents, – ou dans un livre, je serais impardonnable de vous raconter certaines choses maintenant. Ce serait un affront pour ceux qui regardent ce film au cinéma et une façon de se moquer des films en tant que tels. Vous comprenez, Münster ?

– Non, dit Münster.

– Ce serait un crime contre la déterminante, dit Van Veeteren. On devrait mettre la main dessus ce soir. Je veux qu'il soit ici demain matin pour que je puisse le confronter aux réponses à nos fax… et à une autre personne. Nous avons affaire à un assassin qui a de nombreux crimes sur la conscience. L'avez-vous compris, Münster ? Il s'agit d'une personne hors du commun.

« Je rêve », se dit Münster.

On frappa à la porte et l'agent Beygens apparut dans l'entrebâillement.

– Excusez-moi ! monsieur le commissaire, mais nous venons de recevoir un fax de l'étranger.

– Bien, dit Van Veeteren. Apportez-le-moi !

42

– T'es un vrai pote, dit Ulich.

En fait, Tomas Heckel ne devait commencer son service qu'à dix heures mais, pour ce soir, ils avaient conclu un accord. Si Tomas se présentait à neuf heures moins le quart, Ulich aurait le temps d'arriver au combat de boxe où son fils devait affronter, dans la catégorie des poids moyens, un Anglais de couleur du nom de Whitecock.

Il ne s'agissait évidement pas du match principal, mais le jeune Ulich avait, comme son père autrefois, un punch prometteur. En plus d'une capacité à encaisser pas mal de coups.

Tomas Heckel, qui était en deuxième année de médecine, connaissait assez bien les risques encourus par ceux qui acceptent de recevoir des coups sur la tête pour de l'argent, mais son travail de concierge de nuit était trop précieux pour l'inciter à débattre cette question. Il n'entendait nullement empêcher le père d'assister à la séance où les cellules cérébrales du fiston risquaient d'être endommagées. Il avait apporté avec lui, en plus des sandwichs et du thermos rempli de café, trois gros livres d'anatomie. Il avait l'intention de rester éveillé toute la nuit et de bosser… Le temps, c'est de l'argent, et il ne lui restait plus que six jours avant l'examen.

– T'es un vrai pote, répéta Ulich tout en faisant un effort afin d'extraire son corps impressionnant de la petite loge étroite des concierges. Si le fiston gagne, tu auras le droit à une bouteille !

– Il n'en est pas question, dit Heckel. Il y a des consignes ?

Ulich réfléchit un instant.

– Il y a une équipe de handball de Copenhague au trois, dit-il. Garde un œil dessus, au cas où… et puis, il y a un gars qui doit déplacer sa voiture. Il est tellement mal garé qu'il empêche les éboueurs de passer demain matin. Prawitz est venu m'avertir… J'ai laissé un mot près du téléphone. Je crois qu'il s'agit du dénommé Czerpinski au 26… J'ai essayé de l'appeler, mais il est sorti.

– D'accord, dit Heckel. Passe une bonne soirée. J'espère que tout ira bien.

– Nom de Dieu de nom de Dieu, dit Ulich en faisant des gestes de boxeur pendant qu'il passait la porte tournante.

Heckel s'installa et jeta un coup d'œil sur le registre. Trente chambres sur trente-six étaient occupées. Ce n'était pas si mal pour un lundi de décembre. Il brancha la télé d'Ulich. Autant regarder le journal télévisé avant de se consacrer à l'anatomie. D'ailleurs, avant minuit, il était rare qu'il ait suffisamment la paix pour pouvoir étudier en toute tranquillité.

Le journal serait diffusé dans quelques minutes, après une de ces ridicules émissions de questions et de réponses. Qu'est-ce qu'il avait dit, Ulich ?

Une voiture mal garée ?

Il trouva le mot laissé par son collègue et, après

avoir pris le numéro de la voiture, il appela le 26. Pas de réponse. En raccrochant, il colla le bout de papier sur l'appareil pour être sûr de ne pas oublier.

Le journal télévisé commença. On y parla d'abord de cette chasse à l'homme dont il avait déjà entendu parler plus tôt dans la journée. La presse en parlait aussi d'ailleurs… Carl Ferger… au moins trois meurtres… une Fiat bleue… numéro…

Il regarda fixement la plaque minéralogique sur l'écran.

Puis il regarda le téléphone.

Il éteignit le poste de télévision et se jeta sur l'un des journaux. Tout était en première page. Il arracha le bout de papier qu'il venait de coller sur le téléphone et se mit à comparer le numéro de la voiture… lettre par lettre, chiffre par chiffre. Comme s'il n'avait pas vraiment su lire. Ou comme s'il avait eu en main le billet du gros lot et n'avait pas voulu y croire.

Étrangement, il se dit qu'il ne pourrait probablement pas beaucoup travailler au cours de la nuit à venir.

Il se ressaisit enfin et appela la police.

La première communication arriva peu après neuf heures et demie. C'est Münster qui répondit car Van Veeteren se trouvait aux toilettes.

– Parfait, dit Münster. Je comprends. Il vous rappellera dans cinq minutes. Quel est votre numéro ?

Il le nota puis retourna à la lecture des journaux du soir. Van Veeteren revint. Münster attendit quelques secondes.

– Ils l'ont coincé à Schaabe, dit-il sur le ton le plus calme possible.

– Qu'est-ce que vous dites ? s'écria Van Veeteren. Il était grand temps, nom de Dieu !

– Il faut que vous rappeliez… un certain commissaire Frank. Vous le connaissez ?

Van Veeteren fit oui de la tête et composa le numéro.

– Frank ? Ici, Van Veeteren. Je suis ravi de constater que même une poule aveugle arrive de temps en temps à trouver un grain… Qu'est-ce que tu dis ?

Münster observa le commissaire par-dessus son journal. Tout en écoutant et en mastiquant deux cure-dents, celui-ci était penché sur le téléphone comme s'il espérait faire sortir le meurtrier de l'appareil.

– Oui, oui… J'espère que tu feras en sorte de le cueillir dès son retour, sinon je t'écorcherai vif. Je pars pour l'Australie jeudi prochain et je tiens absolument à ce qu'on le coffre d'abord.

Frank répondit et Van Veeteren l'écouta en approuvant.

– D'accord, dit-il, je reste ici. Rappelle-moi dès que tout sera terminé !

Il raccrocha.

– Vous pouvez rentrer chez vous, dit-il à Münster. Ils vont le cueillir dès qu'il rentrera à l'hôtel… Il s'est rasé les cheveux, porte des lunettes et s'est probablement maquillé… Il a de l'imagination, le salaud. Il a pris une chambre à l'hôtel Palace pour quatre nuits… prétextant un congrès de fabricants de prothèses. Vous vous rendez compte, Münster ? Fabricants de prothèses !

– Comment ont-ils réussi à le coincer ?

– Grâce à une histoire de stationnement interdit, dit Van Veeteren en haussant les épaules. Le péché mortel des temps modernes sans aucun doute.

Tout en respirant l'air nocturne froid et humide, Münster constata à son grand étonnement qu'il n'avait pas envie de rentrer chez lui et qu'il serait volontiers resté là-haut à attendre en compagnie du commissaire. À attendre en lisant les journaux du soir… jusqu'au prochain coup de fil.

Le dernier volet.

Qui mettrait fin à la chasse à l'homme.

Qui mettrait un terme à l'enquête. L'assassin enfin capturé.

La justice prendrait le relève…

Il y avait encore quelques points d'interrogation, mais tout semblait en ordre. Le fax avait apporté les renseignement nécessaires, balayant du coup toutes les autres théories ou explications. Van Veeteren avait eu raison… comme d'habitude. Carl Ferger était effectivement l'homme qu'ils cherchaient.

Et il s'agissait bel et bien d'une horrible histoire, comme quelqu'un l'avait dit quelques semaines auparavant.

Pendant qu'il roulait en direction de sa banlieue, il repensa à ce que Van Veeteren avait expliqué au sujet de la déterminante… Il n'avait pas encore compris s'il avait été sérieux ou non. N'importe comment, il y avait quelque chose dans ce qu'il avait dit… Peut-être fallait-il comprendre que ce qui était important et difficile ne se laissait pas attraper autrement que dans ce filet à grosses mailles fait de gravité et de moquerie.

Il fut lui-même surpris par cette formule puis il se dit qu'il l'avait certainement empruntée à Reinhart.

Ce filet à grosse mailles…

Il était en tout cas décidé à regarder « déterminante » dans son nouveau dictionnaire en quatre-vingts volumes, d'ailleurs encore incomplet, dès qu'il arriverait chez lui.

Van Veeteren n'eut pas à attendre très longtemps. Le coup de téléphone de Frank arriva déjà vers dix heures et demie.

Ferger était capturé.

Il était tranquillement rentré à l'hôtel et avait été immédiatement maîtrisé par douze policiers en armes.

– Douze ? dit Van Veeteren.

– Oui, douze, dit Frank.

– Est-ce qu'il a avoué ?

– Non. Il joue la comédie.

– D'accord, dit Van Veeteren. Enferme-le dans un car de police et amène-le-moi. Je le veux ici pour le petit déjeuner.

– À ton service, dit Frank. Et comment va ton revers en ce moment ? Je me souviens qu'il te posait des problèmes à Frigge…

– C'est une arme redoutable, dit Van Veeteren. Si jamais tu passes ici, je t'en ferai la démonstration.

43

Münster ne l'aurait jamais reconnu.

En fait, il n'avait pas de souvenir bien précis de celui qu'il avait aperçu à Bunge. Quoi qu'il en soit, ce personnage affaissé ne ressemblait pas à la photo diffusée par la presse et à la télévision.

D'une certaine façon, il avait l'air plus jeune. La tête ronde et débarrassée de ses cheveux lui conférait un faux air d'innocence. De naïveté… ou, peut-être, au contraire, d'extrême sénilité.

Ou d'une combinaison des deux ?

Il était assis près du mur, les mains jointes sur la table devant lui, les yeux baissés. Peut-être les fermait-il de temps en temps.

Reinhart et Münster étaient assis du côté opposé, de chaque côté de la porte. La chaise du commissaire paraissait avoir été minutieusement placée au centre géométrique de la pièce. Münster ne voyait de lui que le dos ; pendant toute la durée de l'interrogatoire, il resta parfaitement immobile, tel un sphinx. Les questions étaient posées d'une voix monocorde et méprisante. C'était comme s'il connaissait déjà toutes les réponses et que toute cette affaire ne l'intéressait plus en rien.

– Savez-vous pourquoi vous êtes ici ?

– Non.

– Je ne vous demande pas si vous êtes coupable. Je vous demande si vous savez pourquoi vous êtes ici. La radio et la télévision, ainsi que soixante-huit journaux, ont publié votre signalement… et votre photo. Pourtant, vous prétendez ne pas savoir pourquoi vous êtes ici. C'est parce que vous êtes idiot ou parce que vous ne savez pas lire ?

– Je sais pourquoi je suis ici.

La voix était faible mais ne tremblait pas.

– Laissez-moi vous dire, dès le départ, que je vous méprise, monsieur Ferger. Vous ne m'inspirez rien d'autre que le plus profond dégoût. Dans d'autres circonstances, et dans une société moins civilisée que la nôtre, je n'aurais pas hésité une seconde à vous éliminer… c'est compris ?

Ferger avala sa salive.

– Je suis persuadé que mes sentiments sont partagés, non seulement par tous mes collègues, mais aussi par tous ceux qui savent ce que vous avez fait.

– Je suis innocent.

– Taisez-vous, Ferger ! Vous êtes ici parce que vous êtes un assassin. Vous serez accusé du meurtre d'Eva Ringmar, le 5 octobre, de celui de Janek Mitter, le 22 novembre, et de celui d'Elisabeth Hennan, le 30 novembre. En outre, vous avez tué un enfant de quatre ans le 1er juin 1986, mais nous n'avons pas encore réuni toutes les preuves…

– Ce n'est pas vrai.

C'était un murmure si faible que Münster l'entendit à peine. Van Veeteren choisit de l'ignorer.

– Si vous vous figurez que vos réponses ont une importance quelconque, vous vous trompez. Vous serez condamné et vous passerez le reste de votre vie en prison… Vous courez même le risque d'être exécuté…

– Qu'est-ce que vous dites ?

Il paraissait s'adresser davantage à la table devant lui qu'à Van Veeteren.

– … non pas en vertu de la loi, mais par l'un de vos codétenus. Car, même dans nos prisons, on méprise les gens comme vous. Il s'y passe quelquefois des choses assez affreuses… Je vous en avertis pour que vous soyez sur vos gardes.

Ferger se tortilla sur sa chaise.

– Personne ne lèvera le petit doigt pour vous venir en aide. Pourquoi ne voulez-vous pas être assisté d'un avocat ?

– Cela ne regarde que moi.

– Personne n'aura envie de vous défendre, mais vous avez le droit d'en avoir un. La loi est faite pour tous, même pour des gens comme vous, monsieur Ferger. Pourquoi avez-vous tué Liz Hennan ?

– Je ne l'ai jamais vue.

– Parce que vous n'arriviez pas à la satisfaire ?

– Je ne l'ai jamais vue.

– Est-ce qu'elle s'est moquée de vous parce que vous étiez un mauvais amant ?

Pas de réponse.

– Avez-vous peur des femmes ?

– Est-ce que vous pensiez que Liz Hennan était une putain ?

Ferger murmura quelque chose.

– Vous avez répondu oui ?

– Je ne l'ai jamais rencontrée.

– Dans ce cas, pourquoi avait-elle en sa possession une photo de vous ?

– Je ne lui ai jamais donné de photo.

– Mais vous, vous aviez une photo d'elle.

– Non… je… vous mentez.

– Excusez-moi. Je voulais dire que vous possédiez une photo d'Eva Ringmar… Est-ce exact ?

– Peut-être… Je ne m'en souviens pas.

– Nous l'avons trouvée chez vous. Est-ce que vous entreteniez une liaison avec Eva Ringmar ?

Pas de réponse.

– Eva Ringmar était-elle aussi une putain, d'après vous ?

– Non. Je n'ai pas envie de répondre à d'autres questions.

– Je n'ai pas non plus envie de vous interroger. Pourquoi vous êtes-vous rendu chez Janek Mitter et Eva Ringmar le 4 octobre ?

Pas de réponse.

– Vous êtes venu dans la soirée et vous y êtes retourné au petit matin pour tuer Eva Ringmar en la noyant dans la baignoire.

Pas de réponse.

– Pensez-vous que nous ignorons votre véritable identité ?

– Je ne comprend pas de quoi vous parlez.

– Quel est votre alibi pour le meurtre de Janek Mitter ?

– J'étais dans une pizzeria…

– Entre onze heures et minuit, en effet. Mais Mitter n'a été tué que plus tard dans la nuit. Vous n'avez pas d'autre alibi ?

– Je suis rentré me coucher… Je croyais…

– Quoi donc ?

– Rien. Je n'ai pas l'intention de répondre à d'autres questions.

– D'après vous, pourquoi Eva a-t-elle préféré quelqu'un comme Janek Mitter ?

Ferger baissa davantage la tête et regarda fixement la table.

– Ou comme Andreas Berger ?

Il attendit quelques secondes.

– Même si vous êtes une brute, il n'y a pas de raison de jouer les imbéciles. Vous vous prétendez innocent… Vous n'avez rien à voir avec les meurtres d'Eva Ringmar, de Janek Mitter et de Liz Hennan. C'est bien ça ?

– Oui.

– Dans ces conditions, pourquoi vous êtes-vous rasé les cheveux et maquillé avant de partir vous cacher ?

– J'ai voulu me cacher quand j'ai appris que j'étais recherché.

– L'alerte a été donnée hier à midi. Vous étiez parti bien avant.

– Non… J'ai eu une panne de voiture. J'étais parti seulement pour le week-end… et je n'ai pas pu rentrer.

– Où étiez-vous ?

– Dans le nord…

– Où avez-vous passé la nuit ?

– Dans un motel.

– À quel endroit ?

– Je ne me souviens pas.

– Pourquoi ne pas avoir averti le lycée ?

– J'ai essayé de téléphoner, mais n'ai pas eu de réponse.

– Il vaudrait mieux que vous vous taisiez si vous n'êtes pas capable de donner de meilleures réponses… Vous vous couvrez de ridiculc, monsieur Ferger.

Van Veeteren fit une petite pause.

– Voulez-vous une cigarette ?

– Oui, merci.

Van Veeteren sortit un paquet de sa poche, prit une cigarette et l'alluma.

– Vous n'aurez pas de cigarette. J'en ai assez de vous.

Il se leva et tourna le dos à Ferger. Pour la première fois, Ferger leva la tête pendant une seconde. Münster eut néanmoins le temps d'apercevoir l'expression de son regard. Il avait peur, c'était plus qu'évident.

– Encore un chose, reprit Van Veeteren, en regardant Ferger à nouveau. Qu'est-ce qu'on éprouve en essayant de noyer un enfant ? Il a dû se débattre, non ? Combien de temps vous a-t-il fallu ? À quoi a-t-il pensé d'après vous ?

À présent, Ferger serrait les poings et sa tête tremblait légèrement. Il ne dit pas un mot, mais Münster n'aurait pas été surpris s'il avait craqué exactement à cet instant en se jetant par terre, en renversant la table ou en se mettant à hurler…

– Occupez-vous de lui, dit Van Veeteren. Je serai absent pendant trois heures. Il ne doit pas quitter cette pièce et il ne faut lui donner ni à manger, ni à boire. Il n'a pas non plus le droit de fumer. Vous pouvez lui poser des questions si vous en avez envie… Vous avez carte blanche.

Il fit un signe de tête à Reinhart et à Münster puis quitta la pièce.

Plus il s'approchait du but, plus il ralentissait.

Quelques kilomètres avant d'arriver à destination, il s'arrêta sur un parking, descendit de voiture et, le dos au vent, alluma une cigarette. Fumer était presque devenu une habitude. Au cours des dernières années, il n'avait jamais autant fumé pendant une enquête.

Il y avait des raisons à cela. Mais, à présent, tout était terminé ou presque. Il ne manquait plus que cette ultime confirmation. Le dernier trait noir pour compléter ce tableau répugnant.

Pendant tout le trajet, il s'était posé des questions sur la nécessité de faire ce qu'il avait prévu. En fait, il avait cherché des raisons pour éviter cette dernière démarche.

Il aurait pu la leur épargner, à tous les deux.

Peut-être même à lui ?

Mais il savait bien que ce n'était pas possible. C'était le même sentiment qu'il éprouvait chaque fois qu'il s'apprêtait à sonner chez une femme pour lui annoncer que, malheureusement, son mari était…

Il n'y avait pas d'autre solution.

Pas d'alternative expiatoire.

Aucun moyen de soulager la souffrance.

Il jeta sa cigarette dans une flaque d'eau et regagna la voiture.

Elle ouvrit au bout de quelques secondes. Elle l'attendait.

– Bonjour, dit-il. Voilà, je suis venu.

Elle opina.

– Avez-vous suivi les informations ces jours-ci ?

– Oui.

Elle regarda autour d'elle comme pour s'assurer qu'elle n'avait vraiment rien oublié. Arroser les plantes ou éteindre le gaz.

– Vous êtes prête à me suivre ?

– Oui, je suis prête.

Sa voix était telle que dans son souvenir : claire et distincte mais sans expression.

– Puis-je vous poser une question, dit-il. À l'époque, étiez-vous déjà au courant de ce qui se passait ?

– On s'en va, monsieur le commissaire ?

Elle décrocha son manteau et il l'aida à l'enfiler. Elle noua un châle léger autour de sa tête, prit le sac à main et les gants posés sur une chaise, puis se tourna vers lui :

– Je suis prête, monsieur le commissaire.

Il conduisit vite sur le chemin du retour. Pendant tout le trajet, elle resta droite et immobile à côté de lui, les mains croisées sur le sac à main, regardant droit devant elle.

Elle ne prononça pas un mot. Lui non plus. Ce n'était pas nécessaire puisque tout était terminé et qu'il n'y avait plus rien à ajouter. Les mots étaient désormais superflus. Il le comprenait fort bien. C'est pourquoi ce silence n'était pas douloureux.

Peut-être aurait-il voulu poser une question, ou porter une accusation, mais il savait que c'était impossible.

« Vous rendez-vous compte, aurait-il voulu dire, que si vous m'aviez tout raconté lors de notre première rencontre, nous aurions pu sauver une vie humaine. Peut-être deux. »

Mais il savait que c'était trop demander.

Qu'elle n'aurait pas pu lui répondre.

Et qu'elle n'aurait pas pu tout lui dire plus tôt.

Lorsqu'ils entrèrent dans la pièce, rien n'avait changé.

Reinhart et Münster étaient toujours assis de chaque

côté de la porte, faisant face à l'assassin qui se trouvait devant la table, à côté du mur opposé. L'atmosphère paraissait lourde et Van Veeteren se demanda si le silence avait régné ici aussi.

Elle fit trois pas vers lui, s'arrêta derrière la chaise du commissaire et posa ses mains sur le dossier.

Il leva les yeux et son menton commença à trembler.

– Rolf ? dit-elle.

Il y avait comme un soupçon de surprise joyeuse dans sa voix mais qui fut immédiatement et brutalement effacé par la réalité.

Rolf Ringmar s'affaissa lentement sur sa chaise.

44

– Il s'agit d'une véritable tragédie antique, dit Van Veeteren en refermant la portière de la voiture. D'emblée, il y a là-dedans quelque chose d'inéluctable… Vous savez certainement que l'inceste était considéré comme l'un des pires péchés qu'il soit possible de commettre. Un crime contre les dieux, tout simplement.

Münster opina tout en faisant marche arrière pour sortir du parking.

– Supposons que vous soyez âgé de treize ans ou de quatorze ans… le début de la puberté… une sensibilité d'écorché vif. Un garçon qui est en train de devenir un homme… ses premiers pas trébuchants. À qui est-ce que vous allez vous identifier en premier lieu ?

– Au père, dit Münster. « Le commissaire semble avoir vécu tout ça », se dit-il.

– Exact. Et que fait-il, ce père ? Il boit et se déshonore. Il vous bat. Il vous flanque des raclées tous les soirs… Il vous fait souffrir, il vous offense… et votre mère est trop faible pour oser s'interposer. Elle a aussi peur de lui que vous. On fait semblant de tout ignorer. On se tait et on laisse faire… Il faut que tout ça reste entre vous. Personne ne vous protège… Vous n'avez aucun droit ; en tant que chef de famille et éducateur, il a tous les droits, lui. Vous n'avez aucun endroit où aller… Il n'y a personne pour vous consoler… Si, une seule. Une seule personne qui peut vous apporter un certain apaisement…

– La sœur.

– Qui est battue, elle aussi, mais pas aussi souvent que vous. Elle est là, un peu plus forte que vous, un peu moins blessée… Elle est là, dans votre chambre commune quand vous arrivez enfin à vous échapper… Disons que vous avez tous les deux quatorze ans… Vous êtes là, sur le lit, et elle vous console. Vous vous blottissez contre elle et elle vous protège. Elle pose ses mains apaisantes sur votre corps… Serrés l'un contre l'autre, vous vous sentez en sécurité tandis que le père fait du bruit dans la maison… et se jette peut-être sur la mère, arguant de ses prérogatives conjugales… Nom de Dieu, Münster !

Münster toussota prudemment.

– Puis, c'est la nuit et vous êtes tous les deux nus… Vous avez tous les deux quatorze ans et vous êtes frère et sœur. Où est le mal, Münster… qui pourrait leur jeter la pierre ? Qui, à part les dieux, aurait le droit de reprocher à ces deux enfants ce qui va se passer ? Car ils vont devenir amants. Qui, Münster ? Qui ?

– Je ne sais pas, dit Münster.

– Vous comprenez ce qu'elle lui a donné ? poursuivit Van Veeteren en reprenant son haleine. De pouvoir se blottir contre une femme quand on est battu, déshonoré, dévalorisé… une femme qui est à la fois votre maîtresse… votre mère et votre sœur. Tout. Quel amour pourrait être plus fort que celui-là, Münster ? Imaginez que vous aimez pour la première fois et que tout est parfait dès le début… C'est un amour et une liaison si forts qu'ils dureront plus longtemps que tout ce que vous aurez à vivre plus tard… Sérieusement, Münster, quelles étaient ses chances, à lui ?

– Ça a duré combien de temps ? demanda Münster.

– Deux ou trois ans, j'imagine. Il n'a pas su préciser exactement à quel moment ça avait commencé. Je crois que cet amour a été aussi fort d'un côté que de l'autre pendant assez longtemps. Eva a finalement réussi à rompre, non pas parce qu'elle le souhaitait, mais parce qu'elle savait qu'il s'agissait de quelque chose d'interdit… qui ne devait pas continuer.

– Mais lui ne pouvait plus s'en passer, dit Münster.

Van Veeteren alluma une cigarette.

– Et elle a commencé à le repousser. Ce qui s'est passé dans cette famille… aussi bien pendant que le père vivait encore qu'après… je préfère ne pas l'imaginer, Münster.

– Et puis, il y a eu Paul Bejsen, dit Münster.

– Oui. Peut-être a-t-elle voulu essayer de s'attacher à lui, mais à mon avis, elle n'a jamais été très amoureuse. Elle l'a pris comme amant pour montrer que tout était irrévocablement terminé avec Rolf… et Rolf, lui…

– Il attendait son heure, dit Münster.

– Oui, en quelque sorte. Il attendait l'occasion pour lui montrer qu'il ne plaisantait pas… Et quand cette fête a eu lieu, il a pensé que le moment était venu.

– Il attendait dans la lande, dit Münster.

– Exactement. Il rôdait par là, dans l'obscurité, prêt à saisir la première occasion qui se présenterait… presque comme un loup-garou…

– Il vous l'a raconté ?

Van Veeteren fit oui de la tête.

– Oui, mais assez brièvement… Cela s'est passé il y

a vingt ans. Le délai de prescription est de vingt et un ans… Par conséquent, il aura à répondre également de la mort de Paul Bejsen… si toutefois ça sert à quelque chose.

– C'est Eva qui l'a forcé à partir ?

– Oui. Elle lui a posé un ultimatum. Soit il acceptait de s'en aller, soit elle le dénonçait… Imaginez un peu la situation dans laquelle il se trouvait, Münster. Il avait tué quelqu'un, pas uniquement par jalousie mais aussi par amour… et elle le repoussait. Je crois qu'il a eu envie de se suicider à cette époque-là… Il l'a laissé entendre… et même au début de son exil…

– Et peut-être en effet aurait-il mieux valu qu'il le fasse, dit Münster.

– Est-ce que nous avons le droit de le souhaiter ? demanda Van Veeteren. Avons-nous vraiment ce droit ?

Münster ne répondit pas. Il jeta un coup d'œil à sa montre. Il était six heures moins le quart.

– L'avion part à quelle heure ? Sept heures et demie ?

Van Veeteren fit oui de la tête.

– Il faut se présenter à l'enregistrement une heure avant.

– Nous y serons dans vingt minutes.

Il y eut quelques secondes de silence, mais Münster se dit qu'ils devaient tout passer en revue du début jusqu'à la fin.

– Et cette Ellen Caine ? dit-il.

– Oui, en effet, dit Van Veeteren. Tout s'est bien passé pendant huit ans… C'est un peu surprenant, mais il s'est assagi… Il s'est installé à Toronto, où il a d'ailleurs changé de travail assez souvent, mais peu importe… Et puis, un jour, il rencontre une femme.

D'après lui, c'est elle qui a pris l'initiative et c'est sans doute vrai… Toujours est-il qu'elle n'est pas capable de lui apporter ne serait-ce qu'une petite partie de ce qu'il avait connu avec Eva… C'est difficile de savoir ce qui se passe dans sa tête quand il s'agit de femmes et de sexe, Münster. Quoi qu'il en soit, il demande l'impossible puisqu'il l'a déjà vécu. Et il finit par tuer Ellen Caine parce qu'elle l'a déçu… Je ne sais pas si c'est elle qui l'a quitté, il n'a pas voulu m'en parler… Peut-être n'était-il pas capable d'être un bon amant ou peut-être y avait-il une part de jalousie là-dessous… Il finit en tout cas par la tuer. Il la pousse du haut d'un viaduc, devant les roues d'un gros camion, et personne ne soupçonne quoi que ce soit. Il s'est manifestement agi d'un accident ou, éventuellement, d'un suicide. Personne n'a su qu'il était dans les parages.

– Pourquoi a-t-il changé de nom ?

– Je crois que, dès 1980, il a commencé à envisager la possibilité de retourner en Europe sous une nouvelle identité, c'est-à-dire peu après la fin d'Ellen Caine. Quoi qu'il en soit, il s'installe à New York et devient citoyen américain au bout de quelques années après avoir pris le nom de Carl Ferger. À partir de ce moment-là, il semble mener une vie à peu près normale, en tout cas vue de l'extérieur. Mais il reste un mystère. Qu'est-ce qui le pousse à revenir dans ce pays en janvier 1986 ? Lui-même n'est pas vraiment capable de l'expliquer.

– *La déterminante*, peut-être, dit Münster en souriant vaguement.

– Comment ? s'écria Van Veeteren, étonné. Je crois que vous commencez à comprendre certaines choses, inspecteur ! Donc, il revient au pays, retrouve la trace d'Eva et commence à la poursuivre… Il y a gros à parier que c'est pour lui une situation insupportable de se trouver à proximité d'elle… C'est en tout cas ce qu'il a laissé entendre… Il est évidemment très jaloux de Berger, mais le pire, c'est l'existence de cet enfant… Elle a eu un enfant d'un autre… Tout devient très noir à partir de là, Münster.

– Il a tué l'enfant pour la punir, en quelque sorte ?

– Oui, c'est ce que je crois. Son idée d'identité oscille entre l'image d'un dieu tout puissant qui vous punit et celle d'un gamin désespéré à l'âge de la puberté.

– Et après ce meurtre ?

– Eva le protège à nouveau, bien qu'elle soit sur le point de perdre la raison elle-même. Je crois que c'est à partir de cette époque qu'elle renonce à la vie, en tout cas à mener une existence normale. Peut-être se rend-elle compte qu'entre eux existent des liens bien plus forts qu'elle ne le croyait… Toujours est-il qu'ils reprennent leur liaison pendant quelque temps. Il s'installe en France, car elle ne veut pas qu'il soit trop près d'elle, mais elle lui rend régulièrement visite… C'est en tout cas ce qu'il prétend. Peut-être rêve-t-il d'une fin heureuse pour eux deux, peut-être lui donne-t-elle des raisons d'espérer…

– Mais elle finit par le rejeter ?

Van Veeteren opina.

– Elle vient s'installer ici. Un nouveau départ… Peut-être évite-t-elle de lui dire où elle va, mais il la retrouve, bien sûr. Il finit même par réussir à se faire embaucher dans le lycée où elle travaille. Elle a dû recevoir un choc quand le proviseur a présenté le nouveau concierge…

– Ça s'est passé cette année ?

– Oui, en janvier. Au début du trimestre qui a commencé après les vacances de Noël.

– Et elle finit par se jeter dans les bras de Mitter.

Van Veeteren soupira.

– Oui… finalement, elle était peut-être aussi cinglée que son frère. Quand Mitter parlait de leur liaison, on avait l'impression que c'était quelque chose qui le dépassait. Ils donnaient l'impression de s'aimer tout le temps, à la vie à la mort. C'est en tout cas mon opinion.

– Mais pourquoi l'a-t-il tuée, elle, plutôt que Mitter ?

– Je crois que c'était l'inspiration du moment… l'œuvre de l'instant. Peut-être a-t-il cherché à en finir une bonne fois pour toutes… En tout cas, le hasard a joué un grand rôle là-dedans. Il ne pouvait pas savoir que Mitter serait tellement ivre qu'il en perdrait la mémoire. Au contraire, il s'attendait à ce que Mitter dise qu'il était venu chez eux plus tôt dans la soirée. Rien n'indiquait pourtant qu'il était revenu pour la tuer plus tard. Il a vraiment dû se demander pourquoi la police ne s'était pas manifestée.

Van Veeteren secoua la tête.

– Il s'agit de six meurtres, dit-il. J'ai cru qu'il était question de quatre, peut-être de cinq… et non pas de six.

Il se tut un instant pendant qu'il regardait par la fenêtre.

– À votre avis, poursuivit-il, qu'est-ce qui fait que sa mère a la force de continuer à vivre ? Au lieu de se suicider ? Ou de mourir simplement sur le champ ?

Münster réfléchit un instant.

– La peur ?

– Non. Vous avez pu vous en rendre compte vous-même.

– Est-elle croyante ?

Van Veeteren eut un rire bref.

– Je ne vois pas comment elle accepterait l'idée d'un dieu qui autorise son mari à la battre et la déshonorer, ses enfants à commettre le péché d'inceste et son fils à tuer sa fille.

Münster hésita.

– Je ne sais pas… Peut-être a-t-elle accepté la punition… en continuant à vivre, je veux dire.

Van Veeteren tourna la tête de côté et regarda Münster.

– Parfait, dit-il, étonné. Parfait, Münster ! Désormais, il ne faut plus que je vous sous-estime.

– Merci, dit Münster. Nous sommes presque arrivés. Ah, oui… j'ai quelque chose à vous demander…

– Oui ?

– Est-ce que vous voulez bien nous envoyer une carte postale… à cause du timbre. Le gamin a commencé à collectionner.

– Bien sûr, dit Van Veeteren.

Münster gara la voiture et sortit les valises.

– Alors, on se revoit en janvier, dit Van Veeteren.

– Fin janvier, dit Münster. On m'a donné deux semaines de congé après le nouvel an…

– Sans blague ! Et où allez-vous ?

– Aux Maldives, dit Münster en souriant timidement.

– C'est bien, Münster, dit Van Veeteren en lui serrant la main. Et gardez la forme ! Je serai redoutable quand je reviendrai.

– Je sais, dit Münster.

45

La vieille femme le saisit par le bras.

« Qu'est-ce qui se passe encore ? » se demanda Ingrun qui s'était installé confortablement pour allumer une cigarette. « Pourquoi ne le laissait-on jamais tranquille ? »

– Qu'est-ce que vous voulez ? demanda-t-il en essayant de lui faire lâcher prise. Ses ongles lui entrèrent dans le bras.

– Luc, 15,11, dit-elle dans un sifflement.

– Quoi ?

– Luc 15,11 ! Je voulais lire la Bible et quelqu'un a griffonné quelque chose dedans !

Il se rendit compte qu'elle tenait en effet une Bible dans l'autre main, qu'elle agita d'un air menaçant.

– Faites-moi voir !

Elle lâcha alors prise, ouvrit la Bible et la lui tendit. À l'endroit où elle l'avait ouverte, il était écrit en lettres majuscules et parfaitement distinctes :

CARL FERGER

– Le Seigneur ne pardonnera jamais, s'écria-t-elle, très excitée en se frottant les mains.

Ingrun n'hésita pas une seconde. Il arracha la page et la jeta dans la corbeille à papier.

– Je vous conseille de lire autre chose ! dit-il en refermant la Bible.

RÉALISATION : IGS-CP À L'ISLE-D'ESPAGNAC
IMPRESSION : CPI BRODARD ET TAUPIN À LA FLÈCHE
DÉPÔT LÉGAL : SEPTEMBRE 2012. N° 107989 (69310)
IMPRIMÉ EN FRANCE